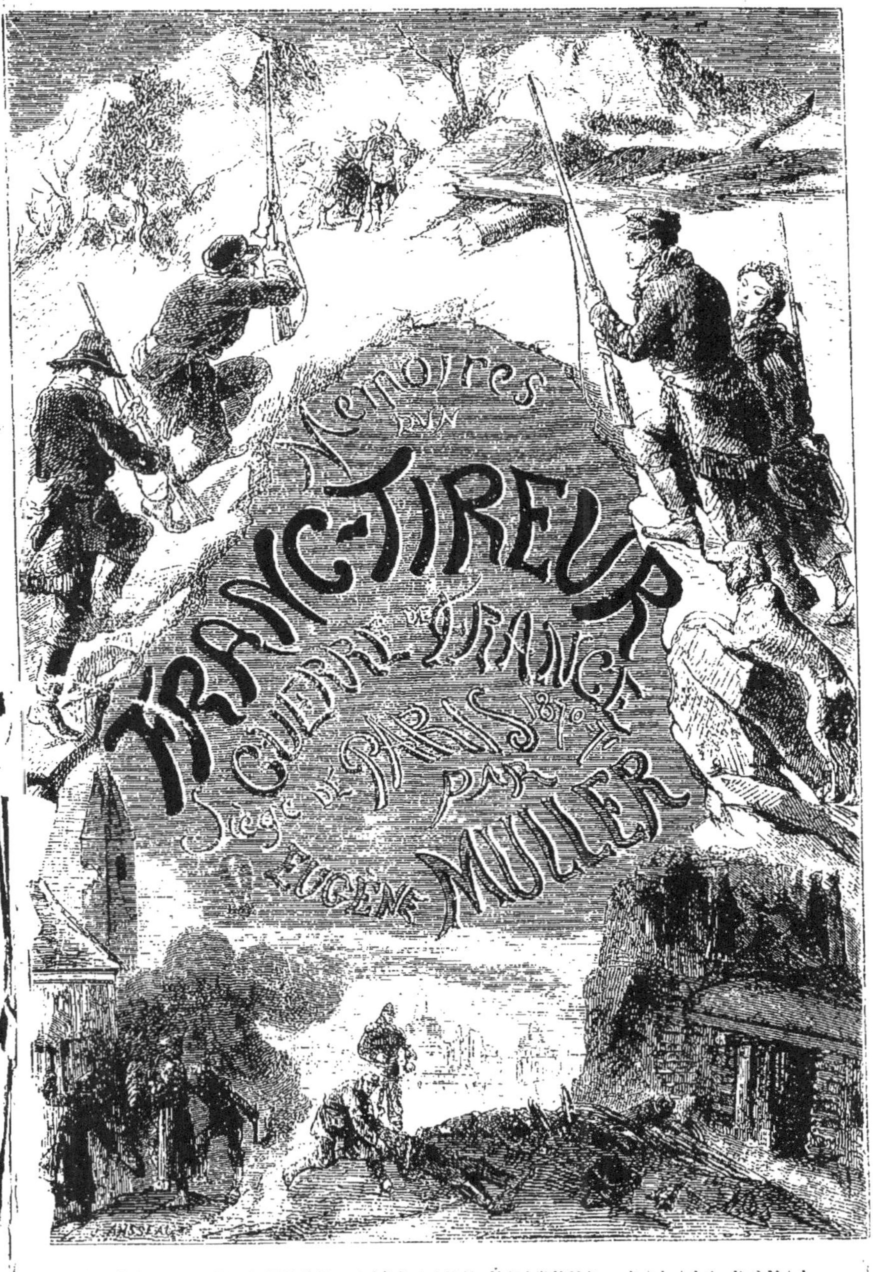
Mémoires d'un
FRANC-TIREUR
Guerre de France
Siège de PARIS 1870-71
PAR
EUGÈNE MULLER

PARIS. E. DENTU, LIBRAIRE-ÉDITEUR, PALAIS-ROYAL

EUGÈNE MULLER

LES MÉMOIRES

D'UN

FRANC-TIREUR

GUERRE DE FRANCE — SIÉGE DE PARIS
1870-1871

PARIS
E. DENTU, ÉDITEUR
LIBRAIRIE DE LA SOCIÉTÉ DES GENS DE LETTRES
PALAIS-ROYAL, 17 ET 19, GALERIE D'ORLÉANS

1872

LES MÉMOIRES

D'UN

FRANC-TIREUR

I

La Chaux-Cernoise est un hameau caché dans une
des hautes vallées du Jura. Ma naissance ayant coûté
la vie à ma mère, c'est dans ce hameau, chez une de
ses cousines, que mon père, chef d'une maison de commerce de Lyon, me mit en nourrice. Trois mois plus
tard, il mourait à son tour. Un de ses amis, excellent
homme, fut nommé mon tuteur. Voyant que le grand
air vif des montagnes, dont il était originaire, me convenait, et convaincu par expérience que la santé dé-
pend du libre et salubre épanouissement de l'enfance,
mon tuteur me laissa à la Chaux-Cernoise jusqu'à la fin
de ma huitième année.

Alors seulement il me rappela à Lyon pour aviser à
mon instruction, mais depuis je n'ai jamais manqué

1

d'aller chaque année, aux vacances de Pâques et d'automne, passer quelques semaines auprès de ma nourrice et retrouver la bonne vie que j'ai appris à mener au milieu de nos belles et altières montagnes.

Quand, au mois de juillet dernier, la guerre fut déclarée, je venais d'atteindre ma dix-septième année, et j'achevais mes classes au lycée de la ville.

Je dois avouer que je fus du nombre des jeunes hommes qui trouvèrent dans cet événement un sujet de vives et nombreuses émotions.

Un jour, un jeudi, que j'avais, comme de coutume, dîné chez mon tuteur, et que — lui m'écoutant, plongé dans une sorte d'ébahissement — j'avais passé une bonne demi-heure à argumenter sur et pour la guerre avec toute la chaleur d'un énergique patriotisme :

— Étienne, me dit-il, j'ai à te consulter sur un petit arrangement tout imprévu qu'il faudrait que nous prissions. Une affaire considérable, que je ne puis traiter qu'en personne, m'oblige à me rendre à New-York et à Philadelphie. Je vais être absent pendant cinq ou six semaines ; je ne serai donc pas là pour ta fin d'année. C'est pourquoi te déplairait-il de gagner un peu plus tôt que d'habitude la Chaux-Cernoise?

— Non, certes, et demain, si vous voulez.

— Eh bien, demain, soit. Car je dois, moi, partir dans trois jours, et ce me serait une satisfaction de te savoir installé là-haut.

Que son départ pour l'Amérique fût aussi prochain

qu'il voulut bien le dire, je n'en voudrais pas répondre, et je n'ai pas encore été à même de le contrôler.

Quoi qu'il en fût, le lendemain matin je prenais le train pour Lons-le-Saulnier, où je descendais à midi. Une voiture de correspondance me portait ensuite à une vingtaine de kilomètres dans la montagne, et, après en avoir franchi encore une douzaine de mon pied, j'arrivai avec la nuit tombante à la Chaux-Cernoise, où l'on ne m'attendait pas si tôt, mais où je ne fus que mieux reçu, s'il est possible.

Chaque année — je dois le constater — mon arrivée au hameau constituait une sorte de petit événement public. La rumeur s'en répandait bien vite, et bien vite il y avait nombreuse réunion chez la mère Cluzot, ma nourrice. Et Dieu sait si l'on trouvait à deviser, tant pour m'instruire des choses advenues au pays depuis mon départ, que pour me faire, selon le terme consacré, *dire* les nouvelles !

Ce soir-là, l'assemblée fut tenue avec d'autant plus d'empressement que les bruits de guerre avaient, par extraordinaire, directement pénétré jusqu'en ces régions, où tout le tumulte du monde ne sait éveiller, le plus souvent, que de bien tardifs échos.

Deux garçons du hameau, ensemble soldats au 18ᵉ de ligne — l'un fils de ma nourrice, et le seul enfant qui lui restât — avaient écrit que leur régiment quittait le lendemain Strasbourg, où il était en garnison depuis quelques mois, pour aller prendre rang dans un des corps de l'armée d'opération.

Quand on m'eut montré la lettre de Pierre, mon aîné frère de lait :

— Maintenant, petit, toi qui viens de Lyon, dit le père Cluzot, tu vas, j'imagine, nous conter un peu de quoi il retourne.

— Comment donc ! mais avec grand plaisir !

Et alors, alors... O monsieur mon tuteur, qui, j'en ai presque la certitude maintenant, m'aviez expédié là-haut comme à une espèce de sevrage des agitations nationales, que n'avez-vous assisté au développement de ma chaude thèse devant ce bénévole et simple auditoire ! Que n'avez-vous vu tous ces bons yeux écarquillés et toutes ces lèvres un peu béantes ! Que n'avez-vous surtout entendu le Grand-Espagnol s'écrier, en essuyant une larme au coin de sa paupière :

— Oui, pardieu ! voilà un enfant qui parle comme un bon et vaillant Français.

Et si je songe à tirer quelque vanité de ce témoignage, c'est que ce témoignage avait véritablement son prix. Car, voyez-vous, pour la Chaux-Cernoise et ses environs, le Grand-Espagnol n'était rien moins qu'un vénérable patriarche, en même temps qu'une sorte d'oracle.

« Qu'en pense le Grand-Espagnol? — Il faudra prendre conseil du Grand-Espagnol. — C'est le Grand-Espagnol qui l'a dit » étaient des locutions qui avaient cours normal à la ronde.

Or celui qu'on appelait le Grand-Espagnol n'était

autre, en réalité, qu'un Français, et tout ce qu'on saurait trouver de plus Français. Jurassien de vieille souche, montagnard pur sang, il devait cette qualification étrangère à l'habitude, on pourrait presque dire à la manie qu'il avait d'évoquer sans cesse les souvenirs de la guerre d'Espagne, à laquelle il avait pris part au temps de l'Empire, et où il avait reçu au travers de la tête une balle, qui, après trois mois d'hôpital, le fit renvoyer dans ses foyers, bien qu'elle dût ne lui laisser qu'une insignifiante cicatrice à la joue gauche.

Figurez-vous d'ailleurs un gigantesque vieillard, que son extrême maigreur paraissait encore allonger de beaucoup. A soixante-dix-huit ans, il était encore vert, droit et robuste comme le plus fier de nos sapins ; un de ces hommes qui, ainsi que l'arbre auquel je le compare, semblent ne devoir être abattus que par la cognée. Rien qu'à le voir vivre, fort et content, on se sentait réchauffé dans le sang, dans le cœur. Son œil, vif comme un charbon, vous découvrait un nid d'écureuil à trois cents pas dans les branches ; et, quand il prenait sa vieille carabine de Berne, c'était de bien plus loin encore qu'il en logeait la balle dans un pieu de la grosseur du bras. Sa démarche avait quelque chose de si résolûment accentué, qu'il semblait toujours qu'il allât braver un danger, en disant : « Suivez-moi : rien à craindre. » Et on l'aurait suivi partout. Sa parole brève et rapide vous pénétrait ; et ses propos, toujours pleins de sens et de vigueur,

1.

avaient une singulière vertu de persuasion, d'autorité.

Cet homme, dont la droiture d'âme, la dignité de caractère avaient acquis, à juste titre, une notoriété proverbiale dans le pays, était bûcheron, scieur de long. Tous les faiseurs de planches de l'endroit ont été plus ou moins ses élèves; et les ouvriers de la Chaux-Cernoise sont réputés à dix lieues dans la montagne.

Après avoir été le chef d'une famille assez nombreuse, le père Jean Ribard, dit Grand-Espagnol, était resté seul avec une de ses petites-filles, qui avait reçu au baptême le nom de Joséphine, mais que, par une pittoresque abréviation, on n'appelait jamais que Josine.

Au temps dont je parle, Josine avait un peu plus de seize ans. C'était une petite blondelette, qui, depuis l'âge de six ans, passait sa vie à garder une troupe de chèvres dans les solitudes des ravines, et qui, en cette compagnie, avait contracté des habitudes, des instincts d'alerte sauvagerie, d'aventureuse timidité. Petite, mais gracieuse dans sa nerveuse désinvolture; pour teint, le hâle blême que lui firent le soleil et le vent cru des monts. Sous d'épais et longs sourcils fauves, deux yeux bien ouverts, bleus doux comme le ciel, mais profonds de même; une bouche petite, à croire qu'il n'y passerait pas une amande, mais un nez assez long, assez fort, tombant avec une courbure faite pour donner à sa physionomie, rêveuse au fond, un caractère de fierté tout particulier.

Belle, non; jolie, non pas davantage peut-être, mais

attirant et retenant le regard étonné. « Personne ne lui
ressemble, » se disait-on, et l'on ajoutait volontiers :
« C'est dommage! » Il fallait la voir, l'été surtout, prenant son échappée le matin dans la montagne, d'où elle
ne devait revenir que le soir. Un corsage de toile bise,
à manches finissant aux coudes; un cotillon de drap
gris ; les pieds un peu rouges, mais toujours bien lavés
aux sources des rochers, et posés nus dans de petites
galoches noires, sa seule coquetterie. Jamais rien pour
coiffure que deux grosses tresses de cheveux clairs un
peu effarouchés, où les brins de paille s'oublient, et
qui tombent tantôt sur les épaules, tantôt sur la poitrine. Un bâton blanc à la main, la voilà courant, sautant, volant par les rochers, pour rassembler ses che-
vrettes : vous diriez un follet en plein jour. Ou bien la
voilà tricotant, assise là-haut, là-haut, les pieds pen-
dants sur un abîme, là où assurément ses chèvres
n'iraient pas.

Que si vous la rencontrez, qu'elle n'ait pu vous éviter, et que vous lui parliez, elle lèvera sur vous ses
grandes prunelles, où vous lirez qu'elle a bien compris,
où vous trouverez même parfois toute exprimée une réponse; mais, crac! soudain les paupières s'abaisseront
devant ces regards parlants, une légère rougeur viendra au front et aux joues ; vous entendrez tout au plus
un oui, un non fort sourd... et ma Josine vous aura déjà
brûlé la politesse, cherchez-la : elle est loin, bien loin.

Et toutefois chacun vous dira que cette petite fuyarde,

que cette petite farouche sait être, à ses heures, la mieux apprivoisée, la plus expansive des créatures. Mais pour qui ? Pour son grand-père seul, qui l'a conté aux gens, et que l'on refuserait de croire, si on ne le tenait pour incapable de mensonge ; pour son grand-père, que — et cela on n'a pas de peine à le constater — elle semble regarder comme un dieu dont toutes les paroles feraient loi, dont toutes les pensées ne sauraient être que sages, tous les actes beaux, excellents, indiscutables.

Bref, errer seule avec ses chèvres dans la montagne le jour, et le soir se faire la compagne inséparable de son grand-père vénéré, adoré : telle était, au temps dont je parle, la vie de Josine, la petite-fille du Grand-Espagnol.

Mais je m'aperçois que je viens de manquer à toutes les convenances en disant que Josine s'en allait *seule* dans la montagne avec ses chèvres ; car je laisse ainsi dans une ombre imméritée une bonne, une intéressante créature qui alors escortait invariablement la bergère.

Labri était un gros et vieux chien tout ébouriffé, tout barbu, aux oreilles évasées, aux yeux jaunes, qui avait cela de commun avec beaucoup d'autres individus de sa famille, que ses maîtres pouvaient exclusivement prétendre à ses attentions, à ses caresses, mais qui se distinguait par cela, qu'il semblait consacrer sa vie à rendre plus étroite encore la vive intimité de la jeune fille et du vieillard, objets de sa prédilection.

La journée eût paru démesurément longue, pour le
Grand-Espagnol occupé à la scierie, et pour Josine pais-
sant son troupeau dans les rochers déserts, si rien
n'eût parlé à celle-ci de celui-là, ni à celui-là de celle-
ci : mais le brave chien avait pris la tâche de visiter
fréquemment le grand-père au nom de la petite-fille,
et la petite-fille au nom du grand-père.

On le voyait presque sans cesse, mais jamais sans en
avoir reçu l'ordre, aller et venir de l'un à l'autre. « Va
au maître, » disait Josine ; et Labri se mettait en route,
qui portait, le plus souvent, à son collier, non pas un
billet (genre de correspondance au-dessus des moyens
de nos gens), mais quelque signe de convention, feuille,
brin d'herbe, bout de fil, disposés de telle ou telle façon...; le grand-père comprenait ; et par quelque autre marque il confiait sa réponse au messager, qui ne
partait qu'après que le vieillard avait dit : « Va vers
maîtresse. »

Ce naïf manége, auquel le chien se prêtait avec des
airs importants et affairés, qui eussent volontiers fait
croire qu'il en appréciait le touchant caractère, était,
au dire de l'aïeul, une des pures sources de joies de sa
vieillesse, et l'innocente gardeuse de chèvres y savait
trouver une distraction toujours nouvelle.

Mais revenons...

Donc, le Grand-Espagnol avait chaleureusement ap-
prouvé mes discours, et les nombreux assistants s'é-
taient presque unanimement rangés à son avis.

Si je dis presque, c'est pour donner le bénéfice de l'exception à Claude Mazuyer, jovial petit bossu, tailleur d'habits à la journée, qui travaillait là, accroupi sur le couvercle de la grande huche, et qui, tout en tirant son aiguille à la lueur de la lampe suspendue, jugeait bon de jeter parfois, au milieu de l'entretien très-grave dont je faisais les principaux frais, quelques remarques plaisantes, quelques objections malignes — affaire de tempérament — car le gaillard avait la réputation, bien méritée, d'un taquin de la plus belle venue.

A plusieurs reprises même, ce système de gasconnade obstinée lui avait valu d'être brusquement rabroué par le Grand-Espagnol, qui n'entendait pas raillerie sur le chapitre du patriotisme, et qui, d'ailleurs, s'était trouvé si bien soutenu par le reste de l'auditoire, que maître Claude semblait avoir pris le parti du silence. Et ce n'était pas un mince résultat obtenu.

— Oui, vous parlez bien tous, hasarda tristement ma nourrice, et j'ai, comme vous, l'assurance que les affaires tourneront au mieux pour nous; mais, sainte Vierge du ciel! est-ce que les gens, Français ou Prussiens, ne pourraient pas, dites-moi, quitter une bonne fois cette vilaine méchanceté de se tirer des coups de fusil pour des choses où ils n'ont souvent rien à voir? Ainsi mon pauvre Pierre, qui va s'en aller là-bas faire des tués ou des estropiés, et qui pourrait bien y attraper quelque mauvais coup : est-ce justice? en peut-il mais, lui, si le gouvernement de ce pays ne s'accorde pas avec le gouvernement de l'autre ? Qu'est-ce que lui importe… ?

— Il lui importe, femme, interrompit le père Cluzot avec une impérieuse austérité, que s'il reçoit un commandement, il n'a pas à en chercher les motifs. Il est soldat pour empêcher les étrangers de faire tort à son pays, et il ne doit qu'obéir. Voilà.

— Oui, voilà, fis-je, tout en trouvant que les raisons de ma nourrice avaient quelque valeur.

— Oui, voilà, répéta à son tour le Grand-Espagnol, qui n'était pas homme à voir l'ennui d'une brave femme sans s'en émouvoir ; mais, ajouta-t-il, de ce que tu as raison, Cluzot, il ne s'ensuit pas que ta Berthe ait tout à fait tort. Écoute, depuis le temps où il m'est arrivé d'être soldat — il y a près de soixante ans — j'ai eu certes le loisir de faire quelques réflexions sur cet endiablé métier, où l'on passe sa vie à risquer de la perdre, pour la simple chose de l'ôter à d'autres, avec qui on n'aurait jamais rien eu à démêler, si les gens qui commandent avaient bien voulu les laisser chez eux, à labourer tranquillement leurs terres ou refendre leurs planches. Ainsi j'ai été pendant dix-huit mois en Espagne — chaud pays et plus chaude guerre : hommes et femmes, tout s'en mêlait — eh bien, moi, qui peux, je crois, passer pour un chrétien assez peu méchant, j'ai peut-être bien à mon propre compte la mort de cinq ou six hommes et de deux ou trois femmes que je n'avais jamais vus ni d'Ève ni d'Adam, et que j'ai tués

comme je vous tuerais là — à vrai dire — au risque de
ma peau. Mais n'importe, à mon retour d'Espagne, j'en
étais fier, je contais ça bravement ; aujourd'hui non :
je juge ça triste, bien triste ; et je dis qu'on ne devrait
faire la guerre qu'à la dernière extrémité, à savoir
quand il est démontré, bien démontré que l'étranger
veut venir dans notre pays, et qu'il ne faut pas que l'é-
tranger y entre.

— Ah ! non, par exemple, il ne faut pas ! fit le père,
Cluzot, avec une espèce de grondement significatif, qui
trouva force écho dans la réunion.

— Non, per Bacco ! il ne faut pas suffrir que l'édran-
ger il commante en la vodre batrie, djamais, djamais !
s'écria, au milieu de l'animation générale, un gros garçon dodu et blond comme une motte de beurre, qui
leva, avec une formelle intention de manifestation solennelle, la casquette plate de drap olivâtre posée sur
l'arrière de son large crâne équarri.

— Très-bien, Appenzell ; dit le Grand-Espagnol.

— Oui, très-bien, très-bien ! répéta-t-on de toutes parts.

Or celui qu'on félicitait ainsi pour l'évidente ardeur
de ses principes patriotiques était un honnête vacher,
natif du canton suisse dont on lui donnait ordinairement le nom, et qui rapporta d'un séjour dans la partie
méridionale des Alpes helvétiques les formes et jurons
italiens dont il avait coutume de latiniser son tudesque
baragouin. Appenzell, d'ailleurs, pour l'appeler comme
tous l'appelaient, était en quelque sorte naturalisé au

pays par son mariage avec une brave fille de la Chaux-Cernoise, qui était morte peu après cette alliance, mais dont la famille était restée la sienne.

Le malin bossu, qui avait si bien fait le mort depuis quelques minutes, crut devoir se permettre une nouvelle remarque.

— Çà pourtant, voyons, fit-il, s'il y a guerre, il arrivera forcément que l'une des deux armées entrera dans le pays de l'autre. Donc, si c'est nous qui allons chez l'étranger? Eh! eh!...

— Eh bien, ce sera pour l'empêcher de venir chez nous, répliquai-je vivement.

— Eh! eh! pas mal trouvé! ricana le tailleur, et voilà qui répond à tout.

— D'ailleurs, reprit le vieillard, l'étranger, en ce cas, est en droit d'user de tous les moyens pour nous chasser, et, certes, les Espagnols ne s'en privaient pas, je vous l'assure. Ah! les gueux! nous en ont-ils fait voir! Au surplus, j'ai toujours entendu dire que nous avions eu tort d'entrer chez eux ; mais le mal est sur la conscience de ceux qui décident la guerre. Le soldat n'a, lui, que son devoir à faire.

— Au surplus, dit le père Cluzot, on a toujours fait la guerre, et ce n'est pas nous, pauvres paysans, qui ferons aller le monde autrement qu'il ne va.

— Oh! non, dit le Grand-Espagnol.

— La volonté du bon Dieu soit faite, soupira la mère Cluzot.

2

Et l'on parla d'autres choses.

Aucun journal n'arrivant à la Chaux-Cernoise, ni même au village paroissial, les nouvelles ne pouvaient s'y répandre qu'une fois par semaine, le jour où tel ou tel s'en était allé au marché du bourg, chef-lieu de canton.

Un soir donc, dans la première semaine d'août, grande joie au hameau. Les Français avaient attaqué les Prussiens et les avaient battus. Notre armée avait un pied en Allemagne.

— Pardieu! fit le Grand-Espagnol, là où les Français voudront aller, ils iront, personne ne les arrêtera; non, personne.

— Certes! fit après lui le père Cluzot, avec un vif éclair d'orgueil dans les yeux.

Et Dieu sait si cette triomphante affirmation fit fortune dans l'assistance.

— Pourvu que mon Pierre en revienne! murmura ma nourrice.

Huit jours plus tard, le piéton apporta une lettre de Pierre :

« Oh! mes chers parents, disait-il, quelle rude journée nous venons de passer! Depuis une semaine nous allions et venions; hier matin, comme nous faisions la soupe, nous avons été surpris. La bataille a commencé : elle a duré neuf heures. Si vous aviez vu ça! De cent quinze hommes qu'avait notre compagnie, nous ne nous sommes retrouvés le soir que vingt-neuf, avec un seul lieutenant pour chef. Il a fallu battre en retraite. Jacques et moi, nous n'avons aucun mal, mais nous avons perdu tout ce que nous avions : le camp a été pris. »

— Bah ! fit le Grand-Espagnol, perte d'effets n'est pas mortelle.

— Au contraire, ça fait travailler les tailleurs, observa le petit bossu, qui était en journée dans la maison voisine, et qui était accouru avec tous les voisins pour entendre la lecture de la lettre.

— Quant à la retraite, reprit le vieux scieur de long, c'est l'affaire d'un bataillon, d'un régiment tout au plus. En campagne les simples soldats ne voient souvent pas plus loin que le bout de leur compagnie. Le reste de l'armée aura dû avancer.

— Eh ! sûrement, fit le père Cluzot.

Et j'entendis ma nourrice répéter tout bas :

— Vingt-neuf sur cent quinze !

Le surlendemain, au retour du marché, on apprenait qu'il s'agissait d'une sanglante défaite subie par le premier corps.

Alors le Grand-Espagnol :

— Mais les autres corps prendront la revanche, soyez tranquilles.

— Pardienne ! fit encore le père Cluzot.

La nourrice ne dit rien.

Vers le 24 août, arrivait une seconde lettre datée du 18 au camp de Châlons, puis le 30 une autre écrite

le 25 dans un village des Ardennes, disant qu'on semblait se préparer pour une grande affaire.

Sur ces entrefaites, nous apprenions que l'armée
était presque partout refoulée, avait partout le désavantage.

Enfin nouvelle d'un désastre complet, bataille terrible
de trois jours : toute une armée prisonnière avec ses
chefs, depuis le premier jusqu'au dernier, et l'ennemi
en marche sur Paris.

— Non, ça n'est pas vrai ! s'écria le Grand-Espagnol,
au milieu du silence consterné de tous.

— Eh, eh, pourtant !... voulut dire le petit bossu, qui
par hasard se trouvait encore là, et qui ne savait guère
ouvrir les lèvres sans que son narquois sourire se mît
plus ou moins de la partie.

Mais le Grand-Espagnol, qui était à côté de lui :

— Toi, malotru, gronda-t-il, en levant un poing dont
la chute aurait certainement réduit en triste état le malencontreux plaisantin, tais-toi ou sinon !...

Mais, se reprenant et se bornant à pousser doucement
le tailleur, qui n'en pirouetta pas moins sur lui-même :

— Va donc, mauvais Français !... fit-il avec une profonde expression de dédain.

— Mauvais Français ! répéta, lorsqu'il eut retrouvé
l'équilibre, Claude Mazuyer, qui essayait de se camper
fièrement pour toiser de bas en haut le colosse ; mauvais Français ! mauvais Français !

Il suffoquait, on comprenait que le mot l'avait frappé

en plein cœur ; et ce qui ajoutait à son dépit, c'est qu'il n'était pas jusqu'au vacher Appenzell qui, tout Suisse qu'il pouvait être, ne parût trouver mérité le reproche sorti des lèvres du Grand-Espagnol.

— Allons, c'est bien, dit le vieillard ; puisque ça te fâche, c'est que j'ai eu tort. Laissons ça. Mais pour ce qui est de ce qu'on rapporte, je dis, je maintiens que ce n'est pas vrai. Quoi ! les étrangers en France encore une fois ! et comme ça d'emblée, tout de suite, sans longue guerre, en dépit de nos armées fraîches !... Allons donc ! Nos soldats ne seraient donc plus des soldats, il n'y aurait donc plus de généraux pour les commander ! On me ferait croire ça à moi ? Non !

— D'ailleurs, reprit le père Cluzot, qui est-ce qui a dit ça ? Des gazettes, et parole de gazette n'est pas parole d'Évangile. C'est des traîtres qui font courir ces bruits. Nous allons savoir ça au juste par Pierre ou André un de ces jours.

Mais Pierre ni André n'écrivaient, et toujours les nouvelles que tel ou tel apportait confirmaient les revers successifs de nos troupes, l'invasion régulière du territoire, la prise des villes, le saccage des campagnes.

Pour ma part alors je m'étonnais qu'un grand mouvement national, spontané ou commandé, ne se produisît pas. L'idée me venait d'aller prendre du service, mais je savais qu'on ne m'accepterait pas sans le consentement de mon tuteur, qui était absent ; et je me trouvais réduit à partager la tristesse morne des mou-

2.

tagnards au milieu desquels je vivais, et qui, d'ailleurs,
semblaient être d'accord pour faire à ce propos une
sorte de respectueux silence devant la douloureuse in-
crédulité que manifestaient obstinément le Grand-Espagnol et le père Cluzot.

Un soir enfin — c'était le jeudi 15 septembre — chez
ma nourrice se tenait la veillée coutumière du hameau, à
laquelle assistaient invariablement le Grand-Espagnol
et Josine tricotant muette à côté de son aïeul. Une lettre
arriva, apportée par une jeune fille à qui le piéton de
la poste l'avait remise, à l'autre extrémité de la paroisse, dans l'après-midi.

La lettre était d'André. Je fus chargé de la lire tout haut.

André écrivait de Belgique, où il avait pu, disait-il, se
réfugier avec quelques hommes de sa compagnie, après
une longue bataille, véritable déroute, à la suite de laquelle il savait que toute l'armée avait été faite prisonnière.

— C'est donc vrai, bien vrai ! s'écria, d'une voix caverneuse, le Grand-Espagnol, qui mit sa tête dans ses
mains et se prit à sangloter comme un enfant, ou plutôt comme un homme atteint dans sa plus puissante
affection.

C'était un émouvant spectacle que celui de ce fier
vieillard s'abîmant dans une aussi noble douleur.

Josine pleurait comme lui, et tous les cœurs étaient
navrés.

— Mais Pierre, mon Pierre, demanda la mère Cluzot

avec une anxieuse curiosité, est-ce qu'André n'en parle pas?

Je repris la lettre pour en lire la fin. La lettre s'achevait ainsi :

« Ce qui me rend encore plus triste, c'est que pendant la bataille le pauvre Pierre est tombé à côté de moi. Une balle l'avait percé en pleine poitrine. Il m'a dit : « — Adieu, André ; va, c'est fini de moi, embrasse-les « tous là-bas. Je n'irai plus au pays... Ah ! j'ai mal !... » Il a fermé les yeux. Je l'ai porté derrière un buisson, mais il était froid. Les ennemis avançaient ; il fallut le laisser... »

La pauvre mère s'évanouit ; nous la portâmes, en pleurant, sur le lit.

— Berthe, lui dit, quand elle fut revenue à elle, le Grand-Espagnol de sa voix la plus pénétrante, tu es chrétienne et tu es Française : du courage, ma fille, du courage ! Le bon Dieu t'en tiendra compte.

Puis, se retournant vers le père, qu'il étreignit énergiquement dans ses bras :

— Allons, ne pleure pas non plus, toi. Belle mort, celle-là ! Ce n'est pas de la tristesse qu'il faut, c'est de l'orgueil.

Très-ému, très-affligé par la mort de ce brave garçon, que j'aimais autant qu'il m'aimait, je ne remarquai pas sans étonnement que le père Cluzot, que je savais pourtant très-sensible malgré ses âpres dehors, avait, presque aussitôt après le premier mouvement d'attendris-

sement, paru comme refouler ou dévorer ses larmes.
Il prit la main du vieillard, la serra avec un énergique
hochement de tête et un farouche froncement de sourcils. Et l'on eût dit sa douleur domptée par l'effet d'un
secret mais impérieux sentiment.

Le Grand-Espagnol reprit, s'adressant à nous :

— Demain matin, tous à l'église : c'est moi qui veux
faire prier pour notre cher défunt. Qu'on le dise dans
le pays. Viens, Josine.

Et il sortit avec Josine, qui, comme lui alors, portait
haut son front fier.

Le lendemain, la population presque entière de la
paroisse, où les Cluzot jouissaient de la plus grande
sympathie, était venue, en habits de deuil, au pieux
rendez-vous que lui avait assigné le Grand-Espagnol.

Pendant l'office, auquel la pauvre mère, accablée de
douleur, n'avait pas trouvé la force d'assister, je remarquai encore que le père Cluzot ne versa pas une larme.
Toutefois il semblait profondément absorbé.

A l'issue de l'église, comme nous traversions ensemble le cimetière, nous pûmes voir un groupe nombreux
formé autour de la grande croix de fer, sur les marches
de laquelle se tenait debout le vieux bûcheron, dominant
ainsi la foule, qu'il haranguait avec une imposante animation.

Josine, une sorte de longue capuce noire jeté sur ses
grosses tresses blondes, était à côté de lui. Une main
posée sur l'épaule de son aïeul, les yeux levés vers son

visage, elle semblait épier, pour les partager aussitôt, tous les sentiments qu'il éprouvait ou qu'exprimaient ses propos.

Nous nous arrêtâmes.

— Oui, disait alors le vieillard, dont la voix avait d'é- tranges vibrations, et qui étendait son grand bras au- dessus de l'assistance, oui, voilà qu'on va revoir à pré- sent ce qu'on n'avait pas vu dans notre pays depuis cinquante-cinq ans, à savoir l'étranger qui partout pil- lera, insultera, brûlera, tuera. Les Français le souffri- ront-ils encore une fois ?... Vous figurez-vous ce que c'est qu'une armée, une bande qui tient un pays et qui met tout à mal, les maisons, les champs, les femmes, les enfants? Ils viennent, ils ont faim, ils ont soif, ils sont de mauvaise humeur. Donnez, pauvres paysans, du pain, du vin, de la viande. « Vos bœufs, que nous les dépecions ! vos lits, que nous y couchions !... Ça ne vous convient pas, vous raisonnez : des coups de sabre, le feu à la grange ! Tout ce qui est ici est à nous, depuis le moindre fruit de vos arbres jusqu'aux écus de vos tiroirs... Prisonnier celui-là, fusillé cet autre, qui s'avise de montrer les dents. » — Oui, c'est ainsi, je le sais, je l'ai vu... Et nous endurerions ça, nous autres les montagnards, nous qui n'avons peur de rien? Oh non ! S'il en montait chez nous de ces brigands, il n'en re- descendrait guère. Ah ! ils auraient tué là-bas nos jeunes garçons, et ils penseraient être doucement reçus ici ! Eh bien, qu'ils y viennent donc !

— Oui, qu'ils y viennent ! répéta-t-on de divers côtés.
Et une énergique rumeur d'assentiment courut dans
la foule.

— Mais viendront-ils ? reprit le Grand Espagnol ; ose-
ront-ils se risquer dans nos rochers ? Non, je ne crois
pas. Et alors s'en devra-t-il suivre que les braves enfants de la montagne ne feront rien contre ces lâches
ennemis ? — Que nous dit-on ? que notre armée est
en partie tuée ou blessée, en partie prisonnière ? cent
mille hommes, deux cent mille pris ou morts ? Je n'y
crois guère ; mais croyons-le, si vous voulez. Qu'est-ce
que ça fait, ça ? En Espagne, oh ! il y avait bien longtemps que nous ne voyons plus deux soldats, deux vrais
soldats habillés en ligne, et la guerre qu'on nous faisait
était toujours plus vive, plus dangereuse, plus enragée.
Savez-vous ce que disaient les Espagnols ? « L'habit ne
fait pas plus le soldat que le moine. Un soldat, ce n'est
pas deux aunes d'étoffe rouge ou bleue : c'est un fusil,
un couteau, une faux, un bâton, un rocher qu'on
fait rouler sur l'ennemi. » Ils le disaient, et ils nous
le faisaient bien voir. Il en sortait de partout, des soldats, qui n'avaient point d'uniforme mais qui n'avaient
qu'une idée : la mort de l'étranger... Pas moyen de les
trouver en nombre pour les battre une bonne fois. Non :
un ici, un autre là, et toujours, et toujours !... Un enfant
vous riait ? C'était calculé pour que le père vous prît là où le
petit vous avait fait venir. Un vieux vous offrait de boire
avec lui ? c'était pour vous empoisonner en s'empoi-

sonnant aussi, s'il le fallait... Que sais-je ? Si bien que,
tout maîtres que nous étions du pays, nous ne pouvions
jamais être sûrs ni d'une ville, ni d'un hameau, ni d'un
grand chemin, ni d'un sentier... Bref, ils ont lassé les
Français, ça n'est pas peu dire ; et, vainqueurs, les
Français ont dû quitter le pays.

« Eh bien ! est-ce que les Français ne seront pas aussi
braves contre les lâches Prussiens que les Espagnols
contre les braves Français ? Est-ce qu'à défaut d'une
armée pour les battre en bataille, ils ne sauront pas les
lasser, les tuer un à un, jusqu'à ce qu'il n'y en ait
plus ? Est-ce que vous croyez que déjà il ne part pas de
toutes les villes, de tous les villages des hommes décidés
à travailler à cette brave besogne et des bras et du
cœur, qui par troupes, qui par deux, par trois, par six
ou huit, comme en Espagne ? Point d'habits de soldat,
mais un fusil, de la poudre et un moule à balles, ça
suffit. Je vous le dis, il doit y en avoir comme ça des
mille et des mille, qui n'ont point d'autre ordre à recevoir que d'eux-mêmes, à savoir : détruire l'étranger de
toutes les façons possibles. Ils ne vont pas là pour gagner des épaulettes ou des croix ; non, mais pour sauver leur pays, rien autre. Eh ! voyons, sans chercher
plus loin, est-ce que parmi les fiers garçons qui sont là
devant moi, et qui viennent de dire le *De profundis* pour
l'âme de leur ami que les Prussiens ont tué, est-ce
qu'il n'y en aurait pas de tout prêts à se mettre en
route, avec une carabine ou un fusil, pour aller tuer

quelques Prussiens à leur tour, et avoir satisfaction de cette mort?

— Oh! si, répondirent plusieurs voix, auxquelles la mienne avait, je crois, donné le signal.

Les dernières paroles du Grand-Espagnol venaient d'ouvrir subitement à mes yeux un horizon que depuis plusieurs jours, si je puis parler ainsi, je cherchais d'instinct dans l'inconnu sans le rencontrer. Ayant plus que personne la conscience du malheur qui s'abattait sur mon pays, je sentais l'ardent désir de contribuer à son salut, et les voies me semblaient toutes fermées par ce seul fait qu'on ne m'admettrait pas, moi mineur non autorisé, à prendre rang dans une troupe régulière. En proposant ou plutôt en affirmant la création de corps irréguliers, libres, agissant par la seule initiative de leur patriotisme, et dans le seul but de concourir à la délivrance nationale, le brave vieillard avait trouvé pour moi le mot de la pénible énigme, et j'avais joyeusement salué cette révélation; mais je crus en même temps m'apercevoir qu'un obstacle nouveau surgissait. A peine eus-je répondu selon ma sincère aspiration à la question posée par le Grand-Espagnol, que le père Cluzot me donna la mesure de la sympathie que pourraient lui inspirer mes projets de belligérant.

— Viens, rentrons, me dit-il en me tirant par le bras, la mère nous attend.

Il témoignait clairement ainsi que, selon lui, les discours qui se tenaient n'étaient pas de ceux dont je pusse raisonnablement profiter. Je ne me fis pas avertir deux fois. Ma résolution étant dès lors fermement arrêtée, et par cela même possédant toute ma présence d'esprit, je feignis aussitôt l'indifférence qui devait me permettre d'effectuer sans difficulté ce que j'appellerai mon évasion de la Chaux-Cernoise.

— Oui, allons, père, fis-je, car aussi bien nous n'avons rien à faire ici.

Et je fus le premier à tourner tranquillement le dos à la réunion, que les propos du vieux scieur de long semblaient devoir enfiévrer de plus en plus.

Le père Cluzot, avant de se remettre en marche, trouva cependant le moyen de me regarder bien en face, comme pour savoir ce qu'il devait penser des mouvements assez contradictoires qu'il voyait se produire chez moi.

L'examen tourna, parut-il, à l'avantage de la dernière disposition que j'avais montrée, et le brave homme tint sans doute pour purement fortuite ou inconsidérée la chaleureuse exclamation qui avait éveillé sa défiance.

Nous nous éloignâmes donc, mais non assez vite pour que ne vinssent pas à moi quelques paroles encore du Grand-Espagnol, dont la voix profondément sonore avait d'autant plus de portée pour nous que le chemin que nous suivions sinuait sur une sorte d'amphithéâtre au-dessus du cimetière.

— Bien ! je savais bien, disait-il ; mais alors, voyez-vous, enfants, si on se décide ce matin, on ne perd pas

de temps, on part comme qui dirait demain. On se
réunit à un endroit convenu ; on se compte ; on voit parmi
tous celui qui a le plus de tête, on le prend pour chef,
car il faut toujours un chef...

Là une voix cria :

— Ce sera vous, Grand-Espagnol.

Et d'autres répétèrent à qui mieux mieux ;

— Oui, vous, vous !

— Moi ! fit-il, d'un ton qui traduisait l'étonnement,
moi !

Puis, après un court silence :

— Et pourquoi pas, après tout ? C'est une idée, une
bonne idée que vous avez là. Je suis vieux d'âge, mais
jeune encore de corps et de cœur. Et puis mes souvenirs de la guerre d'Espagne nous profiteront pour la
guerre de France ; et vous verrez si nous en coucherons
bas, de ces Allemands!...

— Oui, oui, cria-t-on avec un entrain unanime.

Et les voix ne m'arrivèrent plus qu'à l'état de bruit
inarticulé. Il me suffisait de savoir d'ailleurs que le départ était décidé.

Nous rentrâmes sans avoir rien dit qui se rapportât
au sujet traité par le Grand-Espagnol.

Après le déjeuner, voulant en toute prévision donner
le change aux bonnes gens, que le moindre indice aurait pu alarmer, au lieu de prendre, comme je le faisais
depuis quelques jours, mon fusil et ma gibecière pour
aller arpenter la montagne jusqu'à l'heure du dîner, je

sortis muni seulement — au moins d'une manière évidente — des lignes et du petit filet qui me servaient à
pêcher les truites du ruisseau. J'avais réussi à cacher
sur moi, sans être vu, un moule, une petite cuiller de
fer et quelques lingots de plomb destinés à la fonte des
balles pour ma carabine de tir. Je m'en allai loin dans
les rochers, j'allumai un petit brasier, je fabriquai quelques douzaines de balles, ce qui ne prit pas si entièrement mon temps qu'il ne me fût encore possible de capturer deux ou trois beaux poissons, dont la vue argu-
menta, au retour, en faveur du calme d'esprit parfait où
je voulais qu'on me crût plongé.

Bien m'en avait pris de fournir ce témoignage, car
je remarquai que pendant mon absence la carabine pour
laquelle j'avais fondu des balles avait été enlevée du
coin où je la laissais ordinairement, avec les deux fusils composant mon attirail de chasse ou de tir. Je l'a-
vais vue à sa place en partant. Je me consolai cependant
de cette disparition en me disant qu'avec l'argent que
j'avais je pourrais acheter une nouvelle arme, dans la
première ville où nous passerions. Toutefois je pus
comprendre qu'en dépit de mes airs de *neutralité*, on
faisait mieux que de me surveiller, et je résolus donc
de redoubler de précautions pour éloigner les soup-
çons.

Dans l'après-midi, j'entrepris très-ostensiblement, en
m'escrimant de la hache et de la scie, la construction
d'une sorte de petit pavillon-pigeonnier, précédemment

projetée en commun, qui devait nécessiter plusieurs
jours de travail.

Cette occupation, outre qu'elle dissimulait mes projets de départ, me permit encore d'apporter, comme
par hasard, en cherchant les planches, les chevrons
dont j'avais besoin, une échelle à proximité de la fenêtre de ma chambre, d'où, sans cela, je n'aurais pu
sortir qu'en traversant la chambre du père et de la
mère Cluzot.

Le soir, comme nous étions en train de souper tranquillement, nul de la maison n'ayant fait même allusion
au mouvement qui avait dû se produire dans le pays, à
la suite des patriotiques suggestions du Grand-Espagnol,
le vieillard entra, accompagné, comme toujours, de Josine, mais de Josine qu'il venait confier, en partant, à
l'affection maternelle de ma nourrice, et qui semblait
accepter sans objection cette séparation.

La brave mère Cluzot ne savait pas ce que cela voulait dire, et quand le vieux scieur de long lui apprit, du
ton le plus animé, que le lendemain, à l'aube, un certain nombre de volontaires, dirigés par lui, se mettaient
en route sur Lons-le-Saulnier, où ils prendraient vent
pour la campagne à faire, elle sembla se demander si
c'était un rêve.

A la vérité, le Grand-Espagnol ne laissait pas de manifester aussi quelque surprise de la très-évidente froi-
deur dont j'avais bien garde de me départir, et que paraissait tenir à montrer pareillement le père Cluzot.

Son regard presque embarrassé allait de l'un à l'autre de nos visages, et on eût dit que l'ardent vieillard refusât mentalement de nous reconnaître.

Ce fut bien autre chose quand, m'étant levé de table, je pris une lampe pour gagner ma chambre, en faisant mine d'avoir hâte de me reposer. Selon ma coutume, j'embrassai ma nourrice et le père Cluzot, et tendant la main au Grand-Espagnol :

— Eh bien, à revoir et bonne chance ! lui dis-je, de l'accent le plus calme.

— Merci, fit-il d'un air machinal, en prenant et serrant machinalement ma main ; à revoir, petit !

Et comme je me retournai au moment de fermer la porte, je pus le voir qui me considérait saisi d'une sorte de froide stupéfaction.

Je sortis...

Arrivé dans ma chambre, je réunis et glissai entre mes deux matelas les quelques objets qui devaient composer mon équipement et mon simple bagage de volontaire ; puis je me mis au lit, et je dormis *consciencieusement* pendant trois heures environ.

Au coup de minuit, je m'éveillai ; mais ce ne fut que vers deux heures que je songeai au départ.

En moins de rien je fus vêtu d'un pantalon, d'un gilet et d'une jaquette de velours brun, chaussé de gros souliers ferrés, guêtré de cuir jusqu'à mi-jambes. Un feutre mou sur ma tête, une large ceinture de gymnase autour des reins. En sautoir, à gauche, une gourde de

3.

coco ; à droite, un carnier de corde tressée, où j'avais mis un peu de linge. Je décrochai du mur, au-dessus du lit, où ils formaient depuis longtemps une rustique panoplie, deux pistolets simples, que je passai dans ma ceinture, et un ancien et robuste fusil double, autrefois à silex, remis à piston, avec lequel le père du père Cluzot disait avoir chassé l'ours, au temps où les ours faisaient encore quelques apparitions dans notre Jura.

J'enfilai un caban, et, le fusil en bandoulière, j'ouvris doucement la fenêtre, que j'avais exprès laissée entre-bâillée la veille, j'attirai l'échelle, j'enjambai, je descendis avec précaution, et, deux minutes plus tard, cheminait à toute vitesse, sur la route de la Chaux-Cernoise à Lons-le-Saulnier, l'un des plus déterminés et sincères défenseurs de la France envahie.

Mon dessein était de me rendre tout d'une haleine à certain carrefour, entre mont et rivière, situé à une dizaine de kilomètres du hameau, pour attendre la petite légion, qui devait inévitablement y passer.

Ce fut en gagnant seul au milieu du mélancolique silence de la nuit ce lieu où devait réellement commencer mon rôle de volontaire, que pour la première fois je me sentis avoir conscience du caractère à la fois bizarre et solennel de la tâche à laquelle j'allais me vouer.

Ce fut alors aussi que je résolus de consigner, jour par jour autant que possible, sur les pages d'un carnet, les souvenirs que pourrait me laisser cette aventureuse période de ma vie...

Lecture de la lettre d'André. (Page 18.)

J'allai donc à grands pas vers le carrefour où je m'é-
tais promis d'attendre le passage de mes futurs compagnons de guerre. C'était, au rapide tournant d'un chemin taillé sur le roc, à la jonction de trois ravins et de
deux torrents, une sorte d'entaille naturelle, sur la lisière d'une épaisse futaie de sapins.

J'arrivai au dernier coude de la route aux premières
lueurs de l'aube, à ce moment où tous les objets se confondent encore dans des masses d'ombre indécise.
Comme je traversais le vieux pont à cintre aigu jeté au
confluent des deux cours d'eau, je crus distinguer quelque chose qui remuait au pied des arbres.

En regardant d'un peu plus près, je vis que c'était un
homme — un homme armé, car le canon brillant de l'arme
eut un léger scintillement. — L'homme entra sous les
sapins et disparut. « Quelque chasseur, » pensai-je, et
j'avançai sans m'inquiéter davantage de cette rencontre,
qui, d'ailleurs, ne pouvait rien avoir d'inquiétant.

Le pont franchi, la bordure de la forêt atteinte, je fis
halte; mon fusil entre mes genoux, je m'assis sur la
mousse, à peu près à l'endroit où j'avais aperçu
l'homme, et j'attendis.

J'étais là depuis un quart d'heure environ, la lumière s'était répandue plus franche autour de moi,
quand j'entendis des pas à quelque distance sous bois.
Je tournai la tête de ce côté, et presque aussitôt :

— Étienne! cria une voix que je n'eus pas de peine
à reconnaître, la voix du père Cluzot.

Oui, le père Cluzot était là, harnaché, guêtré comme moi, la carabine à l'épaule. Nous avions eu tous deux la même idée, seulement il m'avait devancé au carrefour.

Je m'étais levé assez embarrassé tout d'abord devant lui, bien qu'il ne fût guère en situation de me réprimander, si peu même que les premières paroles qu'il m'adressa furent de sa part une sorte de justification.

— Moi, vois-tu, Étienne, dit-il d'un accent où s'entendait un sourd accent de rage désespérée, moi, ils m'ont tué mon enfant, mon dernier enfant. Il faut que je parte, que j'en tue tant que je pourrai. Il n'y a que cette pensée qui me soutienne... Toi, c'est différent, c'est pourquoi retourne vers la mère, qui va être seule.

— Mais, père, lui répliquai-je, ton fils n'était-il pas mon frère? Ne faut-il pas aussi que je le venge?

Le brave homme me regarda un instant en silence ; puis, au moment où deux grosses larmes jaillissaient de ses yeux gonflés, il m'attira sur sa poitrine, où il m'étreignit. Puis il me dit tranquillement :

— Les autres vont bientôt venir, je pense.

— Oui, sans doute, père.

Ce fut toute l'explication qu'il y eut entre nous.

Et nous nous assîmes côte à côte, au bord du bois, et nous nous prîmes à causer, comme l'auraient pu faire deux vieux serviteurs de la même cause.

C'était pour lui que, la veille, il avait mis de côté ma carabine. Il me la rendit et prit mon arme, en remarquant qu'il aurait dû songer que le fusil de son père lui porterait bonheur.

Il me raconta comment il avait, lui, exécuté son *évasion*. La veille, le Grand-Espagnol leur avait laissé Josine, qui avait reçu les adieux de son aïeul avec une absence d'émotion dont le vieillard avait fait honneur au caractère bien trempé de la jeune fille. Il était entendu qu'elle coucherait chez ma nourrice. Mais au moment d'aller au lit :

— Eh! après tout, non, fit-elle, avec une loquacité relative, qui contrastait singulièrement avec ses façons coutumières, mon grand-père me prend-il pour une enfant? A-t-il peur que je sois faible? Non, je suis forte ; je vais le lui prouver là-bas.

On voulut la retenir, l'accompagner : elle refusa et sortit.

Vers minuit, le père Cluzot dit à sa femme qu'il se reprochait de n'avoir pas gardé ou reconduit Josine. Il craignait qu'il ne lui fût arrivé quelque chose, et il se leva pour aller voir chez le Grand-Espagnol, qui ne devait pas s'être couché, et à qui il tiendrait compagnie pendant le reste de la nuit...

Il sortit, prit sous la paille du hangar tout le bagage qu'il y avait déposé dans la soirée, et se dirigea vers le carrefour, qu'il atteignit deux heures avant moi.

Nous convînmes que j'écrirais pour lui et pour moi à la mère Cluzot, dès notre arrivée à la ville.

Vers dix heures, la troupe que nous attendions était

enfin en vue ; nous comptâmes derrière le Grand-Espagnol huit hommes, parmi lesquels, bien qu'à distance,
il ne nous fut pas difficile de reconnaître, au galbe ra-
bougri de l'un et à la casquette plate de l'autre, Claude
Mazuyer, le malin tailleur, qui lavait ainsi jusqu'aux
dernières traces du reproche que nous avons vu lui être
si sensible, et Appenzell, le placide Helvétien, qui voulait sans doute payer à notre généreux pays la sainte
dette de l'hospitalité.

Quand le vieux scieur de long put nous reconnaître à
son tour, nous le vîmes se retourner vers ceux qui le
suivaient, et nous l'entendîmes s'écrier, avec une véritable explosion de joie :

— Ah ! je vous disais bien que tous deux seraient
des nôtres tôt ou tard !

On s'embrassa. On se remit en route.

Et la campagne était commencée, dont je vais maintenant ne plus faire qu'enregistrer les étapes.

II

Nous voilà donc cheminant vers la ville où nous devions compléter l'armement des uns, l'équipement des
autres, et nous renseigner sur la direction à prendre
pour inaugurer le plus tôt possible notre rôle de gué-
rillas.

Mais il conviendrait, je crois, de passer sommairement en revue notre petit corps.

Onze hommes au total, dont quatre nommés déjà
plus d'une fois, à savoir le Grand-Espagnol, le père Cluzot, Claude Mazuyer, le tailleur, et Gaspard, dit Appenzell. Étant ensuite compté celui qui écrit ces lignes,
cela fait cinq. Restent six compagnons.

Voici d'abord les deux frères Jérôme et Honoré Turillaud, âgés, l'un de trente, l'autre de trente-trois ans.
Célibataires et véritables richards pour le pays, gaillards trapus, carrés, barbus, bruns de poil et de visage, chasseurs infatigables, qui n'ont pas voulu laisser
échapper l'occasion d'une chasse plus émouvante et
plus utile que toutes celles qu'ils ont faites jusqu'à
présent. Ils ont de fines armes sur l'épaule, d'abon-
dantes munitions dans leurs gibecières, et certainement
le gousset bien garni.

Je trouve, pour contraste à ces robustes notables du
hameau, Jean Berchère, un pâle et chétif imberbe gars
de dix-huit ans. Chétif mais non malingre ; face blême
mais regard vif ; bras fluets, mais nerveux. Il était cor-
donnier, disons savetier, et travaillait avec son père,
qui n'avait que lui :

— Si je partais ? fit-il en écoutant les discours du
Grand-Espagnol.

— Si j'avais ton âge, je partirais, répliqua le père.

Jean Berchère, trop pauvre, n'a point de fusil : nous
lui en trouverons un — léger — à la ville. Il n'est guère

4

mieux chaussé qu'armé (conformément au proverbe), nous lui aurons une paire de gros souliers et peut-être aussi une cape quelconque.

Le quatrième et le cinquième sont le gros Baptiste et le grand Bernard — je ne connais que leurs prénoms — scieurs de planches, comme notre vieux chef, leur maître d'apprentissage : dix-neuf et vingt ans. Baptiste, roux comme écureuil, Bernard, foncé comme corbeau ; mais quels torses ! quels bras ! Front bas, regards courts, élocution presque absente ; en somme, intelligence très-bornée, mais dévouement sans bornes au vieux bûcheron. Il a dit : « En route ! » ils sont venus. Quand il leur dira : « Allez là ! » je ne sais guère qui pourra les arrêter ; « Restez là ! » et malins ceux qui les délogeront. Au surplus, montagnards d'antique race, partant tireurs de premier ordre.

Enfin voici Benoît, dit *la Calandre*, du nom d'une espèce d'alouette qui semble personnifier la joie mélodieuse. Benoît est un garçon de trente-cinq ans environ, tisserand de profession, qui chante du matin au soir, en poussant sa navette, et qu'on veut avoir dans chaque fête comme boute-en-train, comme répertoire de charmants refrains. Et, pourtant, en dépit de cette intarissable et bruyante gaieté, Benoît n'est rien moins qu'un très-sérieux citoyen, qui jamais ne laissa le plaisir faire tort au travail, et qui professe pour son pays un amour dont il donne maintenant la meilleure preuve. D'ailleurs c'est l'homme qui croit aux chansons. Pour lui, l'histoire qu'elles content est arrivée; il pleure aux vieilles et naïves ballades de nos montagnes.

Allons, enfants de la patrie!

dit l'hymne national : aussi Benoît est-il parti. Avec lui, nous sommes sûrs de ne pas engendrer la mélancolie.

Notre revue est achevée.

Au résumé, onze volontaires sur une population de trois cents âmes environ, c'est, quoi qu'il en semble, un bel apport; puisque, si chaque commune fournissait un contingent proportionnel, l'armée, régulière ou non, de la défense nationale, calculée seulement sur le pied de trente soldats par mille habitants, s'élèverait à quelque douze cent mille hommes; et pour peu qu'il y eût dans l'ensemble l'esprit de résolution que je crois voir dans la petite légion de la Chaux-Cernoise, Dieu sait si les envahisseurs seraient à la fête.

Bref, nous marchons. En marchant, l'on agite la question de savoir si nous devrons adopter un uniforme ou un signe de reconnaissance quelconque.

— A quoi bon? dit le Grand-Espagnol, nous nous connaissons tous, et l'uniforme ne pourrait que contribuer à nous rendre la tâche plus difficile, en nous signalant aux ennemis, quand nous serons en pays occupé.

— Mais de nouveaux volontaires peuvent se joindre à nous?

— Voilà ce qu'il ne faut point. Nous n'allons pas
faire la guerre régulière, mais la chasse aux étrangers;
et pour ça, les petites troupes valent mieux. Elles peuvent causer beaucoup de mal, avec toutes les chances
d'échapper à l'ennemi. Que si d'autres Français, et je
l'espère, veulent faire comme nous, libre à eux; mais
restons ce que nous sommes : les volontaires de la
Chaux-Cernoise. Toutefois une chose nous est indispen-
sable, c'est un mot de ralliement pour les rencontres ou
gardes de nuit, les marches sous bois...

— Eh bien, fis-je, le mot est, je crois, tout trouvé.
On dira *Chaux*, et la réponse sera *Cernoise*.

Ma proposition fut unanimement adoptée.

Puis, tout en allongeant le pas, le Grand-Espagnol
sembla s'absorber en de profondes réflexions.

— Il pense sans doute à sa Josine, dis-je au père
Cluzot, qui paraissait remarquer comme moi l'air préoccupé du vieillard.

Celui-ci m'entendit, bien que j'eusse parlé tout bas.

— Non, répliqua-t-il, je ne songe pas à Josine; je la
sais tranquille auprès de la mère Cluzot, à qui je l'ai
confiée hier soir. A quoi je pensais?... Tenez, vous allez
le savoir.

En s'exprimant ainsi, le Grand-Espagnol s'arrêta net
au milieu du chemin, les deux mains sur la bouche de
sa carabine.

Le lieu semblait d'ailleurs tout marqué pour une
première halte.

C'était, à trois lieues environ du hameau, à la cime
d'une montée assez rapide, en plein bois, un endroit
où, d'un côté de la route, une suite de rochers, poin-
tant obliquement hors du sol et s'échelonnant comme
des gradins inégaux d'amphithéâtre, formaient une
clairière entaillant la futaie.

— Écoutez, reprit le Grand-Espagnol, pendant que
nous nous rangions en demi-cercle devant lui, le dos
tourné aux rochers — je réfléchissais, voyez-vous, pour
régler nos manières d'agir, quand nous aborderons l'ennemi ; et je veux vous faire part de mes idées. Disons-
le bien, encore une bonne fois, ce n'est pas en soldats
que nous allons batailler, et il faudra nous équiper,
nous arranger de façon à pouvoir toujours, au premier
besoin, faire disparaître armes et munitions, pour sembler n'être que des paysans allant par la campagne. Un
fusil et un paquet de cartouches sont vite cachés dans
un buisson. Seulement j'ai pensé que, comme il faudrait une marque pour reconnaître l'endroit, nous
prendrions tous en poche, à la ville, un peu de bourre
de laine bleue ou verte, dont nous accrocherons quelques brins aux branches ou aux troncs d'arbres, dans
les environs de la cachette. Ce signe pourra d'ailleurs nous servir en mainte occasion, soit pour retrouver notre chemin, soit pour nous dire les uns
aux autres que les gens de la Chaux-Cernoise ont passé
par là.

— Très-bien ! fis-je.

4.

— De plus, continua notre chef, il faudra que chacun de nous...

Mais tout à coup :

— O mon Dieu ! s'écria-t-il.

Et il resta un bras levé, la bouche béante, les yeux écarquillés.

Nous nous retournâmes tous. Alors que vîmes-nous, dominant la plus haute des roches, dont la silhouette grise tranchait, à quelques mètres au-dessus de nous, sur les ramures noires des sapins ? — Josine, et Labri à ses pieds.

Oui, la petite-fille du vieux bûcheron était là, posée debout, avec une grâce singulière, comme une rustique statue sur son abrupt piédestal, où semblait placée, comme un symbolique accessoire, la figure pittoresque du chien. Un bâton blanc à la main, sa capuce noire en arrière, une grosse gourde au côté, le buste enveloppé d'une pièce de drap brun, qui soutenait un paquet sur le dos; muette, immobile, elle regardait son aïeul avec un sourire si expressif, que soudain le vieillard, détachant d'elle ses yeux ébahis :

— Eh bien, la, vous autres, voulez-vous savoir la franche vérité? nous dit-il. Foi de ma vie ! je ne prétendrai point que je l'attendais, mais ça m'aurait fièrement étonné si elle n'était point venue.

Puis, tendant une main vers la fillette :

— Allons, tu as bien fait; tu seras la vivandière. Arrive.

Et allors il fallut la voir dégringoler des rochers, pour venir présenter au vieillard son front bruni où il appliqua un large baiser, pendant que Labri aboyait pour obtenir une caresse.

— Soyez tranquilles, ajouta le grand-père, tout en serrant encore tendrement la jeune fille dans ses bras, ce n'est pas elle qui nous embarrassera.

La démonstration ou instruction du Grand-Espagnol, interrompue par cet incident, fut renvoyée à plus tard. Nous nous remîmes en route, pour ne faire la halte réelle qu'à un bourg distant de cinq lieues de notre point de départ, et où la présence de la petite colonne produisit un véritable événement. Là, pendant que nous prenions un frugal repas sur les tables en plein vent d'une auberge, hommes, femmes, enfants nous entouraient, nous acclamaient.

Le Grand-Espagnol adressa à cette foule sympathique une allocution, dont les chaleureux arguments étaient appuyés par l'exemple que nous donnions ; et nul doute qu'après notre départ quelques volontaires ne soient sortis de ce bourg pour courir à la défense du pays.

Un peu plus loin, en traversant un second village, ce fut encore une sorte d'ovation. On nous accompagna, et nous pûmes croire que, là aussi, nous laissions derrière nous les sentiments patriotiques convenablement surexcités.

Nous arrivâmes vers le milieu du jour à Lons-le-Saulnier, où notre entrée fut un peu moins remarquée, par cela même qu'une émotion assez grande régnait dans la population par suite des nouvelles qui annonçaient les progrès de l'envahissement. Nous apprîmes là d'ailleurs que la formation de *corps francs* ou de *francs-tireurs* n'était pas, comme nous aurions pu le penser dans nos montagnes, à l'état de simple souhait ; que déjà beaucoup de ces troupes tenaient la campagne et promettaient d'aider fort utilement à l'action des armées régulières, qu'on travaillait à reconstituer par des levées de jeunes gens et des rappels d'anciens militaires. On nous fit savoir en outre qu'il y avait des décrets rendus pour l'entretien et la direction des compagnies franches.

Un brave homme, qui nous avait ouvert sa maison, nous démontra qu'à tous les points de vue, il importait que nous nous fissions reconnaître officiellement, d'abord pour avoir droit, comme les troupes ordinaires, à la solde et aux distributions de vivres ou de munitions, et ensuite pour trouver dans le brevet de belligérants qui nous serait délivré une sauvegarde en cas de capture — les exemples, disait-il, étant déjà nombreux de patriotes qui avaient cru pouvoir faire acte individuel de résistance et que l'ennemi avait passés par les armes, comme s'étant mis hors du droit des gens.

— Le droit des gens ! repartit le Grand-Espagnol avec un dédaigneux sourire ; moi, je ne connais qu'un droit, à savoir celui que tous les Français doivent prendre de détruire les ennemis. Des brevets !... Allez voir si les

Espagnols s'inquiétaient d'en avoir pour nous canarder, pour nous poignarder, quand nous étions chez eux. Si l'un de nous est pris et qu'on le fusille, ce sera tant pis et tant mieux ; tant pis pour lui, mais tant mieux pour le courage des autres, qui se diront qu'il n'y a pas à balancer. Ils veilleront à ne pas se laisser prendre, et ils continueront plus chaudement la guerre. Pour la solde, les vivres, les munitions, Dieu merci ! la bourse commune de notre petite troupe y pourra suffire pendant quelque temps... Puis, viendra peut-être une aubaine ; nous verrons bien. Bref, nous allons passer ici la journée pour des achats d'armes, d'habits ou d'autres menues choses ; mais demain, à la première heure, nous filons vers Vesoul ou Belfort, puisque c'est par là que nous avons chance de pouvoir nous mettre en chasse.

Le lendemain matin, en effet, nous montions dans un train qui, vers le milieu du jour, nous déposait à Besançon, ville au delà de laquelle le service régulier du chemin de fer ne se faisait plus ; les uhlans ayant été aperçus du côté de Montbéliard.

— En route donc du côté de Montbéliard ! fit notre vieux chef, quand, au sortir du wagon, il apprit cette nouvelle, et cela avec d'autant plus d'élan, qu'on nous dit aussi que, les jours précédents, des troupes assez nombreuses de francs-tireurs, venues de divers points de la France, avaient pris la même direction.

Nous suivîmes des chemins à mi-côte des hautes vallées, au fond desquelles sinue le canal du Rhône au Rhin, et qui obliquent à l'est.

Le soir, nous campions à six lieues de Besançon, sur les hauteurs voisines de Baume-les-Dames, sous le vaste hangard d'une ferme, dont les habitants nous offrirent la plus cordiale hospitalité, et nous donnèrent tous les renseignements possibles sur la topographie des lieux que nous allions probablement visiter.

Les femmes de la maison voulaient que Josine couchât dans un de leurs lits, mais la brave fille s'obstina à rester sur la paille, à côté de son grand-père. Labri à leurs pieds, cela va sans dire.

En nous éveillant, au point du jour, nous trouvâmes le Grand-Espagnol déjà debout, monté sur un petit tertre ; il promenait ses regards sur le vallon encore sombre. Josine et Labri n'étaient plus là.

— Voilà que la campagne commence, nous dit-il ; nous ne devons plus marcher qu'avec précaution et en nous attendant à faire à tout moment le coup de fusil ou à ruser pour surprendre l'ennemi. Donc, prudence et attention. Josine a pris les devants avec Labri. Toute armée a besoins d'éclaireurs, ils nous en serviront. Il faut aussi des fourriers et des intendants pour les logements et les vivres : Josine s'en charge. Je suis convenu avec elle de plusieurs choses qu'il faut que vous sachiez. D'abord qu'à toutes les croisières de chemin, elle marquera avec quelques brins de laine bleue mis, soit aux buissons, soit aux herbes, à défaut d'arbres, la

route qu'elle aura suivie. Ensuite que si nous l'entendons faire semblant d'appeler un chien en disant : *Tou,
hou ! Briffaud !* ça signifiera que nous pouvons avancer
sans crainte, et que si, au contraire, elle appelle : *Briffaud ! tou, hou !* ça voudra dire que nous devons nous
arrêter, pour attendre qu'elle vienne nous conter quelque chose. Puis, si elle crie : *Tou hou ! tou hou ! Briffaud, tou hou !* il faudra, ou reculer au plus vite, en
laissant aux chemins un peu de la laine verte que nous
avons, pour qu'elle puisse nous retrouver, ou bien cacher nos armes et avoir l'air de paysans ou de passants
dans la campagne. D'autres fois, elle renverra Labri
vers moi, ce qui voudra dire qu'elle vient en toute hâte
vers nous, à moins qu'elle n'ait noué un fil à la boucle
du collier, ce qui voudra dire qu'il faut que nous allions, au contraire, en toute hâte vers elle. Et soyez
tranquilles, la petite est sensée. Si elle se trompe sur
ce qu'il convient de faire, c'est que de plus vieux s'y
tromperaient aussi.

Nous avions compris. Nous nous mîmes en marche,
non plus en corps, mais en nous espaçant sur la crête
des collines, pour exercer une surveillance plus facile
des environs.

Tout à coup, et comme après deux heures de marche
environ nous venions de laisser à notre gauche un village dont le clocher pointait dans la vallée, derrière
une rangée de peupliers, voilà que nous entendîmes le
brave Appenzell, qui tenait la tête de la colonne dé-

ployée, nous envoyer du haut de la colline un *Briffaud tu hu !* qui fit qu'aussitôt nous arrêtâmes notre mouvement, pour nous grouper avec précaution autour du chef, qui le premier avait fait halte.

Au bout d'une minute, Appenzell nous avait rejoints. Il nous dit que, du point élevé où il se trouvait à l'avant-garde, il venait d'apercevoir fort distinctement trois cavaliers couverts de grands manteaux gris, portant la coiffure carrée et la lance, qui cheminaient, un tout seul, les deux autres côte à côte à quelques cents pas plus loin, et paraissaient se diriger vers le village. En passant à Lons-le-Saulnier, j'avais lu quelques journaux où il était question des uhlans et de leurs façons d'agir. Je n'eus pas de peine à les reconnaître.

En même temps Labri, envoyé par Josine, venait frotter sa bonne tête dans les jambes du Grand-Espagnol, qui regarda tout de suite au collier.

— Point de fil, dit-il ; c'est qu'elle vient elle-même. Nous savons déjà de quoi il retourne ; mais n'importe, attendons-la.

Nous n'attendîmes pas longtemps. Elle arriva tout essoufflée, et nous apprit qu'on ne voyait dans le village que paysans des environs courant devant eux en criant : « Les Prussiens ! les Prussiens ! »

— Bon ! fit le grand-père ; mais puisque ces éclaireurs doivent avant peu retourner sur leurs pas, je ne vois pas d'inconvénient à ce que nous allions prendre tranquillement position dans ce taillis qui est là-bas, à la pointe du coteau ; de là on domine la route qu'ils ont suivie pour venir : nous pourrons leur dire deux mots au retour; avec leurs chevaux, ils ne sauraient nous poursuivre à travers bois. D'ailleurs, enfants, nous devons regarder les bois comme notre meilleur domaine. Toutes les fois que nous en aurons à notre disposition, restons-y.

— Mais si ces coquins allaient ne pas revenir par là? objecta le père Cluzot, dont les yeux avaient des lueurs étranges.

— Mon père a raison, dis-je. Comme les uhlans ont pour mission, non-seulement de battre le pays, mais encore de faire en quelque sorte préparer la réception des troupes dont ils sont l'avant-garde, ce n'est pas dans un village aussi peu important que celui-ci qu'ils doivent arrêter leur reconnaissance.

— Alors ils pourraient fort bien s'en retourner par une autre route, et nous les attendrions là-bas en pure perte, observa encore le père Cluzot.

— A moins qu'on n'aille leur conseiller la retraite, repris-je, et, avec la permission du Grand-Espagnol, c'est ce que je veux faire.

— Tu veux aller là-bas, me demanda le vieillard avec une expression d'inquiétude à mon égard.

— Oui, j'irai sans armes. Je dirai que des troupes viennent, cela les décidera peut-être à rétrograder ; et alors vous les tirerez à votre aise au passage. Souvenir de chasse, métier de rabatteur, voilà tout.

— Hé, hé ! il va, le petit, il va ! fit, en branlant la tête,
le vieux bûcheron, tout aise de me voir déjà formé à la
multiplicité des rôles de la guerre de ruse et d'audace
que nous devions faire. Eh bien ! à revoir, garçon ; tu
sais où nous rejoindre.

Je laissai aux mains de mes compagnons tout ce qui
pouvait me signaler comme belligérant : carabine, gibecière, pistolets, etc., gardant toutefois au fond d'une
poche, sur ma poitrine, un joli revolver que j'avais
acheté à Lons-le-Saulnier.

La troupe se dirigea vers le taillis, et moi je descendis
au village. J'y arrivai au moment où, par la rue qui
fait face à l'église, débouchaient les trois cavaliers qui
s'étaient réunis, et qui marchaient la lance au poing
avec l'assurance de gens que devance la terreur.

Les portes, les volets s'étaient fermés, tout au plus
çà et là quelques figures épouvantées, blêmes, se mon-
traient-elles furtivement aux lucarnes des toits. Cependant, au bout de la rue que je suivais, une vieille
femme était tranquillement assise sur un banc de pierre,
et, comme elle s'aperçut que je remarquais son calme :

— Oh ! c'est que je les ai déjà vus deux fois, moi, ils
ne me font pas peur. Puis, enfin, s'ils veulent me tuer,
je suis assez âgée pour faire une morte. Eh ! tenez, les
voilà qui vont droit chez M. le maire. Pourtant, je n'ai
vu personne leur indiquer la maison.

Pendant que la bonne femme me parlait ainsi, les
cavaliers passaient à quarante pas de nous. L'un d'eux

se retourna, et, accompagnant ses paroles d'un geste
de main qui avait l'intention de paraître tout à fait ami-
cal, sinon protecteur :

— Eh! bonjour, mère David, bonjour! cria-t-il, dans
un langage qui n'était guère affecté que d'une très-lé-
gère nuance germanique.

La bonne femme se leva, sous le coup d'une véritable
commotion électrique, en clignotant, et en passant la
main sur son front, comme pour se reconnaître dans le
trouble profond que les paroles du uhlan venaient de
lui causer.

— Çà, mais..., çà, mais..., fit-elle avec une laborieuse
hésitation. Eh! attendez, attendez donc!

Puis, tout à coup :

— Mais, pardienne, j'y suis! c'est Frantz, c'est lui,
c'est bien lui. Mon Dieu! est-ce possible?

— Frantz? répétai-je interrogativement.

— Oui, monsieur, un garçon qui est arrivé ici il y a
cinq ou six ans, presque sans souliers aux pieds, sans
habits sur le corps. On l'a reçu, soigné, gardé. Il était
entré comme valet à l'auberge, au bout du village... Assez travailleur, à vrai dire, doux de caractère, trop doux
même, trop mielleux... Il s'était refait, il avait écono-
misé, il parlait d'épouser la servante de la maison, et
de s'établir... La guerre déclarée, il s'est dit obligé d'aller servir son pays; il est parti en pleurant, en regrettant ce qui arrivait... Et voilà, monsieur, il revient.
Mais c'est affreux, ça! Je ne m'étonne pas qu'il aille

tout droit chez le maire avec ses coquins de camarades... Mais j'espère bien qu'on va leur faire un mauvais parti, à lui surtout, qui n'est gros et gras que des
bontés d'ici.

Et la vieille, indignée, s'apprêtait à ameuter ouvertement la population contre l'impudent visiteur :

— Pierre, Claude, criait-elle déjà, venez, c'est Frantz,
c'est ce vilain ; il ose, oui, il ose !... Aurez-vous peur
de ce lâche ?

Je m'efforçai de la calmer, en lui remontrant que le
moyen qu'elle prenait pouvait manquer le but. Elle
consentit à se contenir ; et, toutefois, quelques hommes
étaient sortis, à qui elle expliqua le fait révoltant, mais
à voix basse.

L'indignation les prit à leur tour :

— Il faut voir, dirent-ils, en marchant résolûment
avec moi vers la maison du maire, devant laquelle les
cavaliers venaient de s'arrêter.

Cette maison, d'apparence bourgeoise, avait son perron dans une vaste cour pavée, communiquant avec la
rue par un portail, dont l'un des deux vantaux seulement était ouvert, et par une petite porte latérale.

Le cavalier qui avait apostrophé la vieille s'avança
jusque sous le cintre de la principale entrée, et, frappant du talon ferré de sa lance sur la dalle sonore :

— Eh ! monsieur le maire, cria-t-il, on veut vous
parler ; montrez-vous, s'il vous plaît.

Au bout de quelques secondes, je vis paraître sur le

perron un homme de soixante-cinq ans environ, qui semblait sinon calme, au moins maître de son émotion.

—Que me voulez-vous? demanda-t-il, en dévisageant attentivement son interlocuteur.

— Eh! eh! c'est moi, Frantz, vous me reconnaissez bien? crut devoir dire le uhlan, qui releva même un peu son casque pour rendre cette reconnaissance plus facile.

— Oui, je vous reconnais, repartit le vieillard, et ce n'est pas ce qui vous fait honneur.

— Que voulez-vous? monsieur le maire : c'est la guerre. Je sers mon pays.

— Soit ! fit brusquement le maire en secouant la tête. Que voulez-vous? que demandez-vous?

— Oh! s'il vous plaît, monsieur le maire, dit l'autre avec une impertinente douceur, ne nous fâchons pas. Mes camarades et moi nous n'avons nullement l'intention de vous faire le moindre mal, à vous, ni à personne du village... ; mais, bien entendu, à la condition qu'on soit ici convenable avec nous.

— Enfin?... demanda plus brusquement le vieillard.

Alors le uhlan parut vouloir élever la voix à son tour, et ses deux acolytes, qui s'étaient tenus immobiles derrière lui pendant qu'il faisait entrer son cheval dans la cour, tirèrent chacun des fontes de leur selle un pistolet, dont ils firent jouer la batterie.

Les hommes et moi nous nous étions avancés peu à peu jusqu'à une dizaine de pas des cavaliers.

5.

— Pourtant, ils ne sont que trois ! gronda l'un de ces hommes, beau et mâle gaillard d'une trentaine d'années.

— Oui, répliquai-je à voix très-basse, et sans faire passer dans mes yeux le sentiment de mes paroles, pour n'être point suspect aux uhlans ; — oui, et j'ai moi six coups à tirer.

Et je glissai une main dans la poche où était mon revolver.

L'homme arrêta sur moi un regard brillant de la plus significative sympathie, et lentement, comme poussé par un simple ou banal sentiment de curiosité, il se dirigea vers la petite porte par laquelle, l'instant d'après, il pénétra dans la cour.

Frantz reprit donc d'un ton singulièrement rogue et impétueux :

— Enfin, monsieur le maire, nous venons vous faire savoir que cinq cents hommes de l'armée qui nous suit devront trouver ici, ce soir, le logement et un bon repas, de la viande, du vin, de l'eau-de-vie, des cigares. Vous entendez ?

— J'entends ; mais si rien de cela n'était prêt ?

— Le village serait brûlé et le maire fusillé.

— Ah !

— En attendant, vous allez, s'il vous plaît, monsieur le maire, nous compter, à nous, une somme... oh ! pas trop forte ! mille francs.

— Et si je ne les ai pas ?

— Nous vous en demanderons deux mille, et vous les trouverez certainement.

— Mais..., commençait à répliquer encore le vieillard, quand au loin, du côté par lequel étaient venus les cavaliers, une détonation d'arme à feu retentit, suivie presque immédiatement de cinq ou six autres.

Les trois Prussiens parurent dresser l'oreille en ouvrant l'œil d'une étrange façon, l'un d'eux murmura avec une visible inquiétude :

— *Freyschützen* (francs-tireurs) !

Et les pistolets qu'ils tenaient à poings levés s'abaissèrent, tout prêts à rentrer timidement dans les fontes.

Alors, moi, usant de tout ce que je savais ou croyais savoir d'allemand :

— *Ia*, m'écriai-je, sollicité par les indices de couardise que je venais de voir se manifester chez ces cavaliers si arrogants l'instant d'auparavant, *ia, Freyschützen da und da* (francs-tireurs là et là).

Et, de l'index, je montrais les deux points extrêmes du pays.

Aussitôt, comme par un coup de théâtre habilement ménagé, le battant du portail se referme brusquement derrière l'*ami* Frantz. Dans la cour se fait un tapage de ferraille sur le pavé. Les deux uhlans restés à l'extérieur enlèvent de l'éperon leurs chevaux, qui évoluent en se cabrant. Comme ils vont gagner le large, je sors mon arme, j'allonge le bras, je fais feu. L'un des fuyards vide la selle, et le cheval, qui continue à courir, le

traîne par un pied pris dans l'étrier. Je tire sur l'autre,
mais sans l'atteindre, et il ne tarde pas à disparaître au
tournant de la place. Des gens sortent de toutes les
maisons. On appelle à l'aide dans la cour. On y entre
en foule. Des hommes arrêtent le cheval dont j'ai abattu
le cavalier. Cris, tumulte... c'est pendant quelques instants une véritable confusion.

Enfin l'on se reconnaît, et chacun peut se rendre
compte de ce qui vient de se passer.

Au moment où les coups de feu s'étaient fait entendre, l'homme qui avait furtivement pénétré dans la
cour, n'écoutant que son courage, et convaincu que je
tenterais quelque chose de mon côté, résolut d'avoir
raison de l'un des trois Allemands.

Tout d'abord il coupe la retraite au cavalier, en poussant le vantail de la porte cochère ; puis, prompt comme
l'éclair, il court au soldat, qu'il soulève vigoureusement
par un pied et qu'il fait basculer de l'autre côté du
cheval. Avant que le uhlan, qui vient de rouler lourde-
ment à terre, ait pu essayer de se relever, l'homme lui
a posé un genou sur la poitrine, et des deux mains l'é-
treint à la gorge. Il l'étranglerait même bel et bien
sans l'intervention du maire, qui trouve suffisant de
le faire prisonnier ; mais l'homme le tient toujours sous
lui et veut à tout risque tirer satisfaction du misérable
qui a manqué si indignement à tous les sentiments du
cœur. C'est, au surplus, l'avis assez unanime des hommes, des femmes, qui sont en nombre dans la cour ;

mais je me joins au maire, et le malencontreux Prussien — qui d'ailleurs proteste du plus lâche repentir
— en est quitte pour quelques coups et force repro-
ches. On ne le laisse toutefois se relever qu'après lui
avoir solidement lié les mains derrière le dos, et on
l'attache de la même corde à la rampe de fer du perron.

D'autre part on a relevé le uhlan qu'a frappé la balle
de mon revolver. Il n'est pas mort, mais la blessure est
grave. C'est au-dessous de l'épaule qu'il a été atteint.
On l'adosse assis devant le portail. Il ouvre de gros
yeux mornes et paraît souffrir cruellement...

Je dois avouer que la part prise par moi aux événements m'avait fait perdre à peu près de vue le point
de départ de mon entreprise, et m'avait empêché même
de chercher à avoir l'explication de la fusillade qui
avait en quelque sorte tout causé.

Deux coups de feu, qui furent de nouveau tirés dans
la même direction, me rappelèrent aux réalités de la situation.

Incertain sur ce qui pouvait se passer là-bas, je pensais qu'en tout cas la prudence commandait de faire
disparaître les indices de la lutte. Je conseillai, en conséquence, d'atteler au plus tôt une voiture, sur laquelle
on placerait le blessé et le prisonnier, pour les conduire jusqu'à la première brigade de gendarmerie, qui
les dirigerait ensuite vers un lieu sûr.

L'homme de la cour s'offrit à les mener lui-même
avec quelques amis jusqu'au chef-lieu; et l'on pro-

céda immédiatement aux préparatifs de ce départ.

Jusque-là, et bien que je parusse en parfaite com-
munion avec ces braves gens, nul n'avait pu ni demander ni savoir qui j'étais, d'où je venais. J'appris au
maire la présence aux environs du corps de volontaires
dont je m'étais détaché. Le digne vieillard me serra les
mains avec effusion ; il ne se dissimulait pas que
cette affaire risquait d'attirer sur le pays de terribles
représailles de la part de l'ennemi, qui avançait,
et que le uhlan fuyard était sans doute allé instruire.
Mais il approuvait pleinement ce qui avait été fait,
et se déclarait prêt à tâcher d'assumer sur lui seul,
au cas échéant, les malheurs dont le village était me-
nacé.

Quoi qu'il en fût, j'avais hâte de rejoindre mes amis.
J'allais donc m'éloigner, quand, dans la rue par laquelle avait disparu le dernier uhlan, nous entendîmes
un certain tumulte se produire.

Il y eut un moment d'anxiété, et déjà, par contre,
dans les yeux du prisonnier, brillait une lueur de se-
crète satisfaction.

Mais bientôt déboucha sur la place une foule qui ap-
plaudissait, qui acclamait un groupe d'hommes armés ;
c'était la légion de la Chaux-Cernoise qui ramenait captif le troisième de nos uhlans. Ils avaient tiré sur lui
au passage comme il fuyait à bride abattue. Le cheval,
atteint à la tête, était tombé roide, lançant à quelques
pas de lui le cavalier, qui, étourdi du choc, ne s'était

reconnu que désarmé et solidement maintenu par les
deux frères Turillaud.

Le Grand-Espagnol marchait fièrement à la tête de la
troupe ; Josine, à côté de lui, portait ma gibecière en
sautoir et ma carabine en bandoulière.

Comme, tout d'abord, je n'aperçus ni le petit bossu,
ni Appenzell, je craignis que le succès de cette première action n'eût été chèrement acheté par nous ; mais
en découvrant ces deux camarades, qui marchaient, si
je puis ainsi dire, à l'arrière-garde, je pus constater,
au contraire, que je ne connaissais pas encore dans son
entier le résultat de l'affaire, puisqu'ils ne s'attardaient
ainsi que pour soutenir le pas chancelant d'un second
prisonnier blessé.

Les trois uhlans entrés au village étaient suivis à
quelque distance de trois autres. Postés dans le taillis
et les voyant passer à bonne portée, nos tireurs n'avaient
pu résister à la tentation d'étrenner leurs munitions.
Le père Cluzot avait envoyé la première balle, qui avait
étendu net et pour toujours un des cavaliers. Une décharge à peu près générale avait tué aussi le deuxième
et blessé le troisième, qu'on ramenait.

La voiture était prête, jonchée de paille, sur laquelle
on le coucha avec celui que j'avais blessé, et l'on
amena, les mains toujours liées, ce Frantz que nous
avions vu si plein de jactance, et qui maintenant per-
sonnifiait l'extrême couardise.

L'homme qui l'avait terrassé se disposait à l'enlever par les aisselles pour l'asseoir sur la charrette.

Mais voilà qu'à ce moment la foule s'ouvre silencieuse, ébahie, devant une jeune et belle paysanne qui arrive en courant, les manches retroussées, le visage singulièrement animé ; elle a dans la main un gros fouet de roulier. Elle va droit au jeune Allemand, qui en la voyant, blémit et semble défaillir.

— Non, non, pas là-dessus ! crie-t-elle, en levant le bois tordu qu'elle tient. C'est moi qui dois le conduire. Allons, coquin, va droit, ou sinon !...

Elle a pris le bout de la corde. Le fouet claque ; la mèche cingle aux jambes du prisonnier, qui fléchit sur lui-même en poussant un petit cri douloureux, et qui ensuite se met docilement en marche, comme un bœuf stupide sous l'aiguillon du fier bouvier.

— Bien ! Jeanne ! bien ! très-bien ! répète-t-on de toutes parts.

Le maire lui-même semble s'associer à ce manque unanime de générosité, qui, en dépit de tout, me cause une douloureuse surprise.

On me dit :

— C'est la brave fille qu'*il* devait épouser, et qui se serait mise au feu pour lui, tant elle l'aimait.

Alors, ma foi, je me sens aussi porté à féliciter Jeanne qui, certes, ne procède pas à cette exécution sans qu'il en ait dû coûter à son cœur un profond, un héroïque déchirement.

Bref, captifs et blessés sont dirigés vers la ville, pendant que des hommes, requis par le maire, vont inhumer en hâte les morts laissés sur la route.

Quelques jeunes gens, enhardis, animés par le succès qu'ils viennent de voir si facilement obtenu, offrent de se joindre à nous. Fidèle à son principe, le Grand-Espagnol, tout en s'efforçant de surexciter leur zèle, les engage à former une bande distincte gardant sa liberté, ses inspirations.

— Voyez, dit-il, pour dix ou douze hommes qui ont pris part à l'affaire, voilà six ennemis tués, blessés ou prisonniers. Il ne faudrait pas que la chose se répétât souvent pour qu'il ne restât bientôt plus de Prussiens en France. Ajoutez que vingt hommes, trente hommes, n'auraient pas fait plus que ces dix, et que ces dix, portés sur quelque autre point, pouvaient faire autant que nous ici, ce qui aurait donné double résultat. La petite guerre! la guerre de sentiers, de buissons, de maisons, n'en faisons pas d'autre; c'est la bonne, c'est la vraie. A vos fusils! à vos couteaux! à vos fourches! enfants! et vive la France!

L'allocution de notre chef fut chaudement accueillie. Nous pûmes voir que, parmi les auditeurs, plusieurs se concertaient, si je puis parler ainsi, pour le bon motif.

Et voilà comment dans ce pays, où une heure plus tôt l'effroi régnait, il avait suffi d'un coup de bonheur, plutôt que d'audace, pour réveiller les plus fiers sentiments.

Quoi qu'il en fût, littéralement chargés de victuailles

6

que les habitants du village étaient venus nous offrir à l'envi, nous reprîmes le chemin des hauteurs.

Nous étions convenus de gagner dans la montagne un point où nous pussions, tout en ayant l'œil sur les environs, nous reposer le temps de prendre un peu de nourriture, et de nous orienter pour nos opérations ultérieures.

— Et d'un ! m'avait dit fièrement le père Cluzot aussitôt qu'il avait pu s'approcher de moi, en me montrant du doigt une feuille de chêne glissée sous le cordon de son chapeau.

A l'instar des guerriers de certaines peuplades, dont j'avais lu l'histoire, et qui adoptent, pour témoignages permanents de leur bravoure, des marques disant le nombre d'ennemis tués ou vaincus par eux, le cher homme avait probablement résolu lui aussi de porter un signe de victoire. N'a-t-on pas dit que les idées instinctives sont en tous lieux les mêmes ?

J'avais repris mes armes des mains de Josine, qui était partie la première avec le chien dans la direction des montagnes.

Comme nous cheminions :

— Allons, dit le Grand-Espagnol, la campagne commence bien.

—En effet, pour peu que nous ayons un certain nombre de journées comme celle-ci, les volontaires de la Chaux-Cernoise pourront, après la guerre, se vanter d'avoir rendu quelques services au pays.

— La journée ! répéta le vieillard, mais je crois bien qu'elle n'est pas finie.

— Comment donc ?

— Voyez-vous, je ne suis pas tout à fait tranquille sur le compte des gens de ce village. Un Prussien que nous ramenions tout à l'heure, ne disait-il pas à Appenzell qu'ils n'avaient eux, les uhlans, que quatre ou cinq heures d'avance sur une troupe de cinq cents hommes formant l'avant-garde d'un corps beaucoup plus considérable ? Il va de soi que la première n'ayant pas vu revenir ses éclaireurs voudra savoir qui les a pris ou tués ; et si ces pauvres villageois sont soupçonnés d'y être pour quelque chose, ils passeront un mauvais quart d'heure. J'ai bien recommandé au maire de laisser entendre en tout cas que les francs-tireurs tiennent la campagne, mais les paroles ne valent pas les actions. Dans l'intérêt de cette brave population, il faut absolument que la troupe qui vient nous voie, ou plutôt nous entende, quand nous ne devrions faire que décharger nos fusils en l'air et nous esquiver ensuite ; il ne sera pas besoin de plus pour que la disparition des uhlans puisse nous être attribuée, et le tour sera joué.

Nous nous dirigions vers le nord, prenant pour but, assez lointain d'ailleurs, une espèce de pavillon ou de moulin en ruines, qui montrait ses parois ébréchées au-dessus d'un mamelon boisé. De là, l'on devait embrasser un vaste horizon, et Josine avait dû nous y devancer.

Au bout d'une demi-heure de marche environ, et comme nous n'étions plus qu'à une courte distance du pavillon, Labri parut.

— Oh! oh! le fil au collier, s'écria le Grand-Espagnol. Josine nous veut auprès d'elle. Alerte! enfants.

. Nous prîmes le pas gymnastique, précédés du brave chien, qui nous guidait.

Bientôt nous pûmes voir Josine, qui, montée sur un tertre, nous excitait du geste à précipiter notre marche. Alors nous courûmes; et ce fut, je dois le dire, le Grand-Espagnol qui arriva le premier.

Sa fille le prit par le bras, l'emmena vers un coin de la ruine et, du doigt, dirigea son regard vers un point de l'étendue accidentée. Nous les suivîmes.

D'abord le vieillard parut ne rien distinguer qui méritât l'attention, et tous nos yeux braqués dans la même ligne que le sien, s'accordaient à ne rien découvrir.

— Mais, voyez donc, là-bas, une route grise qui descend, qui tourne, dit Josine.

— Loin? bien loin?

— Oui, sur cette route quelque chose bouge...

Josine avait raison, « quelque chose » bougeait en effet là-bas, mais à cinq ou six kilomètres au moins, et il avait fallu une singulière puissance d'attention pour remarquer ce véritable atome mouvant dans l'immuable immensité.

— Eh bien, ne put s'empêcher de nous demander le

Grand-Espagnol, pensez-vous que notre *éclaireuse* y
voie clair ?

— Certes !...

Or ce quelque chose qui bougeait, autant que je fus
à même d'en juger à l'aide d'une petite lunette ordinaire que j'avais achetée à Lons-le-Saulnier, était une
masse d'hommes armés. Je voyais scintiller des casques ou des fusils : sans doute le corps annoncé par les
uhlans.

— Fort bien ! fit le vieux scieur, quand il eut à son
tour tenu la lunette un instant. Voilà les gens avec
qui nous devons avoir affaire, non pas, entendons-nous
bien, pour engager une bataille de front, ce serait folie,
et notre tâche n'est point celle-là, mais tout bonnement
pour qu'ils sachent que nous existons et que nous chas-
sons par là au Prussien.

Là-dessus, il nous donna ses instructions, après avoir
paru étudier les localités qui nous faisaient face.

— Si je ne me trompe, reprit-il, la route que suivent
les ennemis vient passer au-dessous d'un coteau boisé,
où nous irons nous mettre aux aguets. Nous ferons de
là une décharge de tous les coups que nous pouvons
avoir à tirer : fusils et pistolets. Plus de bruit que
d'effet, peut-être, mais n'importe. La décharge faite,
nous nous jetterons tous à plat ventre, pour esquiver
les balles qu'ils ne manqueront pas de nous envoyer.
Puis nous nous en irons en nous éparpillant à travers
bois, mais toujours sur la hauteur, pour venir nous

rallier à l'endroit où nous sommes maintenant, et de là nous descendrons par l'autre versant du coteau pour aller chercher aventure ailleurs. C'est compris , je pense.

— Parfaitement.

— Eh bien, nous n'avons pas de temps à perdre. Nous déjeunerons plus tard. Quant à Josine, comme nous n'aurions que faire d'elle là-bas, elle va rester ici pour nous y attendre, à moins que nous ne soyons forcés de prendre une autre route ; et elle le verra bien. En tous cas, le chien l'aiderait à nous retrouver.

Ce qui fut dit fut fait. Vingt-cinq minutes plus tard nous arrivions au poste choisi par le Grand-Espagnol.

Choisi, dis-je, et fort heureusement en vérité, car, outre que la position dominait à souhait le passage présumé des Prussiens, sur l'avancée se trouvait à point nommé un mur de soutènement en pierres sèches, formant bastion, derrière lequel nous pourrions nous blottir, et qui nous abriterait des coups dirigés sur nous.

Évidemment si une bataille avait dû se livrer dans les environs, cette position eût été une des premières à l'occupation de laquelle eussent visé les stratégistes pour l'établissement des batteries, car en même temps qu'à l'ouest elle commandait au loin la campagne, à l'est elle se reliait, par le dos du coteau, avec le point culminant où nous avions laissé Josine.

Nous voilà donc, véritables chasseurs à l'affût, groupés tranquillement derrière la muraille, fusils et pistolets

Les premiers uhlans. (Page 55.)

armés, et attendant la venue du gibier; mais ma foi, le gibier se faisait singulièrement attendre.

Depuis que nous étions descendus de la ruine, l'horizon s'était relativement rétréci pour nous. La marche lointaine du détachement ennemi nous échappait; et près de deux heures s'étaient écoulées que nous nous lassions encore vainement à interroger le débouché du vallon où nous comptions les voir paraître.

Avaient-ils fait halte ou changé d'itinéraire? Du haut de son observatoire Josine le savait peut-être, mais nous ne pouvions que l'ignorer.

Déjà Mazuyer, le jovial bossu, s'était offert pour aller à la découverte, lorsqu'enfin deux uhlans parurent sur la route, à mille mètres environ.

Ils marchaient lentement, explorant du regard tous les points d'alentour.

— Ferons-nous feu? demandai-je au chef pendant que le père Cluzot tenait déjà, en manière de passe-temps, un des deux Prussiens dans l'axe de sa mire.

— Ma foi! c'est mon avis, répondit le Grand-Espagnol, car l'effet sera le même avec eux qu'avec le bataillon qui les suit. Et même ce sera moins dangereux pour nous.

— Donc, nous tirons.

— Oui, mais en l'air pour les effrayer seulement, car s'il nous arrivait de les tuer, ils ne pourraient pas retourner dire là-bas qu'ils ont vu les francs-tireurs.

— Bon! et c'est convenu, feu au hasard.

Le père Cluzot, son fusil toujours horizontal, me jeta un regard oblique, qui voulait dire à ne pas s'y méprendre que le hasard n'était nullement le dieu en l'honneur duquel il aimait à brûler sa poudre.

Quoi qu'il en fût, les deux cavaliers semblaient se concerter, en étendant le bras tantôt dans une direction, tantôt dans l'autre. Il était évident que la configuration ou la topographie des campagnes environnantes formait le sujet de leur entretien.

Tout à coup, les voilà qui, faisant demi-tour à droite, piquent des deux à travers champs pour gagner une maison située à cinq ou six cents pas de la route. Ils s'y arrêtent quelques minutes, et nous les voyons ensuite décrire au delà une courbe qui doit les ramener à leur point de départ. Enfin ils disparaissent.

Que faire alors? attendrons-nous encore?

Mazuyer insiste pour qu'on lui octroie la liberté de se signaler comme éclaireur.

— Eh bien, va, lui dit le Grand-Espagnol, mais ouvre l'œil, sois prudent; et, en tous cas, ne t'aventure pas trop loin. Si dans une demi-heure tu n'as eu vent de rien, reviens.

— Zoyez dranquilles ! fait le bossu, en prenant avec une mine suffisante la tonique d'Appenzell.

Puis il se dépouille de son attirail guerrier, il se taille une badine dans les arbres, et, le chapeau sur l'oreille, sifflotant un air du pays, il se faufile à travers les arbres, pour descendre vers la route.

Bientôt nous pouvons suivre des yeux sa marche à découvert. Il va d'un pas agile et, se doutant bien que nous l'observons, il fait de temps à autre, avec sa main levée, un petit geste de crânerie.

Tout d'abord on le prendrait pour un voyageur qui va devant lui insoucieux des rencontres qu'il pourra faire, et c'est du reste le véritable rôle qui convienne en pareil cas ; mais quelle idée lui passe soudain par la tête ? Le voilà qui prend, d'un air furtif et sournois, à travers champs et s'en va, courbé de buisson en buisson, comme un tireur de merles, qui veut avancer sans être vu de l'oiseau. Il marche à pas lents, il court, s'arrête, se baisse, se relève, lorgne d'ici, regarde de là ; pantomime que nous serions tout prêts à trouver singulièrement ridicule, si elle ne devait être motivée par une cause à nous inconnue.

Et toujours notre homme s'éloigne, en répétant ses multiples simagrées.

— Découvre-t-il quelque chose ou ne découvre-t-il rien ? nous demandons-nous d'instant en instant, pendant une vingtaine de minutes, sans qu'aucun indice, tiré de l'attitude de notre éclaireur lui-même, nous permette d'asseoir la moindre supposition plausible. Nous attendons impatientés. Mais tout à coup la réponse à notre question nous est donnée de la façon la plus affirmative, par deux nouveaux uhlans qui surgissent de derrière un bouquet d'arbres, un peu en avant de l'endroit où opère le bossu.

Il ne les a nullement aperçus, lui, et la preuve, c'est qu'il continue son petit manége ; mais eux l'ont si bien remarqué, qu'ils courent sur lui à bride abattue, et qu'ils le bloquent au bord d'un ruisseau, avant qu'il ait paru se douter de leur approche.

La distance est trop grande pour que nous puissions nous rendre bien compte de ce qui se passe alors entre les trois hommes ; mais bientôt nous voyons très-distinctement les uhlans s'en retourner par où ils sont venus, faisant marcher entre leurs chevaux notre camarade, qui semble de temps en temps regarder de notre côté, comme pour nous prendre à témoins de sa mésaventure.

— Voyez mon nigaud ! s'écrie le Grand-Espagnol, il s'est fait prendre par suite même des prétendues précautions dont il a usé pour ne pas être pris. Et Dieu sait maintenant ce qu'ils vont faire de lui, pour peu qu'à ses airs de guetteur il lui arrive de joindre quelque embarras dans ses réponses. Nous voilà aussi peu renseignés qu'auparavant.

— Pardon ! fis-je, l'apparition de ces nouveaux cavaliers nous démontre clairement, je crois, que l'ennemi insiste à faire éclairer cette route, et que...

— Foyez ! foyez ! interrompit Appenzell.

Nous regardâmes dans la direction qu'indiquait le doigt du brave Helvétien. Un corps d'infanterie se présentait de front sur la route, à l'endroit où avaient paru, et où s'étaient entretenus les premiers uhlans.

En quelques secondes cette troupe eut débouché en
entier dans le vallon par deux groupes de cent cinquante hommes environ, que précédait une ligne de
cavalerie légère, et entre lesquels d'autres chevaux
traînaient deux petites pièces d'artillerie et quelques
caissons.

Tout cela, pensions-nous, allait défiler devant nous,
et nous nous disposions à mettre à exécution notre
premier projet; mais l'ensemble de la colonne s'arrêta
net. Après un instant, elle obliqua à gauche, et se mit
en marche pour occuper le coteau parallèle à celui sur
lequel nous étions, en se développant dans la direction
de l'éminence où était Josine. En même temps, les cavaliers se détachèrent, et, après avoir décrit au galop
une longue courbe au dessous de nous, revinrent se
poster, comme en sentinelles avancées, à l'autre versant
de notre coteau. On eût dit qu'il s'agissait de nous investir. Les deux pièces étaient toutefois restées sur la
route, et nous avions pour issue le dos du coteau, se
reliant au loin à la pente d'où nous étions descendus.

Mais la colonne s'était hâtée dans son déploiement.
Avant que nous eussions songé à combiner une prudente retraite, une bonne moitié des soldats avait escaladé à distance la colline. Nous nous trouvions littéralement cernés. Un coup d'audace pouvait seul nous
tirer d'affaire.

Le Grand-Espagnol eut bientôt apprécié le danger et
les ressources de la situation.

7

— A moins de croire, dit-il, à une trahison du bossu, et pourquoi y croire? ce n'est pas à nous que ces gens-là en ont. Ils ne se doutent pas même que nous soyons là. Non. Ils veulent choisir apparemment un campement pour la nuit, et le lieu d'abord visité par les uhlans leur convient, voilà tout. C'est pourquoi, n'étant pas surveillés, nous avons chance de leur brûler la politesse sans qu'il nous en coûte trop cher. Notre chemin est du côté des cavaliers. Ils sont là sept ou huit, espacés et découverts. Nous descendons à pas de loup, par le versant boisé. Arrivés au bas, écartés les uns des autres, nous choisissons chacun notre homme. Vous attendez que je tire, et, quand j'ai tiré, vous faites feu tous ensemble. Des cavaliers tombent ; d'autres s'étonnent. Nous profitons du remue-ménage pour traverser au plus vite la petite bande de pré, et pour nous jeter dans le taillis de l'autre coteau. Les cavaliers qui restent ne peuvent pas nous poursuivre à travers bois, et avant que les fantassins d'ici aient pu tirer sur nous, ou seulement nous voir, nous nous sommes mis en parfaite sûreté.

Le plan était évidemment bon, mais à la condition d'être exécuté sans retard, et déjà nous commencions à opérer notre mouvement, quand soudain, après un coup de feu qui semble un signal comme celui que devait nous donner le Grand-Espagnol, une fusillade bien nourrie éclate, roule et ne se ralentit que pour pétiller bientôt de plus belle, en décrivant comme un fumeux cordon sur le haut du vallon opposé à celui dans lequel nous nous apprêtons à descendre.

— Par Bacco ! fait Appenzell en jetant vivement autour de lui des regards effarés, c'est, che grois, le tiaple qui s'en mêle.

— Eh non ! s'écria le vieux bûcheron, au contraire, c'est le bon Dieu qui nous vient en aide ! D'où ça sort, je n'en sais rien ; mais je sais bien que ce n'est pas sur nous qu'on tire, et je sais que voilà nos coquins en désarroi. Regardez plutôt.

Le brave homme disait vrai : un désordre général régnait dans la troupe que nous avions vue quelques instants plus tôt se développer avec une sorte de précision automatique. Tout courait, tout se précipitait, tout criait. Un grand nombre d'hommes d'ailleurs étaient tombés qu'on relevait, qu'on emportait. Partout l'effarement, l'éparpillement, partout la débâcle.

Pour les soldats courant dans le vallon à notre gauche, le but à atteindre était le point où ils avaient laissé leur petite artillerie.

Ceux qui étaient montés sur l'éminence dont nous occupions la pointe, voulurent en toute hâte plonger dans le vallon de droite, où nous avions dû descendre, mais la descente n'était guère possible qu'à la place où nous nous trouvions ; ailleurs, la pente était presque à pic.

Les voilà donc courant vers nous sans se douter de notre présence et pendant que quelques balles sifflent toujours sur eux :

— Attention ! dit le Grand-Espagnol, l'arme à l'é-
paule ! chacun son homme !

Puis quand il voit la bande à bonne portée :

— Feu ! crie-t-il.

Dix coups partent qui éclaircissent singulièrement
le premier rang des fuyards. Le reste, saisi d'un surcroît de désarroi, se replie pêle-mêle, et se jette à tout
hasard dans les escarpements, où plus d'un membre dut
être rompu.

— Et maintenant, mes enfants, dit le Grand-Espagnol, il pourrait bien ne pas faire bon ici tout à l'heure.
Rechargeons donc les armes par précaution, mais vivement ; et après, en route pour là-haut, sans chômer, et
en nous espaçant.

Il montrait l'endroit où nous avions laissé Josine.

Nous nous hâtons de remettre une cartouche dans
chaque fusil, et nous prenons notre course vers la montagne.

Le coteau voisin ne pétille plus ; mais nous pouvons
y voir sur la hauteur des files d'hommes, en uniforme
sombre, courir parallèlement à nous et dans le même
sens.

Ils nous aperçoivent à leur tour ; quelques-uns, en
signe de reconnaissance, brandissent leurs armes ; d'autres crient, autant que nous pouvons entendre : « Vive
la France ! » Nous leur renvoyons la même acclamation ; mais tout cela sans cesser de marcher.

Bien nous en prend d'ailleurs, car, tout en pressant

le pas, nous pouvons voir que la troupe ennemie — je
devrais dire ses débris, vu que cent hommes au moins
ont été mis hors de combat, tant par le feu plongeant
de nos camarades inconnus que par notre courte fusillade — la troupe ennemie s'est reformée en bon ordre
autour des pièces, que nous voyons mettre en batterie
dans notre direction.

— Espaçons ! espaçons ! crie le Grand-Espagnol, qui
croit trouver chez nous trop de tendance au groupement.

Il n'a pas achevé qu'au-dessus de nous passe une
sorte d'*épais* et pénible sifflement qui nous fait instinctivement baisser la tête, et, en même temps, nous
voyons à vingt-cinq ou trente mètres en avant le projectile heurter un bloc de rocher et se briser avec un
fracas terrible au milieu d'un fumeux éventail.

Je dois avouer que plusieurs de nous — et je me
mets du nombre — pour qui ce spectacle avait tout
l'*intérêt* d'une émouvante nouveauté, s'entre-regar-
dèrent avec un certain effarement, et même s'arrêtèrent
court ; mais Appenzell qui, lui, ne s'était pas arrêté, et
qui, même quand il s'écriait, gardait tout son phlegme
natal :

— Diavolo ! fit-il, en foilà un qui ne bourra plus ser-
fir ; les Brussiens, ils defront en acheter un aultre.

Il n'en eût pas fallu davantage pour dissiper le sentiment d'effroi involontaire qui avait pâli quelques visages ; mais notre ami Benoît, la Calandre, crut, en outre,

7.

à propos d'entonner, de sa plus vibrante voix, le refrain
d'une ronde populaire au hameau :

> Prunes! prunes! prunes!
> C'était une brune,
> Qui vendait des prunes,
> Dans son blanc, dans son blanc petit panier.
> Prunes! prunes! prunes!
> Eh! mangez des prunes,
> De mon doux, mon petit doux prunier.

Et, sans plus de façon, ma foi! nous poursuivons
notre marche, d'ailleurs très-accélérée, en répétant en
chœur la ronde des prunes, qui nous permit de ne prendre plus garde aux trois ou quatre détonations dont
l'ennemi accompagna notre retraite.

C'était devenu presque amusant. Mais la *journée*, que
nous avions le droit de croire achevée, nous réservait
une dernière aventure un peu moins heureuse que les
précédentes.

Deux minutes encore et notre petite bande, prudemment éparpillée, allait passer derrière un pli de terrain
qui l'eût complétement dérobée à la vue de l'ennemi :
nous allions chantant — exceptons cependant le père
Cluzot. — Le Grand-Espagnol lui-même fredonnait parfois le refrain. Marchant à grandes enjambées, toujours
le premier, levant son arme de la main gauche, il nous
excitait du geste et de la voix :

— Allons! allons! venait-il de crier, quand deux
coups de feu éclatent à quelque distance, sur notre

droite, presque immédiatement suivis d'un troisième, parti de chez nous.

En même temps, je vois notre ami Appenzell disparaître, en s'affaissant dans de hautes bruyères, où nous marchions en ce moment, et le Grand-Espagnol faire comme un faux pas, et son fusil échapper à sa main levée.

Évidemment, ils ont dû être atteints tous deux. Je cherche à savoir d'où ont pu partir les coups.

Un petit nuage de fumée qui flotte à cinquante pas environ guide mes regards. Trois Prussiens sont là, trois des fuyards de tout à l'heure, sans doute égarés dans cette direction, et qui, cachés jusqu'à mi-corps, par une roche, ont eu le courage de nous attaquer, alors que nous allions passer sans les apercevoir. Deux seulement sont armés de fusils ; les lisérés d'or de sa coiffure font reconnaître le troisième pour un officier.

A peine d'ailleurs ai-je, pour ma part, le temps de voir qu'ils sont trois, que l'on n'en voit déjà plus que deux. Le père Cluzot vient d'envoyer à l'un des soldats une balle qui le fait pirouetter sur lui-même et tomber. Presque aussitôt un autre coup part de l'endroit juste où vient de tomber Appenzell, et soudain je vois notre ami se relever, tandis que le soldat prussien lâche son arme et soutient de sa main droite sa main gauche, d'où le sang coule.

Inquiet, je m'étais élancé vers le Grand-Espagnol :

— Ce n'est rien, me dit-il en ramassant son fusil,

une égratignure au bras, rien du tout ; demain ça n'y
paraîtra plus.

Et toutefois je pus voir que la balle avait assez profondément incisé la manche de gros drap du vieillard,
un peu au-dessous du coude gauche. Les lèvres de la
déchirure étaient ensanglantées. Je tirai mon mouchoir
pour bander provisoirement la plaie, et j'eus toutes les
peines du monde à obtenir qu'il me laissât faire.

Pendant ce temps, trois ou quatre des nôtres, Bernard et Baptiste, les ouvriers scieurs, Benoît le chan-
teur et le petit Jean Berchère — celui-ci, quoique sur-
chargé par le bagage du bossu — avaient fait feu à la
fois sur l'officier et le soldat encore debout. Mais les
Prussiens s'étaient vivement effacés derrière la roche.

Bientôt l'officier reparut seul à quelques pas au delà
de son abri. Un bouquet d'arbres était à une trentaine
de mètres devant lui. Il avait sans doute l'espoir de
l'atteindre et de se dérober à nous.

Alors les deux frères Turillaud épaulèrent ensemble,
et très-probablement le compte de l'officier était bien
près d'être définitivement réglé.

Mais Appenzell :

— Patienze ! cria-t-il en se jetant presque au-devant
des tireurs, laissez parler moi à loui : oune idée fient à
moi.

Et enflant sa voix, et faisant se heurter avec une re-
marquable vélocité toutes les rauques aspirations et
toutes les gutturales consonnances de son dialecte na-

tal, le voilà interpellant le fuyard, qui, d'abord, ne
semble tenir aucun compte de ses paroles, mais qui
tout à coup pourtant s'arrête, se retourne et le regarde.

— Que lui dites-vous? demandai-je à l'Helvétien.

— Je lui tis que s'il vait drois bas te plus, il est
mort, et que s'il feut se rentre, nous foulons laisser
loui en libreté, barole t'honneur.

— Mais..., objectent plusieurs d'entre nous, à qui la
proposition semble peut-être empreinte d'un caractère
de clémence assez intempestive.

— Laisez, laisez, oune idée, oune ponne idée, fous
allé foir, réplique Appenzell.

Et, sans plus de cérémonie, il s'avance vers l'officier,
qui a tiré son sabre et l'a laissé tomber à ses pieds, en
signe de pacifique acceptation de l'entretien.

Arrivé à une dizaine de pas de l'officier — fluet blon-
din presque imberbe, qui, bien certainement, ne comptait pas plus de dix-sept ans — Appenzell s'arrêta. Le
jeune Prussien se découvrit. Notre parlementaire porta
simplement son pouce à sa casquette et fit signe à l'officier de remettre la sienne. Puis il commença à causer
avec lui.

Nous ne pouvions ni comprendre, ni même entendre
ce qu'ils se disaient, mais il était évident pour nous, à
en juger surtout par les inflexions de tête du Prussien,
qu'une entente facile s'établissait.

Bientôt même les deux interlocuteurs revinrent ensemble vers notre groupe :

— Nous zommes t'agord, nous dit Appenzell.

— D'accord ?

— Ia. Chai benzé à Glaute, qui est brissonnier là-pas. T'ailleurs le cheune homme il parle vranzais, il fa fou tire...

Alors le Prussien nous fit savoir en fort bons termes, ma foi, bien que sa diction fût affectée d'une nuance germanique très-accusée, qu'Appenzell venait de lui apprendre comme quoi un de nos amis avait été fait prisonnier par les uhlans un peu avant l'action, et comme quoi, si nous voulions consentir à le laisser retourner librement auprès des siens, il s'engageait sur sa parole d'honneur à nous faire renvoyer le captif. La proposition, du reste, émanait d'Appenzell, qui, toutefois, la soumettait à la ratification de ses camarades en général, et de son chef en particulier.

— Hum ! fit le Grand-Espagnol en hochant la tête, je ne sais pas trop si nous devons, nous autres, jouer à ce jeu-là. Il me souvient qu'un jour, en Espagne, il arriva quelque chose de pareil. Les insurgés nous renvoyèrent un capitaine, pour avoir la liberté d'un de leurs moines. Le capitaine avait aussi juré sa parole ; mais on décida que parole donnée à des brigands était nulle : on garda le moine, et l'on défendit au capitaine d'aller se remettre aux mains des *brigands*, comme il menaçait de le faire. A vrai dire, le capitaine, qui était un brave soldat, se brûla la cervelle, pour s'enlever de la conscience un soupçon de lâcheté ; et ça au moment

et à l'endroit même où l'on fusillait le moine... Mais,
n'importe ! je dis que si des Français ont fait fi d'une
parole d'honneur, à plus forte raison les Prussiens, qui
nous tiennent pour des brigands, hors du *droit des
gens*, comme disait le monsieur de l'autre jour.

— Eh bien, soit, repris-je, mais prenons un terme
moyen : que l'officier écrive une lettre à son corps,
disant qu'il est prisonnier et qu'on offre de l'é-
changer contre notre ami. Un de nous portera cette
lettre, et...

— Et s'ils retiennent le porteur ?

— Non, car la lettre mentionnera que si le porteur
n'est pas de retour à telle ou telle heure, l'officier sera
passé par les armes.

En proposant cela, je ne faisais que m'inspirer des
Prussiens eux-mêmes qui, ainsi que des journaux me
l'avaient appris, pratiquaient journellement le système
des otages.

— Ah ! fit le Grand-Espagnol, du moment où l'officier
consentirait à cette convention et en parlerait dans sa
lettre... Mais voudra-t-il ?

— Parfaitement, dit le Prussien.

— En ce cas, nous pourrons, je crois, nous entendre.

Cependant Appenzell avait ramassé le sabre de l'officier et s'était dirigé sur le lieu du combat, où l'on voyait
l'un des deux soldats qui avaient fait feu étendu sans
mouvement, et l'autre assis adossé derrière le rocher,
occupé à bander lui-même sa main blessée. C'était en-

core un prisonnier bon à faire et qui nous serait un otage de plus pour la négociation projetée. Le Prussien ne se fit pas répéter l'ordre de nous suivre, et bientôt il fut aux côtés de l'officier.

Le petit Berchère, pour ne rien laisser perdre, prit les fusils des deux soldats, ce qui lui en fit quatre à porter. Il en avait un en bandoulière sur chaque épaule et un sous chaque bras.

Formant un demi-cercle derrière les deux prisonniers, qui ouvraient la marche avec six ou huit pas d'avance, nous marchions depuis quelques minutes à peine, quand soudain l'air fut de nouveau déchiré d'un terrible sifflement qui nous fit instinctivement courber la tête ; et, comme nous la relevions, ce fut pour voir une masse noire s'abattre aux pieds de l'officier, qui disparut, ainsi que le soldat, dans un tonnant et fulgurant nuage de fumée, de poussière, de pierres au loin projetées.

En même temps le petit Berchère tombait sur la face.

Nous courûmes tous à lui, pensant ne trouver qu'un cadavre ; mais il cherchait déjà à se relever, et, comme il n'y réussissait pas, nous pûmes d'abord croire que l'arsenal au milieu duquel il se débattait lui faisait seul empêchement. Nous le prîmes à deux, sous les bras, pour l'aider ; mais il ne réussit point à se tenir debout. La jambe gauche fléchissait en lui arrachant des cris de douleur. Nous le reposâmes à terre. Je relevai le pantalon ; il y avait fracture entre la cheville et le genou ;

mais, chose qui me parut singulière, fracture par contusion et non par plaie pénétrante. On ne voyait qu'une épaisse ligne bleue, au milieu d'une enflure rouge.

Quoi qu'il en fût, l'heure n'étant pas propice à la recherche des causes, puisque le mal existait, qui rendait le pauvre garçon incapable de nous suivre, nous dûmes aviser sans retard au moyen de le transporter. Les deux fusils prussiens, reliés l'un à l'autre, crosse d'ici, crosse de là, par leurs courroies, me semblèrent propres à former une sorte de brancard sur lequel nous l'assoirions, et que nous porterions à tour de rôle.

En prenant ces armes, je remarquai que le canon de l'une d'elles était plié à angle presque aigu par le milieu. Ainsi me fut expliquée la contusion de Berchère, qui portait ce fusil ; un éclat d'obus l'avait sans doute frappé et notre ami avait reçu le contre-coup ; mais l'arme faussée ne pouvait plus servir à la construction du brancard.

— Eh ! mon Dieu ! fit alors le grand Baptiste, pas tant de travail ; prenez seulement ma carabine et asseyez-moi le petit sur le cou, les jambes sur ma poitrine. Et nous verrons bien si j'arriverai le dernier. Allons, hop !

Il se baisse ; nous soulevons le blessé ; il l'enlève, et il part aussi agile que s'il n'eût porté qu'un oiseau.

Quand je cherchai du regard les prisonniers que j'avais un instant oubliés, Appenzell me montra une sorte de masse sanglante, informe qui était allée s'aplatir sur

8

un affleurement de rocher — c'était l'officier ; et un
corps qui gisait la poitrine largement effondrée — c'é-
tait le soldat.

Et comme je ne pus maîtriser un mouvement d'horreur :

— Ia, me dit Appenzell, c'est pien tommache... bour
le bauvre Claute.

. . . .

Dix minutes plus tard, nous étions loin dans la montagne, et nous voyons s'avancer sur nous la troupe qui,
une demi-heure auparavant, était si à propos venue
nous tirer d'un mauvais pas.

Il y avait là environ deux cents hommes portant pour
uniforme une grosse blouse de laine brune, serrée aux
flancs par une large ceinture de cuir naturel, et un chapeau de feutre noir bordé de bleu, dont l'aile était re-
levée à gauche et retenue par la cocarde tricolore.

Quelle ne fut pas d'ailleurs notre surprise en recon-
naissant à côté du chef qui tenait la tête de la colonne
Josine et son fidèle Labri.

Nous eûmes bientôt l'explication de ce fait, de la bouche du chef lui-même.

Quand Josine du haut de l'observatoire naturel où
elle devait attendre notre retour, nous avait vus installés à la position indiquée, elle avait dirigé quelques investigations sur le versant qui inclinait vers la frontière
Suisse. Elle avait alors aperçu à une demi-heure de
distance environ une troupe qui allait du nord au midi

et semblait obliquer vers les hauteurs, où nous devions revenir à la suite de notre expédition.

Il lui parut important d'être nettement renseignée sur la marche de ce corps et sa composition.

Elle se débarrasse donc dans l'épais fourré d'un buisson de tout son petit bagage, qui la désigne comme voyageuse ; puis, un grand bâton vert à la main, Labri sur ses talons, elle se porte lestement sur le passage de la troupe.

Quand elle n'est plus qu'à quelques cents pas, elle fait mine de cueillir des mûres, tout en lorgnant du côté des soldats. Voilà que ses yeux perçants distinguent la cocarde nationale aux chapeaux de ces hommes. Mais, outre qu'elle ne connaît pas cet uniforme , elle sait nos ennemis capables de toutes les feintes les plus déloyales. Il lui faut d'autres garanties. Après avoir consigné le docile Labri au pied d'un arbre, elle marche seule à tout hasard droit à « messieurs les militaires », à qui elle demande d'un ton presque larmoyant s'ils n'auraient pas rencontré par-là sa chèvre blanche et son biquet roux.

Et comme la salve de joyeux propos que lui vaut cette naïve apostrophe n'accuse pas le moindre germanisme :

— Ah ! puisque vous êtes des Français, s'écrie-t-elle d'un accent qui fait qu'aux rires succède soudain une sorte d'étonnement admiratif, il ne s'agit plus de chèvre ni de biquet ; il s'agit d'un bon coup à faire peut-être

contre les Prussiens, Écoutez, monsieur le commandant...

Et au chef qui fait arrêter sa troupe, elle dit qui elle
est, comment elle se trouve là, ce qu'elle sait des mouvements de l'ennemi...

Les deux cents hommes montent avec elle sur le point
culminant d'où elle les a découverts. De là elle montre
la position que nous occupons et les Prussiens, qui se
sont arrêtés au loin. En toute hâte le chef dirige ses
gens pour les placer en embuscade sur le coteau voisin
du nôtre, et... nous savons le reste.

En nous faisant ce récit, le capitaine — homme d'ailleurs d'excellentes manières ainsi que ses trois lieutenants — ne cessait d'y jeter incidemment les plus élo-
quents témoignages à l'adresse de la jeune fille ; mais
elle n'en entendait rien. Aussitôt qu'elle avait aperçu
le mouchoir lié autour du bras de son grand-père, elle
avait été entièrement absorbée par le soin de cette blessure, encore qu'un jeune docteur, qui suivait en volontaire nos nouveaux alliés, la déclarât fort légère.

Il n'en put dire autant pour notre ami Berchère :
toutefois la fracture n'offrait aucune complication dangereuse ; le blessé en serait quitte pour une immobilité
de quelque six semaines.

— Allons, fit le brave garçon, la campagne est finie
pour moi. Mais n'importe, je ne suis pas fâché d'être
venu : je l'ai bien vue commencer.

'Quoi qu'il en fût, nous mourions littéralement de

faim, car il était plus de deux heures, et nous n'avions dans l'estomac qu'un morceau de pain et quelques gouttes d'eau-de-vie. Les hommes de l'autre troupe se fussent aussi volontiers accommodés d'un peu de réfection.

Mais les chefs ne jugèrent pas que le lieu où notre jonction s'était opérée offrît une sécurité suffisante pour une halte.

On convint que nous irions camper de concert à la ruine, d'où l'on dominait tous les environs. On décida en outre, afin de dépister l'ennemi, s'il lui plaisait de nous suivre de ses longues-vues, que, pour avoir l'air d'être redescendus par le versant oriental, nous nous établirions derrière le sommet — une ou deux sentinelles bien dissimulées restant chargées de veiller à l'occident.

Ce qui fut dit fut fait.

Et, comme nous gagnions le campement.

— Maladetto ! s'écria près de moi Appenzell, ce baufre Glaute... il est beut-èdre téjà fusillé.

J'allais l'engager à chasser de son esprit cette affreuse idée, quand mes yeux remarquèrent que le père Cluzot portait *trois* feuilles de chêne au cordon de son chapeau.

Et, n'osant plus penser au sort de notre camarade, je fis mine de n'avoir rien entendu.

8.

III

Nous allâmes donc camper au lieu convenu, qui était parfaitement choisi, autant pour n'avoir à redouter aucune surprise, que pour permettre de suivre, au cas échéant, les mouvements de l'ennemi.

Là, les sacs se vidèrent de leurs provisions, les gourdes, les gobelets s'alignèrent, on alluma des feux pour faire la soupe ou le café...

Là, le jeune docteur procéda d'urgence au pansement de trois ou quatre hommes qui avaient été atteints, mais légèrement, pendant l'action. Il lava et banda de nouveau la blessure, fort peu grave en réalité, de notre chef, et ce fut avec le plus grand soin qu'il fixa dans un premier appareil le membre fracturé de Jean Berchère.

Nous devions faire ensuite une civière de branchage pour porter le blessé ; mais le bruit de la canonnade prussienne avait naturellement jeté l'émoi à la ronde, et, quand nous arrivâmes au haut du coteau, de nombreux paysans étaient là, qui avaient été curieux de savoir ce qui se passait.

Ces braves gens qui, notons-le à leur louange, ne se faisaient aucune illusion sur les terribles conséquences auxquelles ils s'exposaient, en nous témoignant le moin-

dre intérêt, s'offrirent, soit à garder chez eux notre
ami, soit à le mener eux-mêmes à la ville, s'ils jugeaient
qu'il ne fût pas en sûreté suffisante sous leur toit.

Quelques-uns se détachèrent, qui ne tardèrent pas à
revenir avec un brancard et un matelas, sur lequel le
petit Berchère fut bientôt commodément installé et
emporté comme en triomphe par quatre fiers gaillards,
pendant que tous les volontaires, se levant sur le passage du cortége, faisaient retentir l'air de leurs acclamations en l'honneur du blessé.

Il va sans dire que notre petite troupe tout entière,
sans en excepter Josine, lui voulut faire escorte au
moins jusqu'à une notable distance. Mais tant insistè-
rent les paysans, qui semblaient fort envier l'honneur
de soigner et de garder eux-mêmes le malade, et Jean
Berchère lui-même, qui savait aussi bien que personne
qu'un peu de repos nous était nécessaire, que nous
retournâmes bientôt sur nos pas, après avoir pris affec-
tueusement congé du brave garçon, qui pleurait d'at-
tendrissement, en se voyant l'objet de tant de chaudes
et sincères sympathies.

Il était environ trois heures de l'après-midi quand
nous revînmes prendre notre place au bivouac, où ré-
gnaient la plus grande animation et la plus fraternelle
union.

La légion qu'un heureux hasard nous avait fait rencontrer s'était formée au commencement de septembre
dans un canton des Vosges, sous l'impulsion de trois

jeunes fils de famille très-riches, qui avaient fait en grande partie les frais d'équipement, et dont un seul, possédant des connaissances ou des aptitudes spéciales, avait pris rang d'officier, tandis que les deux autres servaient comme simples tireurs.

Un capitaine d'infanterie, retraité après la guerre du Mexique, exerçait le commandement supérieur, ayant pour lieutenants, outre le jeune homme dont je viens de parler, deux anciens sous-officiers, âgés de trente et de trente-cinq ans, qui avaient fait l'un et l'autre quelques campagnes en Afrique.

Ce petit état-major, qui d'ailleurs en tant qu'ordinaire de vivre et d'installation semblait être sur un pied de parfaite égalité avec le commun des légionnaires, avait offert à notre vieux chef et à sa petite-fille une sorte de place d'honneur au milieu du campement. Bon gré mal gré, les autres volontaires de la Chaux-Cernoise durent s'asseoir au même cercle central.

Tout en mangeant, l'on devisait, ou plutôt l'on complétait la connaissance, et l'entente s'établissait d'autant mieux qu'on eût dit que le Grand-Espagnol et le capitaine Martin — ainsi l'appelait-on — fussent l'incarnation jumelle des mêmes convictions sur le genre de guerre qu'il convenait de faire aux Prussiens.

Les idées que notre chef devait à ses anciens souvenirs de Catalogne ou de Castille, le chef vosgien les avait rapportées des sierras mexicaines ; l'un était élève

des fanatiques de Ferdinand VII, l'autre des guérilleros
de Juarez.

De prime abord cependant il ne semblait pas que,
de la part du dernier, la mise en pratique eût répondu
aux vues théoriques. Cette troupe, relativement nombreuse, portant l'uniforme et les insignes nationaux,
régulièrement reconnue d'ailleurs, ne révélait pas un
plan de campagne analogue à celui du vieux bûcheron.
Mais le capitaine Martin s'expliquait catégoriquement
à ce sujet :

— Comme vous, disait-il au Grand-Espagnol, je crois
qu'il n'appartient pas aux volontaires de former des
phalanges compactes, qui se trouvent presque naturellement conduites à combattre par masses, et qui, numé-
riquement trop faibles, n'ont alors que le désavantage
des troupes régulières, sans avoir aucune de leurs
chances de supériorité. Mais à l'appel jeté par quelques
jeunes gens de cœur, plus de deux cents hommes se
présentèrent ; on fut heureux de les accepter aussi
nombreux qu'ils étaient. La plupart arrivaient avec de
méchantes blouses et des sabots. On les habilla, on les
chaussa tous : de là l'uniforme. Il fallut les armer et
leur assurer le droit aux vivres et aux munitions : de là
l'inscription administrative. Quant à livrer dès l'origine
à eux-mêmes, par petites troupes, ces patriotes résolus,
mais qui n'avaient en majorité aucune notion précise
de la tâche à laquelle ils se dévouaient, cela n'eût été
possible qu'à la condition de compter autant de chefs

expérimentés qu'on eût formé de bandes distinctes.
Nous les avons donc conduits à une espèce d'apprentissage d'ensemble de deux semaines à travers les postes
avancés des Prussiens. Dans ces conditions, chacun de
nos hommes a pu se convaincre que notre groupement
avait le grand inconvénient de nous rendre trop *visibles*,
sans nous faire assez forts. Nous avons laissé là quelques
braves, dont l'ennemi nous a chèrement payé la perte,
il est vrai, mais que nous n'eussions peut-être pas perdus avec un autre système — système que nous avons
résolu d'adopter, et qui est le vôtre, moins pourtant
l'absence d'uniforme, condition à laquelle nous ne pouvons plus nous soustraire.

« Avant-hier encore, à une dizaine de lieues d'ici,
nous avons eu maille à partir avec un corps de deux à
trois mille Bavarois, que nous ne cherchions pas, et
qui est venu tout à coup faire angle sur notre route, un
peu sans le vouloir. Force nous a été de nous battre dans
les règles, face à face. Nous leur avons fait du mal,
beaucoup de mal, mais ils nous en ont fait aussi, et,
partant, la proportion efficace de notre action ne reste
pas ce qu'elle devrait être.

« A la suite de cette affaire, nous avons décidé de
nous replier sur le pays encore non envahi, autant pour
éviter la poursuite dangereuse d'un ennemi trop supérieur en nombre, que pour mettre régulièrement à exécution le projet que nous avons formé dès le principe
de nous fractionner en six ou sept détachements, des-

tinés à opérer indépendants sur une certaine étendue
de pays, avec réunion possible, au cas échéant.

« Ces petits corps auront pour loi invariable, exclusive : surprendre, attaquer, mais non combattre.

« Tantôt le hasard, très-habilement servi par votre
jeune fille, nous a permis de nous conformer encore
réunis à cette règle, et Dieu sait que l'événement a
donné raison à notre tactique. Pour deux ou trois
hommes égratignés de notre côté, l'ennemi compte
peut-être une soixantaine de morts ou de blessures sérieuses. Voilà la vraie guerre des francs-tireurs. Car,
que serait-il arrivé si, au lieu de battre en retraite après
une double ou triple décharge sur cette troupe surprise,
nous avions tenu à continuer la lutte? Ils se sont reformés à quelque distance, ils ont du canon : la partie
devenait inégale, et nous eussions trop chèrement payé
un succès incertain. Non, ce n'est pas à l'honneur de les
vaincre ou de les faire reculer que nous devons viser :
c'est à les affaiblir, à les gêner, à les désorganiser, à les
user enfin.

— Oui, comme les Espagnols ont fait des Français au
temps du premier empire, dit le vieux bûcheron.

— Et comme les Mexicains au temps du second, nous
ne devons pas sortir de là. »

Et les deux chefs échangèrent une vigoureuse poignée
de main.

Les Vosgiens ayant unanimement adopté le principe
de fractionnement de leur légion, il avait été convenu

entre eux que, pour éloigner toute idée de choix des
soldats par les chefs ou des chefs par les soldats, on
remettrait au sort le soin de désigner les membres de
chaque compagnie.

Chacun des officiers — dont quatre déjà en exercice
et deux nouveaux choisis par acclamation — reçut un
numéro. Puis, sur autant de bouts de papier qu'on jeta
dans le képi du capitaine, on répéta autant de fois ces
numéros qu'il devait y avoir d'hommes à la suite de
chaque chef, et chaque soldat dut venir à son tour
extraire lui-même de cette urne fatidique le bulletin
qui lui assignait une place dans la nouvelle organisation.

Ce fut Josine qui, sur la courtoise invitation du capitaine, présida à cette pittoresque loterie. Elle tenait le
képi; chaque homme passait, prenait un bulletin, le
donnait à l'un des officiers, qui en proclamait à haute
voix le numéro, puis l'homme reprenait le numéro et
le plaçait immédiatement à son chapeau.

Et ainsi les compagnies se formaient tout naturellement.

Pendant que cette opération avait lieu, le Grand-Espagnol et le capitaine Martin continuaient à s'entretenir
des choses de la guerre.

Plusieurs fois notre chef s'était préoccupé de ce qui
pourrait être tenté pour la délivrance de notre camarade le tailleur. Mais sans prisonnier, sans otage, alors
que l'ennemi devait être singulièrement irrité des pertes
qu'on venait de lui infliger, l'avis général fut qu'on

n'aurait d'autre chance que d'exposer le parlementaire aux pires traitements, sans profit pour le captif, dont le sort devait être d'ailleurs irrévocablement fixé à l'heure présente.

En sorte que nous ne pûmes que nous borner aux regrets que nous causaient l'absence de notre ami et le doute sur ses destinées.

Le soir venait, et bien que des observations de nos vedettes il résultât que l'ennemi ne semblait pas vouloir se mettre en marche de notre côté, les chefs avaient jugé imprudent de passer la nuit à la place que nous occupions, et il avait été résolu qu'une heure avant la nuit, c'est-à-dire après quatre bonnes heures de repos, le départ général aurait lieu.

Et le mouvement fut réglé de la sorte :

Les deux tiers environ de la légion vosgienne, encore massée, iraient passer la nuit à quelque cinq ou six kilomètres au midi. Le lendemain matin, les corps divisionnaires, tournant à l'ouest, se sépareraient ou, mieux, s'espaceraient pour agir — en chapelet, si l'on peut ainsi parler — sur la ligne d'invasion, par la Franche-Comté, dans la direction de la haute Bourgogne.

Le reste, formant deux compagnies, devait prendre à l'est, mais seulement par mesure temporaire de sûreté, et pour revenir ensuite *croiser* à distance dans ces mêmes parages.

Quant à la légion de la Chaux-Cernoise, elle se dirigerait au nord, en obliquant toutefois un peu du côté

9

de la frontière, ou plutôt du Haut-Rhin, pays boisé que connaissait le Grand-Espagnol.

En somme, il s'agissait de décrire une espèce de cercle sur ce que je me permettrai d'appeler les bords du flot envahisseur ; mais il va de soi que ce bel ordre théorique n'avait rien d'absolu en principe, et restait subordonné aux événements, puisqu'il était réglé sans tenir compte des mouvements imprévus de l'ennemi, de la présence probable d'autres corps francs, comme aussi des opérations des armées régulières — dont jusque-là, il faut, hélas ! le reconnaître, il n'était guère question dans ces contrées.

Bref, le capitaine Martin ayant donné le signal par un cri de : Vive la France ! que tous les volontaires répétèrent avec enthousiasme, et de chaleureux adieux ayant été échangés, la levée du camp s'effectua par quatre colonnes, qui s'éloignèrent en rayons d'éventail.

Notre objectif, à nous, était un village, ou plutôt un gros hameau, sur le flanc d'une colline, à une grande lieue du point de départ.

Notre chère petite éclaireuse avait pris, comme d'ordinaire, les devants avec son fidèle compagnon, et, comme d'ordinaire, nous suivions ses traces, à l'aide des petits flocons de laine, colorée qu'elle ne manquait jamais de laisser à chaque bifurcation de chemins.

Pour incidents sur la route, nombreuses rencontres de paysans qui venaient, tout anxieux, s'informer à nous des événements de la journée, et qui, en apprenant que

nous avions remporté une sorte d'avantage sur les Prussiens, se mettaient à notre suite pour nous demander
des détails ; si bien qu'en arrivant au village, aux premières maisons duquel Josine nous attendait et où,
d'ailleurs, la canonnade avait été entendue, nous étions
entourés d'un véritable cortége.

Là, nous reçûmes un accueil d'autant plus chaleureux, que la haine de l'étranger semblait animer au plus
haut point la population.

On nous serrait les mains, on nous embrassait, on
nous acclamait. C'était à qui nous offrirait asile et réfection, et nous étions dans un embarras assez grand
pour savoir desquels accepter, sans paraître tenir à
moins haut prix les cordiales avances des autres.

Mais la difficulté fût levée comme d'elle-même,
quand, au milieu de la foule sympathique, un homme
se montra, qui dit :

— C'est chez moi, entendez-vous, que ces braves gens
doivent loger et trouver tout ce qui leur est nécessaire.

Nul n'insista plus ; et sans que l'homme eût articulé
une syllabe de plus, il arriva que, tout naturellement
en quelque sorte, et comme instinctivement soumis à
cet inconnu, nous nous trouvâmes marchant avec lui
vers sa maison.

C'était un homme de cinquante ans environ, petit,
maigre, brun, vif, bref. On l'appelait — souvenir surabondamment justifié — M. Lebel. La maison dans laquelle il nous conduisit (nous n'y arrivâmes qu'à la

nuit tombée, mais le lendemain il nous fut donné d'en
voir la disposition) faisait partie d'un ensemble de bâtiments rustiques groupés sur la colline, en contre-haut
du village. Il y avait là tout un monde de serviteurs ou
d'ouvriers : batteurs de blé, charretiers, charpentiers,
maçons, carriers même (car à deux cents pas de la maison un chantier se voyait, où l'on semblait à la fois tirer de la pierre et tailler une route). M. Lebel, en même
temps, je crois, cultivateur et commerçant en froma-
ges, en bestiaux, je ne sais plus au juste, occupait, di-
rigeait, payait tout cela.

Nous arrivons ; une grande table se dresse : plats
fumants, larges brocs. On mange, on boit. L'hôte nous
interroge. Il écoute, avide. Il s'émeut, il s'enflamme.
Nous n'avons pas besoin d'être longtemps dans cette
maison, d'ailleurs pleine de gens qui semblent ne penser que de sa pensée, pour comprendre que l'esprit
dont nous avons vu le village animé n'est autre que l'esprit de M. Lebel. Puissance magique de la conviction !
C'est M. Lebel qui a tout fait. Au commencement de
nos désastres, le village a fourni plusieurs volontaires
à l'un des premiers corps francs qui se sont formés, et
si maintenant, à l'approche des étrangers, M. Lebel
voulait que toute la population, armée de fourches et
de faux, se défendît contre des soldats bien armés, il
est certain qu'elle n'hésiterait pas.

— Viennent ces bandits, dit-il en manière de péroraison d'une bouillante profession de foi, et peut-être

n'auront-ils pas lieu de se rappeler gaiement leur passage en notre pays.

Quoi qu'il en fût, après souper, l'on nous mena dans
une grande salle, où des matelas, avec des draps et
des couvertures, avaient été disposés sur de la paille
fraîche. Dans une chambre à côté étaient deux lits pour
le Grand-Espagnol et Josine.

Vu la proximité de l'ennemi, qui exigeait une extrême
vigilance de notre part, chacun de nous fit à tour de
rôle, pendant la nuit, en compagnie de quelques hommes du pays, des rondes dans les environs.

Mais la nuit se passa sans la moindre alerte.

Nous devions reprendre notre marche le matin au
soleil levant. Déjà le Grand-Espagnol, le premier sur
pied, hâtait nos préparatifs de départ; mais comme
nous remarquions — et notre hôte avec nous — qu'il
avait l'air très-fatigué, Josine nous apprit qu'en effet il
avait à peine reposé : sa blessure, quoique légère, lui
ayant causé beaucoup de fièvre.

Alors M. Lebel, considérant qu'une journée de repos
au moins était absolument nécessaire au brave vieillard, déclara s'opposer net à ce que nous nous remis-
sions en route avant le lendemain. Le Grand-Espagnol
eut beau s'en défendre et affirmer qu'il était en état de
fournir une longue étape, force lui fut de consentir à ce retard, que tous nous acceptions dans son
intérêt. D'ailleurs, son parti pris du contre-ordre,
alla se rejeter sur son lit, et Josine vint bientôt

9.

nous dire qu'il dormait enfin du plus calme sommeil...

Le soleil était levé depuis deux heures environ ; il faisait un temps superbe. Appenzell, le père Cluzot, qui fumait tranquillement sa pipe, avec ses trois feuilles de chêne au chapeau, un des frères Turillaud et moi, nous étions assis sur les dalles du mur qui bordait la cour ou plutôt la terrasse de la ferme, et d'où l'on dominait le village et la vallée au delà.

Nous causions, quant tout à coup :

— Ma, per Dio santissimo ! s'écria l'Helvétien, le doigt tendu vers un groupe de gens qui montaient du village, entourant un homme à cheval. C'est loui, c'est pien loui !

— Lui, qui donc ?

— Le possu ! le possu !

— Claude ?

— Vui, Claute, le foilà ! foyez, le foilà !

Et Appenzell se mit à courir dans la direction du cavalier. Nous le suivîmes ; et bientôt, en effet, nous nous trouvions en face du petit tailleur, qui, juché sur la selle d'un haut cheval brun, le pistolet au poing, le chapeau en arrière, se donnait, moitié riant, moitié sérieux, des airs de triomphateur — quelque chose de burlesque comme certain macaque que je vis un jour au cirque, faire de la haute et grimaçante école, au milieu de l'ébattement général.

— Eh ! d'où vient-il ?

D'où diable sors-tu ?

Jeanne et Frantz. (Page 60.)

— Nous t'avons cru mort?

— Comment! en pareil équipage?

C'était à qui de nous lui adresserait la plus pressante question, tout en lui serrant cordialement la main.

..... Quelques minutes plus tard, Claude Mazuyer, installé au bout d'une grande table, dans la salle commune de la ferme et devant une collation à laquelle il faisait largement honneur, satisfaisait à l'unanime curiosité :

— Mort! Vous m'avez pu croire mort? Allons donc! on ne se laisse point mourir comme ça et pour si peu. Que j'aie péché par un certain manque de finesse en prenant par le bas pays, au lieu de suivre les hauteurs et en laissant ces deux estafiers me bloquer derrière un buisson, je ne dis pas le contraire, mais il n'y avait rien là de mortel, comme vous verrez. Bref, me voilà bloqué. Ils ont couru sur moi et, autant que je peux comprendre, ils me demandent, dans leur baragouin, ce que je fais là. L'explication que je leur donne n'a pas l'air de leur apprendre grand'chose, vu qu'ils n'y entendent rien. Toujours est-il qu'ils ont des doutes sur moi et que, par signes plutôt que par paroles, ils me commandent d'aller avec eux. Moi, mon Dieu! je ne me fais pas prier. Je leur dis en riant : « Allons! » (Je faisais semblant d'être gai, parce que c'était le meilleur moyen de les tromper sur mon compte.) Ils font donc demi-tour, et moi, marchant entre leurs deux chevaux, ils m'emmènent du côté où je vois un gros de

troupe suivant la route. Alors, m'attendant à me trouver bientôt en face d'un chef qui me ferait toutes sortes
de questions, vous pensez bien que je ne perdis pas de
temps pour songer à part moi au moyen de lui répondre convenablement. Et, ma foi, ce qui me parut le
meilleur, ce fut de jouer comme qui dirait à l'imbé-
cile. Depuis j'ai pensé que la ruse n'était peut-être pas
fameuse, vu que — entre nous, eh! eh! sans vanité —
on sait bien que les bossus nigauds sont rares; mais
enfin ces Allemands n'ont pas l'air des plus malins; la
frime aurait tout de même réussi avec eux.

« Je ne vous cacherai pas que, d'autre part, tout en
me préparant à faire bonne ou adroite figure devant ces
chers messieurs, je ne renonçais pas le moins du
monde à leur brûler la politesse, pour peu que l'occasion voulût bien se présenter; mais les gueux me ser-
raient de près et ne me perdaient pas de l'œil.

« Nous n'étions plus qu'à trois ou quatre cents pas
d'un groupe de cavaliers qui restaient beaucoup en
arrière des troupes déjà arrivées au tournant du coteau — nous suivions alors un chemin assez étroit,
coupé sur une pente *broussailleuse* — voilà qu'une
petillade du diable se fait entendre à notre droite; et
voilà qu'en même temps s'arrêtent et mes cavaliers et
ceux de la route. Les miens se regardent ébahis; et
les autres, après un moment d'arrêt, piquent des deux,
en criant, du côté des troupes. Moi, j'avise une passe
entre deux hauts buissons bordant le chemin. Je ne

fais ni une ni deux; je file à quatre pattes entre les
jambes d'un cheval, et je me jetté à corps perdu, c'est
le mot, dans le vide que j'avais vu, et je me pelotonne et
je roule, par le fait même de la pente assez rapide, mais
en ayant soin de me cramponner pour obliquer un peu
et disparaître derrière les broussailles. Pan! pan! et
zitt! zitt! Ce sont deux coups de pistolet que mes vilains drilles m'ont envoyé au jugé — et même pas trop
maladroitement — puisque, des deux balles que j'ai
entendues siffler, une vient filer là, dans le pan de ma
veste, tandis que l'autre me fait bel et bien une coche
au fin bout de l'oreille. Voyez plutôt. »

Le tailleur nous montrait en effet un trou dans la
basque de sa jaquette, et nous avions déjà pu remarquer qu'il portait au lobe de l'oreille gauche la trace
sanguinolente d'une érosion récente.

— J'avais joué ma peau, ni plus ni moins, continua-
t-il; mais tant y a qu'ils m'avaient manqué et qu'ils
étaient bien empêchés, eux à cheval, de se mettre à ma
poursuite sur un terrain mal uni et couvert de buissons épais. Sans être bien loin d'eux, j'étais d'ailleurs
hors de leur vue. Au surplus, là-bas, les coups de-fusil
allaient encore leur train.

« Après avoir envoyé de mon côté, comme pour l'ac-
quit de leur conscience, deux nouvelles balles en pure
perte, mes cavaliers prennent leur parti du tour que je
leur ai joué : ils rejoignent la troupe... et m'en voilà
entièrement débarrassé.

« Mais qui avait tiré tous ces coups de fusil? et contre qui les coups de canon que j'entendis bientôt?.....
Encore que la chose m'inquiétât fort à cause de vous, car ça ne ressemblait guère à ce que nous attendions, vous pensez si j'eus l'envie d'aller y regarder de près. Je me dis que ce qui était était, que je n'y changerais rien ; et je n'eus alors d'autre idée que de rejoindre le pavillon, la masure d'où nous étions partis, et qui était le rendez-vous convenu.

« Mais ce fut tout d'abord en y tournant le dos que je commençai à m'y rendre, car aussitôt après le tapage, je vis des casques et des fusils prussiens éparpillés sur tous les points.

« Je dus donc faire un grand et long détour, en biaisant du côté par où nous étions venus le matin. D'ailleurs je mourais à peu près de faim ; je fis halte dans une ferme, où un paysan était venu dire qu'une troupe française avait regagné la montagne après s'être battue avec les Prussiens. C'était un bon renseignement.

« J'arrivai à la masure, mais seulement à la nuit tombante, ou plutôt à la nuit tombée. Personne ; et je ne pouvais plus voir s'il y avait des maisons ou des villages à distance. J'étais rompu de fatigue. Là, tout semblait bien tranquille. Je résolus d'y passer la nuit, pour me remettre en quête de vous au jour levant.

« Le petit pavillon a, comme vous l'avez pu voir, un reste de plancher au premier étage, où l'on monte par un reste d'escalier. Je grimpai là ; je m'étendis dans le coin, à même les planches, ayant pour oreiller une grosse pierre plate, que je rembourrai de mon chapeau et de mon mouchoir.

« J'avais fièrement cheminé dans la journée ; mes yeux ne tardèrent pas à se fermer, et, ma foi ! à la garde du bon Dieu, je ne fis qu'un somme jusqu'au lever du soleil. Ce fut même, je crois, un rayon m'arrivant en plein visage, par une brèche du mur, qui m'éveilla. Sans ça, j'y serais peut-être encore...., c'est-à-dire, non, au contraire..., je ne sais pas trop où je serais.

« Je me lève, et tout machinalement, en bâillant, en m'étirant, en me secouant, parce qu'il faisait frais, je m'approche de l'espèce de fenêtre, pour regarder au dehors. Je m'avance, je jette un coup d'œil..., et je vois..., à dix pas de la masure, devinez quoi..., devinez qui. Un de mes gredins de cavaliers de la veille... qui montait tranquillement, la bride de son cheval autour du bras..., et, à quelque deux cents pas plus bas, un second, mais en selle, celui-là — mon autre gredin probablement.

« Le premier, heureusement, n'avait pas alors les yeux levés de mon côté, et j'eus le temps de me rejeter en arrière avant qu'il m'eût aperçu. Mais pas moyen de détaler. La porte, aussi bien que la fenêtre, donnait en face de lui. Je serais allé, comme on dit, de moi-même dans la gueule du loup, et toute ma chance consistait à me tenir coi et à faire le mort dans mon réduit, en espérant qu'il n'aurait pas idée de le fouiller.

10

« Je me blottis donc, mais non sans que la curiosité me pousse à tâcher de savoir ce que fait mon homme.

« Il arrive au seuil, il regarde à droite, à gauche, en haut. Il fait le tour de la masure à pas lents et revient devant la porte, où il a laissé son cheval.

« Puis j'entends résonner la ferrure de ses bottes à l'intérieur, au-dessous, et il crie :

« — *Wer da?*

« Je savais bien que ça voulait dire : Qui vive ? mais vous pensez si j'eus envie de faire la moindre réponse.

« Sans doute la réflexion lui vint qu'on pouvait bien ne l'avoir pas compris :

« — Gui fife? cria-t-il, en se donnant des airs de bon français dont j'eus grande envie de rire.

« Pas plus de réponse qu'auparavant ; et une espèce de heu ! heu ! qu'il fit me laissa supposer qu'il ne soupçonnait pas ma présence. Je commençai à respirer et à croire que j'en serais quitte pour la peur. Mais, soit qu'il voulût avoir le cœur net de la chose, soit qu'il eût résolu de monter à l'étage pour examiner mieux les environs, j'entends mon gars armer un pistolet et rentrer dans le pavillon.

« — Pour le coup, me dis-je d'abord, mon pauvre Claude, tu peux faire le deuil de ta peau.

« Et je vous avoue que je n'étais pas du tout à la noce, mais la ! pas du tout. Il me semblait qu'il n'y eût plus que le drap à tirer sur moi et le *de Profundis* à chanter. J'avais froid, très-froid...

« Et mon homme arrivait sur les degrés ; il montait, l'arme au poing ; et moi, rien dans les mains, pas la moindre trique. J'avais de plus en plus froid.

« Tout à coup, cependant, et comme il était déjà à moitié de l'escalier, et que déjà le brillant de son casque me faisait mal aux yeux :

« — Eh ! non, fis-je ; il ne sera pas dit que je me serai laissé tuer comme un lapin par un gredin de Prussien.

« La chaleur me revient au cœur. Je me baisse, je prends à deux mains la pierre qui m'avait servi d'oreiller (elle pesait bien vingt livres), je la lève vivement sur ma tête, et vlan !

« Patatras ! l'homme dégringole. Lui ai-je cassé quelque chose ? je n'en sais rien ; mais je sais qu'il est par terre et ne semble pas pouvoir se relever. Il se débat, il grogne, il geint.

« Je comprends qu'il faut que je détale au plus vite, parce que le second cavalier va arriver, avec qui j'aurai un compte à régler, si même l'autre ne s'est pas remis sur pied. Mais, pour sortir, mon chemin serait de passer sur le corps de l'homme qui a roulé au bas des degrés. Ça ne me semble pas très-prudent. Je me pends par les mains au bord de la fenêtre et je me laisse tomber à tout hasard. Puis, je veux me mettre à courir, mais je ne peux pas. En tombant, je me suis engourdi le pied. N'est-ce pas le diable qui s'en mêle ? faudra-t-il me laisser prendre ?

« Eh ! mais, le cheval est là... De ma vie je n'en avais

enfourché. Mais, ma foi ! il y a des étriers, une selle.
je me crampònne, je grimpe, et hue ! bidet. Me voilà
parti vers le soleil levant.

« Je n'ai pas fait vingt pas, que j'entends un coup de
feu et qu'une balle siffle à mes oreilles. Je me retourne,
c'est mon homme, qui est accroupi devant la masure,
et qui crie contre moi, en agitant son pistolet au bout de
son bras.

« C'est comme ça que j'ai su que, s'il était malade, il
n'était pas mort.

« Toujours est-il que je pousse la bête, et qu'elle va
d'un bon pas. Tout juste, à une croisière du chemin que
j'ai pris, j'aperçois des brins de laine bleue. Je me dis :
« C'est par là qu'ont passé les amis. » En suivant ces
marques, j'arrive au village. Je demande si on vous a
vus. On m'accompagne ici, et je vous rejoins, un peu
écloppé, mais ce ne sera rien. D'ailleurs, j'ai un cheval
pour me porter ; ce n'est donc pas moi qui retarderai la
marche. Et voilà ! »

Tel fut le récit qui valut au tailleur force félicitations,
pour la présence d'esprit dont il avait fait preuve, mais
dont la conclusion — selon moi, qui savais les agissements coutumiers de l'ennemi — était qu'avant peu le
village où nous nous trouvions, et vers lequel le Prussien blessé et démonté avait vu se diriger notre camarade, recevrait bientôt la dangereuse visite d'une troupe
probablement disposée à rendre toute la population soli-
daire du *méfait* d'un inconnu.

Le Tirage au sort (voy. 96).

S. LIX

Je fis part de cette prévision à M. Lebel, qui n'en parut ni étonné ni affligé — non plus que les gens du pays, qui avaient écouté la narration de Claude Mazuyer.

— Nous verrons bien — dit-il, en homme qui veut cacher beaucoup d'intentions sous fort peu de mots — nous verrons bien.

— Oui, répétèrent les paysans, avec un accent de parfaite intelligence, nous verrons bien.

Puis, notre hôte et les siens nous quittèrent, comme pour aller se concerter.

Le Grand-Espagnol fut alors d'avis que, quelle que dût être la part prise par nous aux événements prochains, la prudence voulait que Claude, trop facilement reconnaissable, quittât le pays en se dirigeant vers l'est.

Claude partit donc, sur son cheval bien entendu, accompagné d'un homme du pays, qui devait le conduire vers un lieu désigné.

Bientôt reparut M. Lebel, évidemment très-affairé, à qui le Grand-Espagnol crut devoir offrir notre concours, aveugle au besoin, pour l'entreprise qu'il semblait méditer.

— Ce n'est pas de refus, répliqua-t-il, mais, pour le moment, et puisque vous voulez bien vous mettre à notre disposition, c'est par une entière neutralité que je vous demanderai de nous venir en aide. Pour commencer, veuillez, je vous prie, prendre avec vous tout votre attirail guerrier et me suivre.

Quand nous fûmes harnachés, il nous emmena tout
en haut de la colline, vers une espèce de hutte de branchages construite au milieu d'un taillis et encombrée de
fagots :

— Voilà, nous dit-il, le lieu qui, jusqu'à nouvel ordre,
vous servira, non pas de casernement, mais d'arsenal.
Cachez vos armes sous les fagots ; qu'un ou d'eux d'entre
vous veillent aux environs, en cas de surprise venant
de ce côté, ce qui n'est cependant pas probable. Quant
aux autres, qu'ils redescendent, si cela leur plaît, et se
mêlent aux gens du pays, en se tenant prêts toutefois à
se réunir et à s'armer dès le premier signal. Voilà ce
que je vous demande,

— Bien ! fit le Grand-Espagnol, qui s'était comme
engagé pour lui et pour nous à une entière obéissance.

Les armes cachées, Benoît la Calandre et le père
Cluzot restèrent pour les garder, munis, l'un d'une
serpe et l'autre d'une houe, afin de se donner au besoin
l'air de travailler dans le bois ; et nous retournâmes à la
ferme.

A peine y étions-nous arrivés, que des gens vinrent
avertir M. Lebel qu'un groupe de cavaliers était en vue,
à quelque distance du village.

— J'y vais, fit-il.

Et il se rendit au village.

Le Grand-Espagnol, Josine, Appenzell et moi, nous
crûmes pouvoir le suivre.

Il s'agissait en effet d'une douzaine de cavaliers, au-devant desquels M. Lebel se porta résolûment, avec l'évidente intention d'être le premier à qui ils pussent s'adresser.

Les hommes avaient le pistolet au poing. Un officier qui parlait très-purement le français demanda, du ton le plus arrogant, si des *bandes* de francs-tireurs n'avaient pas traversé le village.

— Non, répondit M. Lebel du ton le plus humble; mais hier, après un combat dont le bruit est venu jusqu'ici, nous avons vu plusieurs troupes marchant du côté de la frontière. Ce matin, toutefois, un homme à cheval, étranger au pays, et que nous croyons détaché de ces troupes, car il était armé, a passé par ici.

— Un petit homme, bossu? précisa l'officier.

— Bossu? répéta M. Lebel, oui, je crois ; en tout cas voûté, très-voûté.

— C'est cela. Vous deviez arrêter cet homme, dit sèchement l'officier.

— L'arrêter ! Et pourquoi? demanda naïvement M. Lebel.

— Parce que cet homme n'est autre qu'un de ces aventuriers qui nous font une guerre de sauvages, de pillards, d'assassins, qui combattent sans uniforme, sans discipline, et qui se sont mis d'eux-mêmes hors du droit des gens. La guerre entre nations civilisées a des lois qui doivent être respectées. Vos francs-tireurs sont autant de brigands, à qui nous sommes résolus de ne faire aucune grâce, quand ils tomberont entre nos

mains. Qui les soutient ou les favorise se met hors la
loi comme eux, sachez-le bien, monsieur. Nous avons
déjà fait plus d'un exemple, et nous en ferons jusqu'à
ce que tous les Français qui n'appartiennent pas à
l'armée régulière aient compris qu'ils doivent rester
parfaitement neutres envers les combattants des deux
pays. Encore une fois, vous deviez arrêter cet homme,
qui a blessé un de nos soldats et lui a pris son cheval,
ses armes. Pour avoir manqué à ce devoir, vous vous
êtes mis dans le cas de...

— Pardon, monsieur l'officier, interrompit M. Lebel,
avec le calme imposant de la conscience blessée, mais
pourriez-vous croire, vous, ennemi de la France, que
des Français doivent prêter les mains à votre triomphe?
Non; vous nous mépriseriez, et vous auriez raison.
D'ailleurs, que sont nos francs-tireurs, sinon ce que
seraient les hommes de votre *landsturm*, ou levée en
masse?

L'officier fit un mouvement.

— Permettez, continua M. Lebel, dont l'accent avait
alors quelque chose de solennel — mais il me souvient
fort bien avoir lu dernièrement quelque part qu'une
ordonnance royale règle, en Prusse, pour le cas où la
patrie serait en danger, la levée en masse des hommes
valides, qui doivent par tous les moyens possibles, même
les plus *inexorables* — le mot m'est resté — chercher à
nuire à l'ennemi, et cela sans uniforme, sans [1]....

[1] Dans les premiers jours de septembre, plusieurs journaux avaient re-

— Çà, monsieur, cria l'officier, pensez-vous que je sois ici pour le plaisir de vous entendre ergoter?

— Je vous ferai respectueusement observer, monsieur l'officier, que c'est vous qui avez amené cette discussion. Je ne demande pas mieux, pour ma part, d'y renoncer — car nous sommes ici de pauvres diables de paysans, qui de fait, demeurons, comme vous le vouliez tout à l'heure, parfaitement neutres.

— C'est bien! fit le Prussien, avec la jactance de l'homme qui a la conviction d'inspirer la terreur. On décidera plus tard comment doit être traité ce pays, où l'*intelligence avec l'ennemi* est flagrante. Nous en avons brûlé pour bien moins que cela.

— Oh! vous n'agirez pas avec une pareille rigueur!

produit des extraits de l'ordonnance royale en date du 21 avril 1813, dont voici les principales dispositions, en considération desquelles les belligérants prussiens auraient pu, croyons-nous, se dispenser de l'indignation et des cruautés que leur inspira toujours la formation essentiellement patriotique des corps francs :

« ART. 7. Le landsturm, mis en activité, combat pour l'existence menacée de la nation, ce qui justifie tous les moyens employés. Les moyens les plus extrêmes et les plus inexorables sont les meilleurs, parce qu'ils sont les plus propres à assurer le succès de la grande cause.

« ART. 8. L'objet du landsturm est d'entraver la marche de l'ennemi, de lui couper la retraite, de s'emparer de ses munitions, d'arrêter ses courriers et ses renforts, de le surprendre pendant la nuit, de *détruire ses hôpitaux;* en résumé, de le tourmenter par tous les moyens imaginables, de le détruire, soit individuellement, soit par détachements, partout et dans toutes les occasions possibles.

« ART. 39. *Tout uniforme est défendu,* toute marque distinctive est interdite au landsturm, parce qu'une marque distinctive le trahirait aux yeux de l'ennemi et l'exposerait à être poursuivi. »

— Nous verrons, nous verrons. Êtes-vous le maire du village, monsieur?

— Non. Ce n'est pas ici un village, mais la dépendance d'un village, qui est à une lieue...

— Un des notables, alors?

— Oui, monsieur.

— En ce cas, marchez devant nous. Quatre cents hommes doivent venir ici ce soir. Il s'agit de *faire* le logement et les vivres, et j'aurai pour cela besoin de m'entendre avec vous.

Chemin faisant :

— Puissiez-vous n'être pas trop exigeant, dit M. Lebel, car, je vous le répète, la population de ce bourg n'est rien moins que riche.

— Nous n'avons pas à entrer dans ces considérations, répliqua vertement l'officier. Nous demandons ; et, ce qu'on n'a pas, on le trouve.

— Pourtant, monsieur...

— Un mot de plus, fit l'autre, et je vous fais fusiller ; un geste de rébellion de la part des paysans, et nous incendions le village. Il est probable, d'ailleurs, que nous devrons finir par là, si, comme je le suppose, nous arrivons, pendant notre séjour, à reconnaître que l'ennemi a trouvé ici aide et assistance.

— Allons, mes amis, dit alors M. Lebel, en se tournant vers les habitants, qui étaient là en grand nombre, et auxquels nous étions mêlés, vous voyez de quoi nous sommes menacés, sur le simple soupçon d'avoir témoigné de la sympathie à nos compatriotes en armes. C'est la loi de la guerre, à ce qu'il paraît : subissons-la. Tout ce que nous pourrions dire ou faire ne changerait rien à notre position.

— A chacun selon ses œuvres, ajouta l'officier en manière d'insolente péroraison.

—Hélas ! soupira M. Lebel, d'un ton qui n'était peut-être point en parfait accord avec l'idée que traduit ordinairement cette triste exclamation.

On était arrivé au centre de la petite bourgade. Six des cavaliers mirent pied à terre et s'en allèrent, deux par deux, marquer à la craie, sur la porte de chaque maison, le nombre d'hommes qui devaient y être reçus, et des indications de corps, de compagnie. Les autres restèrent comme escorte à l'officier, qui demanda à être conduit à la maison de M. Lebel.

Quand il y fut, et qu'il en eut parcouru les dépendances, il fit mettre aussi par ses hommes diverses marques sur les portes, puis il revint dans la salle principale et, commandant à M. Lebel d'écrire sous sa dictée, il énonça, par nature et par quantité, les réquisitions exigées pour les troupes attendues.

Il stipula dix moutons, beaucoup de lard, plusieurs quintaux de pain et de pommes de terre, cent livres de fromage, un certain nombre de cigares ou un poids équivalent de tabac.

M. Lebel, qui avait docilement enregistré tout jusque-là, crut devoir arguer de l'impossibilité où l'on serait de trouver dans la localité une aussi grande provision.

— On ira se la procurer ailleurs, repartit impassiblement l'officier, et il continua :

— Deux bouteilles de vin ordinaire par homme.

— Combien d'hommes? demanda M. Lebel.

— Quatre cents.

— Soit donc huit cents bouteilles. Ici, monsieur l'officier, je suis obligé de vous demander une petite modification, à laquelle vous consentirez, j'espère.

— Je ne crois pas; mais, voyons, fit brièvement le Prussien.

— Je doute, dit avec un calme presque souriant M. Lebel, qu'en fouillant toutes les caves des habitants, on y puisse recueillir, à cette époque de l'année, la centième partie de ce que vous demandez là.

— Eh bien?

— Quand nos paysans ont un peu de vin, c'est après les vendanges..., mais il y a longtemps que tout est bu, et ils n'en achètent guère. C'est donc sur ma seule cave que va tomber la charge de cette fourniture. Je ne m'en plains pas, si ce sacrifice, qui m'est personnellement imposé, doit alléger d'autant ceux qu'auront à subir mes pauvres concitoyens. Huit cents bouteilles! les ai-je?

— Vous les trouverez, dit l'officier.

— Je crois, en effet, que j'y parviendrai, répliqua M. Lebel; mais seulement il pourrait se faire qu'au lieu de vin ordinaire en baril, je n'eusse à offrir à vos sol-

dats que certains vins peut-être un peu choisis et déjà
vieillis en bouteille...

L'officier arrêta sur M. Lebel un regard couvert; puis,
avec une sorte de froid éclat de colère :

— Croyez-vous, monsieur, dit-il, que je sois d'humeur à supporter qu'on se moque de moi ?

— Je ne me moque pas, repartit doucement M. Lebel,
je précise ; et tout au moins admettrez-vous qu'étant contraint de faire une telle largesse à vos soldats, je veuille,
comme compensation, m'en attribuer l'honneur. Vous
aviez dit *vin ordinaire*, je n'ai pas voulu écrire *vin vieux*
sans vous prévenir. Voilà tout.

M. Lebel accompagna ces dernières paroles d'un sourire dont parut singulièrement gêné l'homme aux réquisitions, qui craignait peut-être de ne plus se trouver
suffisamment fort dans son rôle implacable, s'il devait
voir se renouveler les plaisantes objections.

— Passons, fit-il avec brutalité.

— Passons, répéta M. Lebel sans s'émouvoir.

L'officier stipula qu'un repas, dont il indiqua sommairement le confortable menu, serait servi pour quinze
officiers dans la salle où avait lieu l'entretien ; qu'autant de lits seraient dressés dans des chambres voisines.
Il ordonna qu'à la porte de chaque maison fussent trans-
portées autant de bottes de paille qu'il devait y coucher
d'hommes — ajoutant comme remarque incidente —
que cette paille pourrait être à double fin, en facilitant
l'incendie, si le village, pour une raison ou pour une

autre, devait être brûlé. Il réclama encore du bois sec
près de chaque foyer, pour la cuisson des aliments des
soldats, du foin, de l'avoine pour les chevaux... que
sais-je ?

Et il partit en annonçant l'arrivée des troupes pour
quatre ou cinq heures de l'après-midi.

Quand nous l'eûmes perdu de vue, lui et son escorte :

— Voilà, dit le Grand-Espagnol à M. Lebel, une quinzaine de bandits, dont nous aurions vu certainement
la fin, si vous aviez voulu nous laisser faire.

— Oui, répondit M. Lebel ; mais vous ne songez pas
au village... Il faut que nous pensions au village, nous.

— Ah ! votre village ; je crains bien qu'ils ne le brû-
lent quand même, en dépit de tout ce que vous pourrez
faire pour les apaiser.

— Non, non, ils ne le brûleront pas, répliqua M. Lebel
avec un mouvement de tête qui exprimait la plus nette
certitude.

Et il se mit en devoir de disposer tout pour la réception des hôtes annoncés.

Ils avaient demandé dix moutons, on en tua douze.
Trois pétrins furent mis en besogne pour le pain. Les
sacs de pommes de terre, les quartiers de lard s'en-
tassèrent. Des émissaires partirent en tous sens pour
rapporter les choses dont on manquait. Dans le village,
c'était presque par charretées que les bottes de paille et
les fagots étaient déposés devant les portes et près des
foyers... A la ferme, on ne voyait que gens plumant,

épluchant...Les tables se dressaient, les lits se plaçaient, les bouteilles cachetées sortaient poudreuses des celliers.

A voir tant d'entrain, tant de zèle partout, on se fût volontiers cru, non pas dans l'attente d'une occupation étrangère, mais à la veille de quelque grande fête du pays.

Étant donnés les sentiments manifestés à notre arrivée, nous nous demandions ce que signifiait cette étrange conduite.

A la vérité, dans chaque maison, les femmes rassemblaient à la hâte leurs objets les plus précieux et ceux de leurs enfants.

Un peu avant l'heure indiquée pour la venue des ennemis, une sorte de migration en règle commença : des jeunes filles, des vieillards, des mères, des enfants, chargés de paquets, se dirigeaient du côté de la frontière. Les hommes restaient, qui continuaient les préparatifs de réception.

A ce moment, M. Lebel crut devoir nous faire remarquer que la ferme ayant été requise pour le logement des officiers et de leur entourage, nous ne saurions y trouver l'hospitalité cette nuit-là.

— Il conviendrait peut-être, ajouta-t-il, que vous vous établissiez vers le soir au petit poste, dans le bois, car, d'un moment à l'autre, l'occasion pourrait se présenter d'un *bon coup à faire*.

La plupart des nôtres gagnèrent donc la hutte. Seuls, Appenzell et moi, nous eûmes la curiosité d'assister à l'arrivée des étrangers.

11.

Ils furent en vue vers cinq heures et demie. Vingt-cinq à trente cavaliers, dont quelques-uns, d'ailleurs, s'étaient déployés à travers champs, devançaient l'infanterie, qui formait deux détachements, entre lesquels quelques chevaux traînaient deux canons et quelques fourgons. C'était évidemment la troupe contre laquelle nous avions combattu la veille, grossie d'une ou deux compagnies.

L'officier qui était venu le matin se présenta le premier. M. Lebel l'attendait avec cinq ou six hommes sur la route. L'autre s'informa si ses instructions avaient été ponctuellement suivies. M. Lebel attesta que tous avaient fait de leur mieux.

La halte se fit aux premières maisons. Cinq minutes plus tard, les rangs ayant été rompus, les hommes se trouvèrent presque aussitôt répartis, sans confusion, sans tumulte, presque sans bruit, dans les logements qui leur avaient été assignés. Un cordon de sentinelles se formait, occupant toutes les avenues du village, avec des vedettes en diverses directions.

Le corps d'officiers monta à la ferme, ainsi que les cavaliers et les artilleurs, dont les pièces furent placées en batterie devant la maison.

Pendant que les hommes galonnés, traînant leurs sabres, allaient et venaient, donnant, envoyant des ordres, M. Lebel, de son côté, veillait à ce que le service du repas et des écuries fût convenablement fait.

Le couvert était mis sur de belles nappes blanches, où brillaient le cristal, la porcelaine et l'argenterie. De la cuisine s'échappaient d'alléchantes vapeurs; et Appenzell, qui saisissait de temps en temps quelques-unes de leurs paroles, me disait que ces messieurs de l'état-major semblaient se promettre, avec une véritable unanimité, de faire largement honneur aux mets dont ils flairaient déjà les réjouissantes prémisses, et aux vénérables flacons qui allongeaient, devant chaque assiette, leur cou cravaté de cire verte ou brune.

Ils se mirent à table vers la chute du jour. Nous dûmes alors quitter la ferme pour rejoindre nos camarades, car, à la nuit, toute circulation allait être interdite, et l'une des sentinelles, avec qui Appenzell échangea quelques mots, nous dit que la consigne était de ne laisser passer personne après huit heures, pour sortir du village, non plus que pour y entrer.

Quand nous arrivâmes sur la hauteur, il faisait encore assez clair pour qu'on pût distinguer les groupes d'habits bleus épars çà et là; et quelques bruits montaient vers nous.

Mais bientôt l'ombre s'étendit, qui sembla répandre avec elle un morne silence. Nous ne vîmes ni n'entendîmes plus rien.

Alors, chacun de nous ayant repris ses armes, nous nous assîmes deux par deux dans le taillis, la plupart disposés à passer la nuit à la belle étoile, car la hutte n'aurait pu nous abriter tous. Causant à voix basse, nous attendions.

Plus de deux heures s'étaient passées ainsi, quand un bruit de pas attira notre attention.

— Qui vient là ? demanda tout doucement le Grand-Espagnol.

— Moi !

C'était M. Lebel avec un de ses domestiques.

— Les sentinelles vous ont donc laissés passer, demandai-je à mon tour ?

— Les sentinelles ? Elles dorment, et solidement, je vous jure.

— Comment ?

— Oui ; le vin vieux produit de ces effets-là, quand on a eu soin d'y mélanger une dose suffisante d'eau de pavots. Cela n'a aucun goût, mais cela procure un sommeil très-paisible.

— Quoi ! ces bouteilles... ?

— Que vous avez vues bien cachetées, bien couvertes de poussière, avaient été convenablement préparées et recachetées, repoudrées... Nous avions pris nos précautions.

— Mais, alors, tous ces soldats... ?

— Soldats et officiers, ils dorment. Sur quatre cents, je gage pour trois cent cinquante que n'éveillerait pas le bruit du canon..., et pour trente autres qui n'ont guère envie de courir ni de se battre. J'en admets vingt en bon état.

— En ce cas, il n'y aurait qu'à vouloir pour en faire un effroyable massacre ?

— Si le cœur vous en dit, messieurs de la Chaux-Cernoise, il y a de la besogne pour vous, là-bas.

— Allons ! fit le père Cluzot d'une voix lugubre.

J'avoue que, pour ma part, si autorisée qu'elle pût être par la cruelle conduite des Prussiens contre les francs-tireurs, l'idée d'une semblable tuerie ne fit que me causer une sorte d'effroi. Ce sentiment fut sans doute partagé par tous mes camarades, car le mot du père Cluzot resta sans écho, même auprès du Grand-Espagnol, qui proposa de descendre au village, de désarmer tous ces hommes qui, à leur réveil, se trouveraient prisonniers, et qu'on emmènerait à la ville avec l'aide des paysans.

— Non, dit M. Lebel, car ceux qui ont moins bu que les autres pourraient suffire à vous en empêcher.

— Alors, qu'espérez-vous ?... Car demain, ils se réveilleront...

— Pas tous.

Et voilà que, sur ces mots de M. Lebel, un immense et fumeux éclair jaillit devant nous, comme un jet de volcan, pour s'éteindre dans une double détonation intense et profonde, qui s'acheva par de sourds et longs fracas.

— Qu'est-ce cela ?

— C'est ma maison qui saute, nous répondit M. Lebel. André, le mineur, m'avait bien assuré que les cinquante kilos de poudre suffiraient, et que, la mèche allumée, j'aurais le temps de venir jusqu'ici, pour assister à l'explosion. Je crois d'ailleurs que les caissons d'artillerie s'en sont mêlés. Allons, tout va bien.

— Mais, maintenant, là-bas, ces flammes sur divers points ?

— Le signal est donné. C'est l'incendie du village qui commence. Je vous l'avais bien dit qu'*ils* ne le brûleraient pas. C'est nous qui le brûlons — en leur honneur. Ainsi la paille aura servi à deux fins, comme ils l'ont désiré. Ce n'était pas sans attention que nous la leur avions prodiguée : la traînée de feu se communiquera mieux. Ce soir, pendant qu'ils étaient à table, ils m'ont fait venir, et comme je ne leur répondais pas à leur gré à propos des francs-tireurs, ils ont encore parlé d'incendier le village demain, avant de partir. Eh bien , ils n'auront pas cette peine. Ceux qui resteront pourront aller dire à leurs compagnons d'armes comment certains Français savent mettre à exécution les menaces que leur font les Prussiens ; et la leçon leur profitera peut-être.

— Elle vous aura coûté cher, observai-je.

— Oh ! moins qu'à eux. Voyez, jeune homme, voyez, me répliqua M. Lebel, la main tendue vers le vallon, où peu à peu se déroulait pour nous, aux croissantes clartés de l'incendie, le spectacle le plus sinistrement grandiose auquel il m'eût été jamais donné d'assister.

La flamme, qu'attisait une légère brise d'automne, se répandait fauve ou rougeâtre de proche en proche ; là elle montait, tordant ses découpures aiguës, là elle rampait, se traînait comme un épais serpent de métal en fusion, là elle pétillait claire, là elle semblait s'arrêter, s'étouffer dans sa propre fumée, mais pour éclater bientôt plus rapide, plus envahissante.

Sous le dôme empourpré du ciel noir, ce village, embrasé dans toute son étendue, était comme une sorte de fournaise fantastique, infernale, où l'on croyait voir çà et là s'agiter, se tordre les fantômes désespérés des maudits.

Des formes humaines, se découpant noires sur les foyers ardents, ou lumineuses sur les fonds ombreux, allaient, venaient, les unes lentes, lourdes ; les autres affolées, vertigineuses. Celles-là ne paraissaient avoir fait quelques pas que pour retomber sur elles-mêmes ; ces autres couraient en secouant des tourbillons d'étincelles. C'étaient des bras levés, des chutes, des rencontres ; et partout, on le comprenait, l'inconscience du péril : comme un cauchemar auquel tous ces êtres s'étaient trouvés livrés. Ils se hâtaient sans savoir fuir ; ils sortaient des maisons pour y rentrer.

Et de longs cris retentissaient : plaintes douloureuses, appels confus, rauques imprécations. Et les armes chargées détonaient ; et quand le feu trouvait des gibernes, il se faisait comme des rayonnements de fusées.

A l'explosion de la ferme avait succédé l'embrasement de ses ruines. Mais là, presque pas de mouvement, seulement quelques silhouettes presque aussitôt disparues qu'aperçues et des hennissements de chevaux. Un des canons avait roulé jusqu'au parapet de la terrasse, par-dessus lequel on le voyait allonger son grand

cou jaune. L'autre avait disparu. Un caisson était resté,
ou avait reculé près de la maison. La flamme l'atteint :
il saute. Une gerbe fauve illumine le ciel ; un bruit terrible ébranle la terre : un nuage blanc flotte, ondoie à
cette place. Le vent l'emporte. Le canon n'est plus là ;
où est-il ?

Au loin, tout autour de la zone embrasée cependant,
des bruits s'entendaient, témoignant que quelques hommes avaient échappé au sort subi par tant d'autres.

— C'est ce qu'il faut, dit M. Lebel ; ceux-là iront
porter la nouvelle aux autres. Et maintenant, adieu,
messieurs, ajouta-t-il en nous tendant les mains. Nos
comptes réglés avec l'ennemi, je dois m'occuper de la
sûreté de mes compatriotes ; je vais là-bas diriger l'é-
migration. Vous m'excuserez, je pense, de ne plus me
dire votre hôte. Je ne crois pas qu'il y ait ici de grands
dangers à courir pour vous cette nuit. Mais si vous dé-
cidez de vous éloigner, ce brave garçon — il désignait
son domestique — vous servira de guide. Au revoir,
messieurs, et Dieu délivre la France !

Nul de nous ne trouva un mot à lui répondre. Il s'é-
loigna ; et, tant qu'on l'entendit, un silence morne ré-
gna parmi nous.

Puis le Grand-Espagnol, avec une sorte de farouche
et sombre éclat de voix :

—— Allons-nous-en, fit-il, allons-nous-en !

Une minute plus tard, nous étions en marche hâtant
le pas, laissant derrière nous, et sans nous, s'achever

le drame lugubre dont l'horrible vision semblait nous harceler tous d'épouvante.

— C'est affreux, n'est-ce pas ? dis-je à notre chef, près de qui je marchais.

— Jamais rien de pareil en Espagne, me répondit-il d'une voix que l'émotion faisait étrange — jamais !

Puis, après un instant de silence :

— Et pourtant, reprit-il avec un accent qu'il s'efforçait de rendre ferme et résolu — et pourtant, si c'était partout comme ça !...

Dans le ciel noir s'allongeaient par-dessus nous de mouvantes lueurs, qui me semblaient des brouillards de sang.

J'aurais bien voulu qu'il fît jour.

I V

Après avoir marché environ deux heures, nous atteignîmes une grosse ferme où déjà le matin un homme du pays avait conduit Claude Mazuyer.

Le maître du lieu était un ami de M. Lebel. Nous trouvâmes, chez lui aussi, la plus sympathique hospitalité.

Après quelques bonnes heures de sommeil pris sur la paille d'une grange, nous nous remîmes en route, amplement fournis de provisions, que portait alors le

12

cheval prussien, dont la selle d'ordonnance avait été échangée la veille chez M. Lebel contre un bât flanqué de deux paniers ; entre eux se tenait assis, en tailleur qu'il était, le bossu, qui se ressentait encore de son espèce d'entorse et qui aurait éprouvé quelque difficulté pour nous suivre à pied.

Nous nous dirigions vers l'est, notre projet étant toujours de gagner le département du Haut-Rhin en longeant presque la frontière suisse.

Nous allions, lentement, c'est-à-dire prudemment, éclairant notre route, tant par les soins de notre intelligente avant-courrière que par les informations prises auprès des habitants. Jusque-là d'ailleurs, il est bon de le constater, les populations, quoique sous la terrifiante menace de l'étranger, ne nous refusaient ni asile ni renseignements.

A vrai dire, toutes les communications régulières étant interrompues dans ces contrées, nous nous trouvions souvent fort embarrassés pour déduire la vérité des vagues informations des uns et des prétendus récits authentiques des autres.

Après quatre jours enfin, alors que déjà, poussant une pointe au nord, nous étions entrés en Alsace dans la direction d'Altkirch, des indications précises nous furent fournies par un franc-tireur originaire du Lyonnais. Blessé à la main, assez grièvement pour être empêché de continuer la campagne, mais trop légèrement pour rester dans un hôpital, il regagnait son pays.

Nous sûmes par lui que, depuis une huitaine de jours,
maints combats importants avaient eu lieu en deçà de
Mulhouse, sur la route de Belfort, entre les troupes ba-
varoises qui tenaient le pays en grand nombre et plusieurs compagnies franches venues des divers points du
territoire. Il mentionna, entre autres, une légion bre-
tonne, forte d'au moins douze cents hommes, qui, commandée par un ancien officier de marine, formait un
véritable petit corps d'armée, avec cavalerie, génie,
pionniers, service d'intendance, etc.

L'ensemble de ces braves volontaires agissait sans
autre plan commun que l'unité de vues dans le patriotisme. Faisant, les uns, la guerre stratégique, les autres
multipliant les surprises, les coups de main ; arrêtant
les convois d'ici, coupant les routes de là, tiraillant sur
les flancs de marche de l'ennemi, ou lui opposant une
résistance directe, ils avaient même paru pour un moment enrayer en quelque sorte l'invasion.

Mais aux masses avaient succédé les masses, qui constamment arrivaient des bords du Rhin, et qui, bien
que cruellement décimées par les balles françaises, n'en
poussaient pas moins vers le centre de la France, ou
vers Paris, dont l'investissement était, nous disait-on,
un fait accompli depuis une ou deux semaines.

Notre place était sur le passage ou mieux sur les
bords du torrent d'hommes vomi chez nous par l'Allemagne. Nous résolûmes de nous y rendre au plus tôt.

Ces détails nous avaient été donnés un soir. Nous

fîmes, dès la même nuit, avec un paysan pour guide,
cinq bonnes lieues, qui nous rapprochèrent assez de
notre future sphère d'opérations, pour qu'en mettant
l'oreille à terre, on perçût très-distinctement le bruit
du canon allemand — je dis du canon allemand, parce
qu'il était de notoriété qu'aucune troupe régulière française n'opérait là ; mais la résistance des corps francs
était assez énergique, assez opiniâtre pour que, depuis
une dizaine de jours, les échos lointains de l'artillerie
se fissent régulièrement entendre.

Ayant besoin de repos après notre marche de la nuit,
qui avait succédé à l'étape de la veille, nous nous éta-
blîmes, pour une partie de la journée, dans un taillis
de chênes.

Mais à peine y étions-nous installés, que les habitants du village voisin vinrent nous prévenir que des
gros de troupes ennemies étaient en vue de deux côtés,
et marchaient, comme pour se réunir au point que nous
occupions.

La situation était difficile. Nous pouvions retourner
quelque peu sur nos pas ; mais le pays vers lequel nous
nous serions repliés était découvert, tandis que, devant
nous, s'étendait une contrée boisée propre à dissimuler ou à protéger nos mouvements. L'avis du Grand-
Espagnol fut donc d'avancer en laissant les lignes prussiennes se rejoindre derrière nous, simple mesure de
sûreté toute provisoire, ou plutôt simple manœuvre
d'observation. Ce qui fut dit fut fait.

Les ennemis venaient les uns du nord, les autres de l'est ; nous nous mîmes en marche dans une direction intermédiaire, pour gagner un point où nous pourrions guetter tranquillement l'heure d'un retour agressif, ou l'organisation de quelque embuscade.

Nous nous étions divisés pour cette marche en trois groupes. Appenzell et moi, qui formions l'avant-garde, nous cheminions depuis dix minutes au plus, quand la voix d'un de nos camarades, qui venait en seconde ligne, porta jusqu'à nous le signal de halte. Nous nous arrêtâmes.

Bientôt la troupe entière nous eut rejoints, en tête de laquelle se trouvait le Grand-Espagnol, qui, s'étant d'abord attardé avec intention au lieu de départ, avait pu voir l'une des colonnes ennemies arriver au village et avait déduit de l'aspect désordonné, troublé de ce corps qu'il battait en retraite, après une affaire où il avait eu le désavantage.

— Ou je me trompe fort, nous dit-il, ou la route et les champs doivent être par là — il montrait le nord — encombrés de traînards. C'est affaire à nous de leur donner la chasse. Rabattons en hâte de ce côté, et j'ai idée que la journée sera bonne.

Nous obéîmes, et ne tardâmes pas à reconnaître la justesse de ces prévisions.

Du point culminant que nous occupions, nous vîmes, en effet, maints soldats ennemis répandus par groupes ou isolés le long de la route, qui gravissaient une colline

boisée. Selon toute évidence, le combat avait eu lieu à
une certaine distance, et les hommes, séparés de leur
corps pendant l'action, après s'être éparpillés à travers
champs, avaient pu comprendre, au bruit ou à la vue,
que le ralliement ou le gros de la retraite s'opérait dans
cette direction.

Les fantassins étaient en majorité : quelques-uns
avaient perdu ou jeté leurs armes, d'autres, blessés,
s'étaient sans doute attardés à mettre eux-mêmes un
premier appareil sur leurs plaies ; ceux-ci couraient,
ceux-là se traînaient péniblement. Tels semblaient
suivre avec une machinale insouciance le chemin ouvert
devant eux ; tels, au contraire, paraissaient ne s'aventurer que défiants, inquiets, dans cette voie dont les
abords pouvaient cacher quelque embûche funeste. On
en voyait qui débouchaient des sentiers du bois, et allaient en toute hâte se joindre aux camarades marchant
sur la route, tandis que d'autres quittaient tout à coup
la route pour se perdre dans les massifs. Une carriole
de vivandier, dont l'attelage boitait, et que poussaient
trois hommes, dont l'un avait le front bandé d'un mouchoir ensanglanté, s'avançait piteusement suivie d'un
cheval portant deux cavaliers, l'un paraissant cram-
ponné à l'autre. Plus loin, un homme étendu, sans
doute un blessé qui était venu tomber là sans force et
mourir, et à qui ceux qui passaient donnaient à peine
un regard. Plus loin encore, au delà du point où la
route quittait les bois pour des champs moins couverts,

La discussion du menu. (Page 118.)

on voyait çà et là dans les guérets les habits bleus, les casques de cuivre.

Débâcle enfin...

Toujours est-il qu'un rôle facile semblait nous être offert. Échelonnés le long de la route, à couvert dans les futaies ou les taillis, nous n'avions évidemment qu'à guetter, viser et tirer, sans courir presque aucun danger de riposte.

— Voyez-vous, enfants, dit le Grand-Espagnol, qui ne laissa pas de comprendre que cette espèce de massacre de sang-froid pourrait répugner à quelques-uns de nous, voyez-vous, il ne s'agit pas de compassion pour des gaillards qui, de toute manière, sont autant d'ennemis dont nous avons à craindre la force ou la méchanceté. Ils passent là dépareillés, égarés, fatigués, et peu à craindre, je le sais bien ; mais ils vont rejoindre leur régiment, et autant il en passera, autant demain se trouveront en plus dans les rangs étrangers, pour le malheur de notre pays. Chez les Espagnols, tout homme était bon à tuer ou à blesser qui s'appelait Français, tout faisait nombre dans la destruction. A l'invasion comme à l'invasion ! Triste besogne, soit, mais nous ne sommes pas ici pour notre plaisir. Tant pis pour l é-tranger, tant mieux pour le pays ! Tout coup est une bonne œuvre, s'il ôte un ennemi à la France. Alerte, enfants, et de tout cœur !

— Alerte ! répéta d'une voix caverneuse le père Cluzot, qui alla prendre la première place en tête de la file

de tirailleurs que nous devions former, et qui ne tarda
pas à nous faire savoir qu'il suivait à la lettre les instructions de notre chef, car ses deux coups de feu re-
tentirent presque en même temps.

Et, ma foi, l'active, l'implacable battue était commencée, qui, selon l'expression du vieux bûcheron,
allait ôter plus d'un ennemi à la France, mais qui, je
puis le remarquer, ne devait pas avoir, comme nous
l'avions tout d'abord supposé, le caractère de pur massacre, sur des hommes sans défense.

Dès les premiers coups de fusil tirés par nous, d'ailleurs, l'éveil fut donné à la ronde ; tout ce qui portait
une arme parmi les traînards parut aussitôt retrouver
la conscience de sa force ; le reste s'ingénia à qui mieux
mieux pour esquiver nos coups. Ce ne fut pas sans user
de prudence que nous pûmes nous aventurer à prendre
à revers cette espèce de migration. Devant nous, à la
condition toutefois d'être apostés derrière des arbres
ou des haies, nous avions ordinairement l'avantage du
tir à découvert, sur des soldats qui venaient sans méfiance, mais, plus d'une fois, il y eut retour offensif de
ceux qui avaient passé, et les balles sifflèrent autour de
nos cachettes.

Nous marchions espacés, lentement, ne quittant un
abri que lorsque nous en avions avisé un autre, que
nous atteignions souvent en rampant. C'était à genoux,
sinon couchés, que nous rechargions nos armes, et nous
faisions rarement feu sans nous être, autant que possi-

ble, assurés que la détonation ne nous rendrait pas le point de mire de quelque tireur des environs ; car, si pressés qu'ils pussent être de rejoindre leurs corps, les Prussiens ne craignaient pas de s'attarder, pour nous faire savoir qu'ils ne se considéraient pas encore comme réduits à l'inaction.

La situation, difficile et jusqu'à un certain point périlleuse pour nous, l'était plus encore pour Josine, qui avait pris la tâche de conduire le cheval, et qui, faisant très-ostensiblement partie de notre troupe, se trouvait doublement signalée à l'attention de l'ennemi. Mais la brave petite montagnarde nous donna, en cette occasion, une nouvelle preuve de son esprit d'à-propos et de son sang-froid.

Elle fit cette remarque, d'ailleurs très-juste, que, par suite de l'alarme que nos coups de feu jetaient aux environs, chacun des traînards craignant d'être attaqué s'il se hasardait trop à découvert, la grande route devait être à peu près déserte, et elle résolut d'aller la suivre en poussant devant elle le cheval, dont elle aurait au préalable jonché d'herbe fraîche les paniers. Elle me fit part de son idée, qui me sembla bonne.

— Toutefois, me dit-elle, comme on ne sait pas ce qui peut arriver, vous devriez bien me prêter un de vos pistolets.

Je lui donnai mon revolver, dont les six coups étaient chargés ; elle le cacha tranquillement dans les plis de l'épais tartan croisé sur sa poitrine. Puis, profitant d'un moment de répit, elle sortit du bouquet d'arbres où elle était venue se réfugier en même temps qu'Appenzell et moi ; et, bientôt après, nous pûmes la voir, frappant d'un bout de branche feuillée sur la croupe de l'animal bâté, son chien sur les talons, cheminer, de l'air le plus indifférent du monde, le long de ce chemin où, à vrai dire, il ne passait guère de Prussiens, mais où nous n'eussions guère osé peut-être nous aventurer nous-mêmes.

Depuis deux heures environ durait la chasse aux isolés. Chacun de nous pouvait, je crois, s'attribuer quelque vide fait dans le personnel de l'armée ennemie, et, grâce surtout à notre système de furtive agression, nous avions eu le bonheur de n'attraper que de légères égratignures (l'un des frères Turillaud avait l'épaule droite effleurée et pendant que, blotti derrière un tronc d'arbre, je couchais en joue un grand dépendu qui m'avait aperçu et qui, lui aussi, n'eût pas demandé mieux que de me loger une once de plomb dans le corps [1], une balle, dont je ne vis jamais l'*envoyeur*, vint passer sous mon bras gauche et labourer mes habits, en me déchirant très-sensiblement le sein. Quelques centimètres de plus, et j'étais certainement tué roide. J'avoue que, par mesure de précaution à l'égard du tireur qui m'avait si bien visé, je me laissai glisser à terre et demeurai longuement caché dans les herbes ; mais non pas sans

---

[1] Cette appréciation approximative est assez exacte, la balle prussienne pesant 33 grammes.

avoir au préalable lâché le coup destiné aù gigantesque
Allemand, qui, lui, ne tomba pas, mais qui me parut
s'éloigner avec une extrême difficulté.

Nous avancions, disais-je, depuis une couple d'heures
sans avoir fait à la vérité beaucoup de chemin. Les rencontres de soldats égarés commençaient à devenir très-
rares, et déjà nous avions songé à nous réunir, pour
nous diriger plus rapidement du côté où devaient se
trouver les troupes françaises, auteurs de la déroute aux
effets de laquelle nous nous étions efforcés d'ajouter un
complément de notre façon.

Nous nous rapprochions ensemble de la route que nous
comptions côtoyer, et où Josine nous attendait, quand
l'attention du Grand-Espagnol fut attirée par un petit
groupe de cavaliers qui semblaient s'avancer vers nous
par derrière, et qui appartenaient évidemment à l'armée ennemie, puisqu'ils venaient de l'endroit d'où
nous venions.

— J'y suis, fit notre chef après un court instant de
réflexion, tout en nous entraînant derrière une haie qui
devait nous dérober à la vue de cette lointaine escouade.
Les deux colonnes qui nous ont été signalées en même
temps quand nous étions au village se sont rejointes,
l'une battue, mais l'autre fraîche, sans doute. Se voyant
en nombre, ils pensent à prendre une revanche, et les
gens que nous venons de voir ne sont autres que les
éclaireurs du corps qui se dispose à pousser de ce côté.
Or, sans savoir quelle troupe amie est là-bas devant

nous, notre devoir est double envers elle : l'avertir de
l'attaque qui la menace, et faire le possible pour retarder ou inquiéter la marche de l'ennemi. L'avertisse-
ment...

— C'est moi qui le porterai, reprit vivement Josine,
qui était venue à nous ; moi sur le cheval, pour aller
plus vite.

— Très-bien ! dit le grand-père. Quant à nous, apostés convenablement et déployés sur une longue ligne,
nous attendrons les coureurs pour les tirer au passage.
Outre que, si nous en tuons ou blessons quelques-uns,
ce sera déjà cela de moins, les autres s'en retourneront
dire que le pays est, sinon occupé, du moins surveillé.

Pendant que le vieillard parlait, la jeune fille s'était
installée sur le bât du cheval — qui d'ailleurs, bien
qu'assez ardent, était un modèle de docilité. Elle embrassa son grand-père, nous dit adieu de la main et
s'éloigna au trot allongé de sa monture, dont Labri em-
boîtait tranquillement le pas.

Nous allâmes chacun de notre côté choisir un poste
d'observation.

De l'endroit où je me trouvais — une haute brous-
saille sur le talus d'un sentier creux — je pouvais à la
fois guetter la venue des cavaliers, qui eux aussi s'étaient
déployés à travers champs, et suivre des yeux Josine.

Bientôt, et lorsqu'elle pouvait avoir fait mille mètres
environ, à un détour, parurent deux *habits bleus*, que
la jeune fille devait forcément rencontrer, et qui ve-

naient à elle avec l'intention très-évidente de l'accoster.
Je pus croire tout d'abord qu'ils se borneraient à lui
demander quelques renseignements ; mais je les vis se
mettre formellement au-devant d'elle, pour lui interdire
le passage. L'un avait pris la bride du cheval, et, aux
gestes que faisait l'autre, on pouvait comprendre qu'ils
la voulaient contraindre à mettre pied à terre. Il y avait
sinon lutte, au moins altercation fort vive.

Toujours est-il que notre brave compagne, quoique
semblant rester impassible, me parut courir un réel
danger, et que je crus urgent de lui porter secours. Le
grand Bernard, l'un des deux ouvriers scieurs, était à
une quarantaine de pas de moi. Je l'appelai ; il vint en
toute hâte. Je lui montrai Josine aux prises avec les
Prussiens, et Dieu sait s'il en fallut davantage pour le
lancer dans cette direction.

Nous voilà tous deux courant, le fusil à la main, et
bien disposés à demander bon compte à ces maudits
Allemands de leur malencontreux avisement ; mais encore devions-nous craindre, vu l'éloignement, de ne pas
arriver assez tôt.

Tout à coup nous voyons deux petits nuages de fumée
voltiger au-dessus du groupe, et, presque en même
temps, la chère petite cavalière s'éloigner rapide, en
laissant derrière elle l'un des deux soldats étendu immobile sur la route, et l'autre se traînant, chancelant, titubant comme un homme aviné.

J'avais entièrement oublié le revolver donné à Josine.

Il s'échappa de nos poitrines un double et retentissant
bravo, qu'elle entendit peut-être, car nous la vîmes
brandir comme à notre intention au-dessus de sa tête
le rameau qui lui servait de cravache. Et elle ne tarda
pas à disparaître au tournant d'où quelques instants
plus tôt avaient débouché les soldats si bien payés de
leur impertinence.

Bien que l'issue de cet incident fût de nature à nous
rassurer sur les rencontres que la jeune fille pourrait
faire, Bernard et moi nous regagnâmes nos positions
respectives sans rien conter de ce qui venait de se passer au Grand-Espagnol, qui autant que nous pûmes le
comprendre, n'avait rien remarqué.

Les éclaireurs ennemis avançaient toujours. Déjà
même les plus aventureux n'étaient guère qu'à trois ou
quatre cents pas de nous, et, pour ma part, j'avais
choisi celui à qui ma carabine devait dire la bienvenue,
quand le petillement assez distant, mais fort distinct,
d'une fusillade bien nourrie se fit entendre du côté où
était allée Josine.

Les cavaliers prussiens s'arrêtèrent pour prêter l'o-
reille et orienter leurs observations. Je vis même celui
que j'allais viser faire demi-tour, et alors, à tout hasard,
je lui envoyai une balle, dont le sifflement parut lui
conseiller une prompte retraite. Il partit au galop.

Mon coup de feu fut le signal du tir sur toute la
ligne que nous occupions, chacun des nôtres ayant sans
doute agi dans le but principal de faire savoir à ces

cavaliers, tout prêts à tourner bride, que les passages étaient gardés.

Quoi qu'il en fût, les cavaliers ayant rebroussé chemin et le combat continuant de plus belle derrière nous, nous n'avions plus aucune raison de rester en place.

Réunis, nous nous disposions à nous mettre en marche le long de la route; mais nous remarquâmes que le bruit semblait se rapprocher avec une certaine rapidité, et nous crûmes qu'il pourrait y avoir de notre part imprudence à nous porter d'ensemble dans cette direction sans savoir ce qui s'y passait.

D'ailleurs, comme nous délibérions sur le parti à prendre, Josine reparut, qui semblait s'efforcer de faire toute la diligence possible, et qui nous eut bientôt rejoints.

Elle nous apprit que, de l'endroit d'où elle venait, elle avait pu se rendre parfaitement compte de l'action engagée. Elle avait vu d'abord, à droite de la route, une cinquantaine de Français, sortant d'un hameau, aller donner, sans paraître s'y attendre, contre trois ou quatre cents Prussiens, qui venaient en colonne du côté de l'Est.

Pendant quelques minutes, nos compatriotes, s'éparpillant en tirailleurs, avaient tenu la troupe ennemie en échec; mais tout à coup ils avaient lâché pied, pour rentrer en courant dans le hameau, dont les Prussiens avaient aussitôt commencé l'attaque en règle.

Cette attaque, fort opiniâtre, ne semblait pas réussir

15.

beaucoup, car, bien que le feu des assiégés fût relativement assez peu intense, il était habilement dirigé et renversait beaucoup d'hommes, ce qui contribuait à ralentir l'ardeur des assaillants.

Les choses en étaient là, quand Josine, devant l'impossibilité de communiquer avec les combattants amis, et ne voyant aucune autre troupe aux environs, avait cru devoir revenir vers nous pour nous instruire de ce qu'elle avait vu.

Cinquante hommes retranchés dans des maisons, contre quatre cents agissant à découvert, la partie n'avait rien de trop inégal. Nous pensâmes néanmoins qu'il serait bon de vérifier si nous n'étions pas à même d'opérer une diversion favorable aux assiégés; et nous allâmes là où était allée Josine.

Quand nous arrivâmes, la situation respective des adversaires ne semblait pas s'être sensiblement modifiée.

Le hameau occupé par les Français — huit ou dix maisons autour desquels rayonnaient quelques vergers clos de haies — était bâti au milieu d'une plaine assez nue, sur un léger soulèvement du sol qui faisait saillie dans un étang ou marais, s'allongeant à droite et à gauche de façon à rendre ce petit amas de maisons inabordable de deux côtés. La position ne pouvait donc être attaquée que de face, et c'était à quoi s'obstinaient les Prussiens, qui, tenant nos compatriotes acculés dans une sorte d'impasse, se flattaient de les y détruire ou capturer, après avoir lassé leurs efforts.

Nous ne pouvions guère songer à intervenir; car,
outre notre petit nombre, nous eussions dû nous avancer à découvert contre des hommes se servant d'armes
à beaucoup plus longue portée que les nôtres.

Toutefois, du côté où nous observions le combat, la
plaine venait finir contre une épaisse ceinture de bois
taillis qui rejoignait presque une des pointes de l'étang,
le long duquel une chaussée courait entre deux rangées
de peupliers. Il y avait donc là comme un défilé qui,
au dire du Grand-Espagnol, devait offrir aux assiégés
la seule voie de retraite possible, si, désespérant de s'y
maintenir, ils songeaient à évacuer le hameau. Ce défilé, l'ennemi n'avait pas encore cru à propos de l'occuper, et notre chef pensa qu'en allant nous embusquer
sur l'avancée du bois qui le dominait, nous pourrions
être à même de protéger dans une certaine mesure la
retraite, si elle s'effectuait.

Nous y allâmes donc en suivant, pour dissimuler
notre marche, les sentiers perdus du taillis.

A peine étions-nous arrivés au poste choisi, que les
choses parurent prendre la tournure prévue par le
Grand-Espagnol.

Nous vîmes en effet les assiégés accuser un double
mouvement de sortie, l'un tendant, selon toute évidence,
à soutenir ou masquer l'autre ; c'est-à-dire que, d'une
part, un certain nombre d'hommes se montraient prêts
à suivre la chaussée, pendant que d'autres, opérant en
deçà, poussaient une pointe dans les vergers, comme

pour attirer sur eux l'effort de l'ennemi et détourner
d'ailleurs son attention.

En même temps, sur les points intermédiaires, la
riposte du hameau semblait perdre de sa vigueur, en
sorte que les assaillants pouvaient accoster de plus près
la position et croire venu le moment de leur succès.

Au surplus, la feinte des assiégés ne tarda pas à être
déjouée. Pendant que la majorité des Prussiens se serrait sur les principaux abords du hameau, le reste se
portait en toute hâte à la garde de la chaussée, rendant
ainsi toute retraite impossible à nos braves compatriotes, qui partout reculèrent.

Ceux-ci paraissaient donc n'avoir d'autre chance que
de vendre chèrement la victoire à leurs adversaires ;
mais, comme si le désespoir se fût emparé d'eux, nous
remarquâmes qu'en ce moment leur feu se ralentissait
à tel point, qu'on eût dit que les Prussiens allaient
achever leur tâche sans efforts.

Déjà, parmi les arbres des vergers, se mouvaient par
groupes les soldats, qui semblaient marcher presque
tranquillement à la prise de possession du hameau.

— C'est singulier ! s'écria le Grand-Espagnol ; tout
à l'heure, ils se défendaient si bien, maintenant ils ne
se défendent plus. Abrités comme ils le sont, ils n'ont
pas dû cependant perdre beaucoup d'hommes. Ce ne
sont pas les munitions qui leur manquent, car ils ne
m'ont pas paru gens à les user sans raison. Qui sait ?
leur chef est peut-être tué, et la démoralisation les a

pris. Il n'en faut pas davantage quelquefois ; mais aussi,
dans ces cas-là, il suffit d'un mot, d'un bon exemple
pour remonter une troupe abattue. Vont-ils se laisser
massacrer comme des agneaux là-bas dedans? Non ! ça
ne se peut pas. Ah ! pardieu ! si je m'écoutais, je crois
que je vous dirais : « Essayons quelque chose. »

— Dites ! dites ! firent plusieurs d'entre nous.

— Il y a deux partis à suivre, reprit le vieillard. Le
premier, ce serait d'engager simplement d'ici une fusillade que les autres entendraient, verraient, et qui
aurait la double chance de les ranimer, en leur laissant
croire qu'un bon secours leur arrive, tout en troublant
les Prussiens, qui pourraient se replier par crainte
d'une sérieuse attaque. Le second parti serait de foncer
bravement par la chaussée, en surprenant ceux qui la
gardent et qui ne nous attendent pas, pour aller nous
joindre aux amis, que ce renfort, ou plutôt ce récon-
fort, pourrait bien aider à se tirer d'affaire. Que quelques-uns de nous ne doivent pas rester en route, si nous
tentons ce coup-là, je n'en veux point répondre ; mais
il n'y a pas d'omelettes sans œufs cassés.

— Certainement, fit le père Cluzot.

— Allons ! dis-je.

Et maintes voix répétèrent après la mienne :

— Allons !

— Ainsi, dit le Grand-Espagnol, c'est le second
parti qui vous semble le meilleur à prendre. Soit, pre-
nons-le. Convenons tout d'abord que...

Mais le vieillard s'interrompant :

— Eh bien, non, mes braves enfants, reprit-il en secouant tristement la tête, non, il n'y a rien à faire.

— Comment donc ?

— Regardez.

Il avait le doigt tendu dans la direction de la route le long de laquelle nous étions venus.

Or sur le pli de terrain qui fermait pour nous l'horizon de ce côté, à un demi-kilomètre environ, une imposante colonne ennemie se présentait — sans doute la troupe dont les éclaireurs avaient rebroussé chemin au bruit de la fusillade.

Il y avait bien là huit cents hommes et une centaine de chevaux.

Des cavaliers coururent se mettre en rapport avec les chefs des assaillants, et revinrent vers un groupe, qui devait être l'état-major.

Bientôt après, la colonne avança en masse dans la plaine ; arrivée à deux cents pas du hameau, elle s'arrêta et se divisa en trois parties à peu près égales, dont l'une marcha vers la droite, l'autre vers la gauche, tandis que le centre, se déployant, laissait voir trois pièces d'artillerie, que les servants braquaient contre la position occupée par nos compatriotes.

L'intention des nouveaux venus était facile à saisir. Les ailes, flanquées de cavaliers, comptaient aller s'établir aux deux rives extrêmes de l'étang, pendant que le milieu bombarderait et mitraillerait les maisons. C'était comme un grand traquenard, dans lequel les défenseurs du hameau devaient inévitablement succomber.

— Tout ce travail, tout ce monde pour mettre à mal cinquante hommes! fit le Grand-Espagnol avec un triste sourire.

—Cinquante hommes qui en valent plus de mille,répliquai-je, puisqu'il en faut plus de mille pour les réduire.

— Oui, gronda fièrement le vieillard.

Comme il prononçait ce mot, un premier coup de canon retentit, dont le projectile alla effrondrer, avec un fracas horrible, les murs d'une chaumière.

— Et dire, s'écria le Grand-Espagnol, un poing fermé sur sa tête, que nous ne pouvons rien pour eux maintenant!

A ce moment, nous vîmes au-dessus des maisons une longue traînée fumeuse monter vers le ciel, en faisant entendre le sifflement particulier des fusées d'artifice. Nous nous entre-regardâmes comme pour nous demander ce que cela signifiait.

Mais soudain Josine :

— Oh! voyez, voyez, s'écrie-t-elle joyeusement en tendant, elle aussi, le doigt du côté de la route.

Deux légions, qui peuvent bien compter quatre cents hommes chacune, sortent au pas gymnastique du bois et se déploient en cercle sur la plaine, ouvrant un feu terrible sur le dos des quatre ou cinq cents Prussiens massés autour des pièces en batterie.

En même temps, les détachements ennemis qui ont

été envoyés pour occuper à droite et à gauche les abords
de l'étang, et qui n'ont encore pu atteindre leurs positions, se trouvent en face de troupes composées d'au
moins deux cents hommes de chaque côté, lesquels,
sortis en courant du hameau, le long des chaussées,
commencent contre eux la plus vive fusillade. Enfin le
hameau, qui avait semblé renoncer à la défense, se
prend à pétiller de plus belle par tous ses abords.

Au résumé, les douze ou quatorze cents Prussiens
réunis pour la prise de ces bicoques étaient littéralement cernés par les Français, en nombre peut-être un
peu inférieur, mais ayant le double avantage de la position et de l'imprévu de leur attaque.

Aussi, fallut-il voir le désarroi, la panique de ces
divers groupes, qui, alors qu'ils se croyaient sûrs de la
victoire, se voyaient tout à coup tenus sous les rayons
convergents et croisés d'un tir meurtrier.

Tout cela s'agitait, se mêlait, se confondait. Au centre, les artilleurs attelaient en hâte leurs pièces pour
les retourner ou pour fuir. Ceux des fantassins qui songeaient à résister couraient vers les vergers pour s'y
abriter dans les arbres. Sur les ailes, cavaliers et hommes de pied se rabattaient, se précipitaient effarés
vers le centre. D'ici, de là, des groupes, reformés à la
voix de quelque officier, faisaient face aux agresseurs,
commençaient un feu hâtif, désordonné, mais ne tar-
daient pas à se disperser ou à disparaître, renversés par
les balles françaises.

De toutes parts, au contraire, les nôtres avançaient calmes, visaient juste, tiraient sans hâte, et se portaient méthodiquement sur les points où l'ennemi semblait vouloir forcer ou franchir leur ligne d'investissement.

Témoins d'un revirement de fortune aussi soudain, dans une partie que nous avions si bien jugée perdue pour notre cause, nous avions peine à revenir de l'étonnement où nous jetait ce véritable coup de théâtre.

Mais le Grand-Espagnol hasarda une explication qui devait nous être ensuite pleinement confirmée, et que je vais résumer.

Mille ou douze cents francs-tireurs (ensemble formé par quatre ou cinq corps différents que les hasards de la guerre avaient réunis en cet endroit), après avoir, le matin même, battu une troupe prussienne — celle dont nous avions pourchassé les traînards — avaient connu l'approche d'une colonne de quatre ou cinq cents hommes — celle que Josine avait vue commencer l'action.

Les Français avaient résolu de faire donner ces nouveaux venus dans un piége qui leur permît de les cerner.

Un tiers d'entre eux environ avait furtivement occupé le hameau, pendant que le reste se retirait dans le bois.

Puis cinquante hommes étaient partis, qui avaient fait mine de donner à l'aveuglette sur la troupe prussienne et qui, après un semblant de combat, avaient paru se réfugier dans le hameau: simple moyen d'attirer l'ennemi autour de cette position, dont on le lais-

14

sait s'approcher de plus en plus, en stimulant un ralentissement graduel de défense.

Or — et c'est ici qu'une heureuse chance avait présidé à la succession des événements — le moment étant venu où la réserve du bois allait se jeter sur le derrière des assaillants, tandis que la double sortie de combattants cachés dans le hameau se ferait à droite et à gauche, le renfort sur lequel les Prussiens ne comptaient pas arriva, et, pour prendre tout naturellement part à l'action, s'avança dans la plaine.

De cette façon, le piége tendu pour quatre cents hommes se trouvait englober le triple, et l'opération ne devait pas moins réussir, les troupes qui l'exécutaient se trouvant en nombre pour y apporter la force nécessaire.

Il va sans dire qu'avancé de quelques minutes, le mouvement qui avait assuré l'avantage des Français aurait pu leur coûter cher, puisqu'il eût mis leur corps principal juste à la place qu'était venue prendre la dernière colonne prussienne. Mais la guerre (c'est le Grand-Espagnol qui parle) a souvent de ces hasards qui couronnent les combinaisons — quand ils ne les déjouent pas.

Quoi qu'il en fût, et par la même raison, la situation, magnifique pour nos amis, comportait pour nos adversaires un véritable désastre.

Grand fut leur désastre, en effet. Après les avoir montrés pris dans l'embuscade où la ruse et la malechance les avaient attirés ou conduits, est-il besoin que

je suive dans tous ses détails la tumultueuse action qui
devait amener le dénoûment? Non, sans doute. Elle se
comprend, elle se voit.

Au trouble, au désarroi causé par la surprise de la
première attaque succède un semblant de résistance
régulière, qui toutefois n'a pour but évident que le
dégagement, ou mieux, disons le mot, la fuite des
troupes cernées. D'ici, de là, quelques groupes de fantassins ou de cavaliers parviennent à forcer les lignes
assaillantes. Tels alors gagnent le bois, où ils se per-
dent; tels s'éloignent à toute vitesse à travers champs.
C'est autour des canons que le combat est le plus
acharné. Les artilleurs opposent une vigoureuse, une
héroïque résistance. Le plomb les décime ; mais ils se
remplacent, se suppléent et, en dépit de tous les efforts dirigés contre eux, ils réussissent à emmener deux
de leurs pièces ; la troisième même n'est prise, ou plutôt abandonnée, que, parce qu'en évoluant trop court,
ses conducteurs la versent dans un fossé.

D'ailleurs ce noyau d'hommes, qui font si bien leur
devoir, devient comme un centre de ralliement pour les
soldats, et surtout pour les cavaliers éparpillés, qui se
massent près d'eux et forment une petite colonne dont
la retraite, bravement protégée par elle-même, s'effectue, non sans pertes graves, mais avec un bon ordre
relatif. A vrai dire, on ne laisse pas de les poursuivre
avec la vigueur qui doit leur ôter l'idée d'un retour offensif immédiat.

Trois ou quatre cents hommes se sont ainsi échappés ensemble. Mais plus solidement est fermé sur les autres le cercle dans lequel ils se débattent en vain. Issue vers le bois, refuge dans le hameau, fuite par les pointes de l'étang : ils cherchent, ils tentent tout cela ; mais partout une fusillade sûre, intense, les accueille, les refoule. Ils blessent ou abattent quelques hommes ; mais c'est un effort intermittent, mal soutenu, qui n'aboutit qu'à leur en démontrer l'inanité. Enfin, comme dans une agonie, les violentes convulsions font place à la lente agitation ; peu à peu le mouvement de résistance s'affaiblit, diminue, s'achève. Ceux qui ne tombent pas jettent ou offrent leurs armes. Le feu s'éteint de tous côtés et, sur un champ semé de morts et de blessés, il ne s'agit plus, pour les vainqueurs, que de recevoir à merci les vaincus.

Il y a bien six cents prisonniers.

En somme, excellente aventure pour la cause nationale, mais qui devait, hélas! mettre en deuil la légion de la Chaux-Cernoise — bien que celle-ci n'eût pris qu'une part très-secondaire et toute fortuite à l'action — si insignifiante même jusque-là, que je ne l'eusse point ici mentionnée, si elle n'eût eu pour nous d'aussi tristes conséquences.

De même qu'au moment où la situation de nos compatriotes nous avait semblé compromise, nous étions résolus à ne pas rester les témoins impassibles ou inertes de leur défaite ; de même, quand la fortune était

venue les favoriser, il nous eût été difficile, l'occasion
s'en présentant, de garder en face de l'ennemi commun une complète neutralité.

Alors que s'était opéré le complexe mouvement qui
devait envelopper les troupes prussiennes, quelques-
uns d'entre nous avaient tout naturellement couru, pour
que le cercle fût plus tôt fermé sur ce point-là, au-devant
des francs-tireurs qui, sortant du hameau, venaient par
la chaussée ; les autres s'étaient échelonnés sur la lisière du bois. Tout naturellement ceux-ci, comme
ceux-là, avaient commencé le tir ; et, partant, les uns
en rase campagne, les autres un peu masqués par le
feuillage du taillis, ils s'étaient offerts aux coups des
ennemis, qui, sans riposter avec beaucoup de vigueur, ne
laissaient pas cependant de faire parfois un habile usage
des excellentes armes qu'ils avaient dans les mains.

Or, quand la lutte fut finie, nous revînmes auprès
du Grand-Espagnol, qui avait fait entendre le cri de
ralliement usité entre nous ; nous constatâmes d'abord
que notre ami Benoît la Calandre avait eu le gros du
bras droit profondément labouré par une balle, qui heureusement n'avait pas pénétré jusqu'à l'os.

Toutefois le brave garçon perdait du sang. Pour
faire un premier pansement, le bûcheron chercha Josine, à qui, au début de l'action, il avait commandé de
se retirer à l'écart avec le cheval ; mais à ce moment
nous entendîmes la jeune fille nous appeler elle-même
d'une manière très-pressante. D'ailleurs elle avait en-

14.

voyé le chien vers son grand-père. Nous courûmes
dans la direction d'où partait sa voix. Nous la trouvâmes à quelque cinquante pas, sur le bord du taillis, et
nous comprîmes que ce n'était pas pour elle qu'elle
évoquait notre aide. Agenouillée, elle soutenait, assis,
adossé contre un arbre, l'aîné des frères Turillaud, qui
était d'une pâleur effrayante, et ouvrait de grands yeux
hagards ; elle essayait de faire couler entre ses lèvres
un peu de la liqueur cordiale contenue dans la petite
calebasse qu'elle portait d'ordinaire à son côté.

Mais notre pauvre camarade semblait n'avoir que
l'âme à rendre. Son frère, qui se précipita près de lui,
et qui lui parla en l'embrassant, put à peine obtenir un
regard d'intelligence.

Au niveau de la hanche gauche, un trou noirâtre se
voyait sur son gilet. J'ouvris les vêtements. La balle,
entrée au-dessous du cœur, était ressortie en faisant
une large déchirure entre l'attache des dernières côtes.
Il y avait sous lui une mare de sang.

Josine avait couru prendre dans les paniers du cheval de la charpie, des bandes de linge ; et j'allais im-
proviser un appareil provisoire. Mais le blessé parut
vouloir se soulever par un effort convulsif. Ses yeux s'a-
nimèrent, ses lèvres s'agitèrent comme pour articuler
des paroles. Quelques sons rauques sortirent de sa gorge.
Il leva un bras, et le doigt tendu, le roidit comme pour
montrer une chose devant lui ; les espèces de cris étran-
glés qui accompagnaient ce geste montraient qu'il avait

évidemment conscience de ce qu'il croyait dire ; à tel
point qu'on alla voir. A une quinzaine de pas, l'on
trouva le cadavre d'un Prussien étendu à la renverse,
les bras écartés, le haut du crâne enlevé.

— Tu l'as tué, bien tué, dit Mazuyer, quand il revint
près du blessé.

Celui-ci hocha énergiquement la tête, puis il chercha
la main de son frère. Ses yeux s'ouvrirent et se refer-
mèrent à plusieurs reprises. Puis une longue et pénible
aspiration gonfla sa poitrine, d'où s'échappa ensuite
un bruyant soupir, pendant que sur son visage s'étendait
la rigide blancheur du marbre. Il était mort...

La légion de la Chaux-Cernoise comptait un brave
soldat de moins, la défense du pays un humble martyr
de plus.

V

La journée avait été bonne pour notre cause, mais
chèrement achetée, autant par nous que par les autres
corps de volontaires qui avaient supporté de face l'effort
de l'ennemi.

Si heureux donc que fussent les résultats, ils créaient
un certain ensemble d'embarras aux vainqueurs ; il fallait prévoir un prochain retour offensif, car les débris
des deux détachements mis en déroute n'avaient certainement pas eu beaucoup de chemin à faire pour rallier

quelque corps important, tout prêt à manœuvrer en vue d'une revanche.

Le premier soin des chefs qui avaient de concert dirigé l'affaire fut de procéder à l'évacuation des prisonniers vers l'intérieur du pays. La presque totalité des volontaires se mit aussitôt en route, escortant sa colonne de captifs, et se retirant, du même coup, à distance de l'ennemi.

Une trentaine d'hommes au plus restèrent pour organiser le transport des blessés et veiller à l'inhumation des morts.

Peu après le combat, d'ailleurs, plusieurs voitures d'ambulance prussiennes s'étaient présentées, sous la protection du drapeau à croix rouge, demandant à recueillir leurs nationaux blessés ; on le leur avait permis, et la tâche s'était trouvée diminuée d'autant.

D'autre part, toute la population des environs était venue offrir son aide. Beaucoup de chevaux, de charrettes furent amenés, dont on forma un convoi, qui se mit en marche dans la direction qu'avaient suivie les prisonniers.

Et bientôt il ne resta plus, sur le champ de bataille, qu'un certain nombre de paysans occupés à donner une sépulture convenable aux cadavres.

Nous laissâmes, nous, les autres troupes de francs-tireurs opérer leurs mouvements sans y prendre part, et nous nous attardâmes, pour rendre de nous-mêmes les derniers devoirs à notre camarade.

Nous creusâmes, pour l'y déposer, une fosse particulière au pied d'un grand chêne, dans le bois. Un prêtre, qui, la lutte achevée, avait paru un des premiers sur le théâtre du combat, vint réciter quelques prières, pendant que nous nous tenions à genoux autour de la tombe ouverte.

Le frère du défunt, atteint dans sa plus vive, je pourrais dire dans sa seule affection, sut faire preuve, en ce triste moment, d'une résignation vraiment héroïque.

Quand il eut, de ses propres mains, jeté la dernière pelletée de terre sur la chère dépouille :

— Allons! fit-il d'une voix brève, en reprenant son fusil, allons où nous devons aller.

Et il semblait vouloir se diriger d'instinct du côté de la frontière, où nous eussions sans doute peu tardé à nous retrouver en présence de l'ennemi.

Mais le Grand-Espagnol en avait décidé autrement.

Quelque ardent que pût être son désir de poursuivre l'œuvre entreprise, l'énergique mais prudent vieillard pensait que la légion dont il était le chef ne se trouvait pas alors en état de continuer immédiatement à guerroyer. Outre qu'une suite non interrompue d'actions et de marches avait, depuis le début de nos opérations, soumis la valeur morale et physique de chacun de nous à d'assez rudes épreuves, plusieurs des volontaires avaient reçu des blessures qui, pour n'être pas fort graves, devaient pourtant nous ôter pendant quelques jours l'usage normal, la plénitude de nos facultés.

Benoît la Calandre et le gros Baptiste, que Josine avait
pansés de son mieux, eussent été fort empêchés de re-
tourner au combat. Je sentais que pour ma part là déchirure que j'avais au sein allait m'enfiévrer, et enfin
la blessure plus ancienne du Grand-Espagnol s'était envenimée par l'agitation et la fatigue.

Il fut donc convenu que nous nous acheminerions
sans retard vers l'une des villes des départements voisins non encore envahis, pour y trouver le repos nécessaire avant de songer à nous remettre en campagne.

Le soir même nous couchions à cinq lieues du champ
de bataille, et le lendemain nous étions à Vesoul, où
nous devions prendre à loisir conseil des circonstances
pour nos nouvelles opérations.

Nous passâmes là une quinzaine de jours, pendant
lesquels, tout en y demeurant personnellement étrangers, nous ne laissions pas de suivre avec un avide intérêt la marche des événements.

Assez éloignés de la ligne d'invasion pour échapper
aux conséquences matérielles des divers mouvements
de l'attaque et de la résistance, nous en étions cependant assez rapprochés pour que les émotions de la lutte
fussent en quelque sorte ressenties immédiatement par
la population au milieu de laquelle nous vivions.

Là, chaque jour, à chaque heure, passaient, venaient,
se réfugiaient des gens isolés qui avaient vu ceci, enduré
cela, des troupes qui avaient combattu ou allaient combattre, des familles privées d'asile. Et l'on redisait ce

que l'on avait entendu dire, et l'on quêtait des nouvelles : et joie, tristesse, espoir, découragement gagnaient tour à tour les cœurs, les esprits. Puis des journaux arrivaient des divers points de la France, qui té-
moignaient et des efforts patriotiques et des succès partiels de tel corps, des revers de tel autre ; opérations
des corps francs, formation et premiers mouvements
des armées régulières, progrès de l'envahissement par
ci, recul par là ; que sais-je? tout un monde, tout un
chaos de faits, de suppositions, de plans, d'idées, de
craintes, d'espérances. Ensemble fiévreux où primaient
la désolation, la souffrance, le désastre, mais que souvent illuminait de ses nobles éclairs le saint amour du
pays.

J'ai noté quelques-uns des principaux traits que j'ai
entendu rapporter par des témoins dignes de foi.

Les francs-tireurs sont partout et toujours l'objet de
la haine féroce de l'ennemi. Ces gens, qui ont imaginé
le *landsturm*, n'admettent pas chez la nation qu'ils
combattent l'idée d'une résistance volontaire. Ils veulent
croire à la possibilité d'une neutralité parfaite de la
part des citoyens aux mains desquels le recrutement régulier n'a pas mis une arme. Ils qualifient obstinément
« d'intelligence avec l'ennemi » tout ce qui peut res-
sembler à des témoignages de sympathie donnés par
l'habitant aux soldats du pays; et même n'est-il pas
besoin que ces faits, je devrais dire ces sentiments,
aient un caractère d'hostilité envers nos envahisseurs.

Un paysan nous raconte que le curé de son village aurait été fusillé, parce qu'on a trouvé dans une des chambres du presbytère un officier français qui s'était réfugié là, mourant de fatigue, à la suite d'un combat où il avait été séparé de sa compagnie. L'officier fut fait prisonnier sans subir aucun mauvais traitement ; mais le pauvre prêtre eut à répondre du crime d'asile fourni à un *ennemi*. Après lui avoir lié les mains derrière le dos, les vainqueurs le poussèrent à coups de crosse jusqu'à leur corps de garde, où ils le jetèrent dans une pièce basse sur un peu de paille.

Comme quelques paroissiens courageux venaient réclamer la mise en liberté du captif, le chef du détachement, importuné, le fit sommairement exécuter « pour n'en plus entendre parler. »

Et voilà comment les officiers du pieux roi Guillaume entendent ce qu'ils appellent *les lois de la guerre*.

Croirait-on qu'ils ont publiquement fait annoncer en France la mise à prix de la tête d'un commandant de francs-tireurs de l'Alsace ?

Pour un coup de fusil qui aura été tiré dans un bois — le plus souvent par les Allemands eux-mêmes — tout un canton est rançonné, ravagé ; et d'ici, de là, quelques paysans sont fusillés « pour l'exemple ; » les autres en deviennent plus sages, et surtout plus empressés au versement des impôts pécuniaires.

O les impôts pécuniaires, les réquisitions sonnantes, Dieu sait si les platoniques enfants de la Ger-

manie en usent et en abusent ! Du général au simple
soldat, c'est une sorte de consigne nationale que nos
ennemis semblent s'être donnée : et chacun d'eux la
pratique à sa manière.

On arrive dans une ville, dans un bourg — que les
uhlans ont déjà visité et rançonné pour leur compte
particulier ; — une somme est fixée par le chef des
troupes, somme que le maire, les notables doivent
réunir et verser dans un délai très-court, et dont, nécessairement, l'homme qui la reçoit ne rend compte à
personne. Voilà pour les réquisitionneurs d'en haut.
Mais ceux d'en bas ne perdront rien de leurs préroga-
tives. Outre l'argent, les bijoux que peuvent avoir oubliés dans leurs tiroirs les malheureux dont la demeure
est envahie, saccagée, il y a dans les chambres maint
objet de valeur. Le linge, les vêtements, les meubles,
les tableaux, les glaces, les pendules — les pendules
surtout — les porcelaines, etc., etc., tout cela con-
stitue un fonds commercial très-actif.

Ils viennent, ils entrent en possession ; et le marché
est ouvert, où les vendeurs se montrent du reste singulièrement accommodants. Ils cèdent leur marchandise
pour ainsi dire à tout prix. Et qui donc achète ? — Dieu
merci ! pour l'honneur de notre patrie, les Français savent rester étrangers à ce hideux négoce.

Mais l'armée prussienne est suivie d'une nuée de bro-
canteurs, lesquels sont à leur tour suivis d'une myriade
de fourgons, de carrioles, qu'ils chargent à mesure des

15

acquisitions faites par eux aux soldats pillards, et qui
s'en retournent à petites journées, pour aller offrir, à
taux réduit, aux bons bourgeois de Cologne ou de
Berlin, les dépouilles du confortable français.

— Il faut voir — nous disaient de pauvres dépossé-
dés — l'implacable et méthodique sang-froid avec lequel s'opèrent ces spoliations *légitimées* par la conquête ;
il faut voir la mise à l'enchère d'un mobilier, en présence de l'habitant qui assiste navré à ce vandalisme de
spéculateurs ; puis l'adjudication, puis l'emballage...
Et d'ailleurs, de même que les simples soldats octroient,
contre espèces, aux déménageurs qui les payent le droit
de dévaliser les maisons ordinaires, de même le chef
de corps fera diriger vers son manoir de Bavière ou de
Silésie le riche mobilier du château qui aura eu la mauvaise chance de lui servir de quartier général.

A la vérité, cette abjecte façon d'entendre le droit du
vainqueur a pour résultat de surexciter, d'exaspérer
les populations, et, partant, la possession du pays n'en
devient que plus difficile pour les envahisseurs.

Dans la région qui est entre nous et la frontière
notamment, région que défendent encore seules les
troupes de francs-tireurs, il 'n'est embûches qu'on ne
tende à l'ennemi, obstacle qu'on ne lui oppose, trait
d'audace qu'on n'ose contre lui. Tout se ligue, tout s'a-
gite, tout travaille à la vengeance. Les ponts se coupent,
les trains déraillent, les convois sont surpris, les prisonniers délivrés... Mais, en revanche, et pour châtier

ces prétendus neutres, qui ne veulent pas accepter la neutralité devant la ruine, devant l'agonie de leur patrie, que de vexations, que de lâches moyens d'intimidation !

On ne compte plus les paysans, les bourgeois fusillés pour crime d'intelligence ou de sympathie avec leurs compatriotes. Mais voici appliqué dans toute sa sauvage rigueur le système des *otages*. Dans une ville par exemple on prend le maire, les conseillers municipaux, les notaires, etc. ; on met tous ces gens sur des charrettes, on les emmène pour les garder comme garants de la bonne conduite des gens du pays, et l'on affiche un placard où il est dit que « pour un Allemand blessé ou tué, quatre Français seront mis à mort. »

Autre idée ingénieuse, pour parer aux éventualités d'*accidents* sur le chemin de fer.

« Un citoyen choisi dans la ville — c'est le placard prussien qui parle — sera forcé de monter sur chaque train mis en marche pour le transport des troupes allemandes. On le placera sur la machine, *au point le plus dangereux*. Les citoyens accompagneront les trains d'étape en étape. Une punition d'argent sera infligée aux habitants désignés qui ne viendraient pas aux stations ou ne s'y rendraient pas à temps. »

La rançon est le grand objectif de cette guerre que nous fait un peuple qui affiche cependant la prétention exclusive à l'accomplissement d'une haute mission morale, sinon même providentielle.

Les mots n'ont, au reste, que la valeur qu'on leur

donne. Mais on n'avait pas souvenir d'une telle sou-
plesse d'interprétation.

On vient d'afficher une circulaire gouvernementale
ainsi conçue :

« Monsieur le préfet,

« Veuillez prévenir les maires de toutes vos communes que la résistance à l'ennemi est plus que jamais
à l'ordre du jour, que tout le monde doit se lever...
Les villes et les communes qui se rendraient sans avoir
tenté la résistance seraient dénoncées au pays par *le
Moniteur*. »

Voilà qui est franchement patriotique, et qui, en
réalité, ne commande rien que de normal. Mais nos
ennemis ne l'entendront pas ainsi. Il ne doit y avoir de
Français en France que ceux sur le corps desquels l'É-
tat a pu mettre deux ou trois aunes de drap rouge ou
bleu ; et tout citoyen qui seulement conseillera la haine
de l'envahisseur sera passible des dernières peines.

Exemple : Dans une ville, le rédacteur du journal,
patriote avant tout, a jeté le cri d'alarme ; la plume à
la main, il a prêché la levée en masse.

La ville prise, le général allemand fait amener notre
homme devant lui :

— Savez-vous bien, monsieur, que vous êtes un assassin ?

— Moi, général ?

— Oui, vous ; et, qui plus est, l'assassin de vos concitoyens.

— Moi, général ?

— Oui. Nous avons dû hier passer par les armes huit ou dix paysans des environs qui s'étaient armés contre nous.

— Eh bien ?

— Eh bien, c'est vous qui les avez poussés à la révolte, *c'est votre plume qui les a tués* [1].

On dit que le journaliste ne trouva rien à opposer à ce magnifique argument. Mais il ne devait pas en être quitte pour la semonce. Le général donne l'ordre de l'incarcérer, jusqu'à ce que le conseil de guerre ait le loisir de statuer sur son sort ; et il laisse entendre que ledit conseil ne prononce que des sentences fort rigoureuses.

C'est qu'il est fortement en colère, le général ! Vous comprenez : ce coquin de journaliste l'a contraint, la plume sur la gorge, de mettre au compte de sa conscience le sang de huit ou dix paysans. La mort peut seule racheter une telle félonie. Aussi le fusillera-t-on, bien sûr...

Oui, ma foi ! on en parle : oui, ma foi ! ceux qui gardent le prisonnier lui mettent sans cesse devant les yeux cette peu attrayante perspective... Le misérable folliculaire a déjà rédigé son testament ; sa famille éplorée, des amis ont pu le visiter et lui faire leurs adieux...

Mais quand ces visiteurs quittent la prison, un offi-

[1] Rigoureusement historique.

15.

cier se trouve là que ce spectacle paraît attendrir, et
qui veut s'intéresser à l'infortuné... Il offre de parler
au général, dont il est le familier... Ah ! le brave officier ! On le remercie, on loue ses généreux sentiments.

— Oui, dit-il, je ferai le possible. Je ne réponds de
rien, mais j'essayerai, je tâcherai... et je crois que
moyennant une somme d'argent...

Le grand mot est lâché : la somme d'argent ; toujours la somme d'argent !

Bref, la somme d'argent fut comptée et le journaliste
sortit de prison. Il lui en a coûté la simple bagatelle de
douze mille francs pour avoir, de par sa plume, forcé
les Prussiens à massacrer dix paysans français. Je doute
qu'il ait la fantaisie de recommencer.

Mais, je l'ai dit, ces froides exactions ne font qu'en-
flammer le zèle des cœurs que l'ennemi prétend frapper d'épouvante.

Un vieillard arrive de Rambervillers, petite ville in-
dustrielle des Vosges :

— Nos gardes nationaux — raconte-t-il — étaient
partis en masse pour aller se joindre aux francs-tireurs
qui entravent la marche des armées allemandes. La ville
était donc sans défense, lorsque soixante et dix uhlans
se présentent, qui veulent faire des réquisitions et qui
se disent les avant-coureurs d'un corps de vingt mille
hommes. Déjà ils se répandent dans les rues, et nous
allons être soumis à toutes les rigueurs de l'occupation...
Mais une courageuse jeune fille fait appel à ses amies.

La carriole (voy. page 169).

Un groupe se forme qui s'arme de bâtons, de fourches. En moins d'une demi-heure, toutes les femmes de la ville sont sur pied. Et ce bataillon résolu marche contre les étrangers qui s'étonnent, qui hésitent, et qui décampent enfin de toute la vitesse de leurs chevaux, sans avoir obtenu rien de ce qu'ils demandaient.

Et voilà ce que peut l'union, ce que peut l'audace.

Le même vieillard nous a fait ce récit :

— Dans un village voisin, un paysan et sa femme avaient deux fils. L'un, parti au commencement de la guerre, avait été tué aux premières affaires; l'autre, qui ne comptait que seize ans, demeurait avec eux quand l'invasion du pays eut lieu. Comme, un jour où il était avec sa mère dans la maison, il ne satisfaisait pas assez vite à un ordre que lui donnait un officier prussien, les soldats l'assommèrent à coups de crosse, puis, sans prévenir la mère qui ne s'échappa qu'à grand-peine, ils incendièrent la pauvre demeure.

Depuis ce jour, ce père et cette mère ne vécurent plus que pour la vengeance. Ils gagnèrent d'abord un canton que l'ennemi n'occupait pas encore. Là on vit la femme, qui jamais n'avait touché une arme à feu, s'exercer, sous les yeux de son mari, au tir de la carabine. Quand elle se fut fait la main pendant quelques jours, ils retournèrent de nuit dans les bois qui entourent leur village, et dont ils connaissaient les moindres carrefours. On ne saura jamais le nombre d'ennemis tombés sous les coups de ces deux traqueurs.

L'homme a été tué le premier... Le jour où la mère fut tuée à son tour, elle avait mis par terre deux officiers et trois soldats.

A eux seuls, le mari et la femme — de l'aveu même de l'ennemi — suffisaient à troubler la tranquillité de plusieurs régiments occupant le canton ; et une prime était promise aux tireurs qui viendraient à bout de l'un ou de l'autre. La double prime a été payée. Toujours l'argent !

Il est d'autre part grand bruit d'une femme capitaine de francs-tireurs dans les Vosges.

Il y a sur cette dame tout une légende, qu'on assure être de l'histoire très-authentique. Quoi qu'il en soit, ce capitaine féminin, qui se bat sous le costume de hussard, qu'il apprit à porter lors de la dernière insurrection polonaise, et qu'il avait quitté pour remplir les paisibles fonctions de receveuse des postes, ce capitaine fait merveille, et ses soldats se mettraient dans le feu pour lui, c'est-à-dire pour le salut du pays.

Mais que devons-nous penser de la grande nouvelle qui se répand ? Qu'y a-t-il de vrai dans l'annonce de l'héroïque entreprise qu'auraient conçue quelques esprits audacieux, et qui aurait déjà reçu un efficace commencement d'exécution ?

On dit qu'une légion pour ainsi dire occulte de fiers aventuriers est partie, qui a marché droit aux frontières, qui les a franchies, et qui est allée porter chez nos impitoyables voisins la dévastation qu'ils ont apportée chez nous.

La Forêt-Noire est en feu. — C'est l'œuvre de l'avant-garde d'une véritable armée d'enfants perdus qui est formée, constituée, qui pénètre en Allemagne, fractionnée, par mille points à la fois, qui a des guides tout prêts, qui a des lieux de rendez-vous marqués.

Le pays est facile à surprendre; il a jeté chez nous jusqu'à son dernier homme valide.

Vingt mille soldats, dix mille même bien résolus avancent sans rencontrer d'obstacles sérieux : l'épouvante les sert.; ils vont à grands pas; les voilà au cœur du royaume; ils y trouvent les deux cent mille prisonniers français, qui échappent par eux à la captivité, qui s'arment, qui marchent.

Et la diversion est faite, et l'invasion recule, et...

. . . .

Hélas ! comme on croit aisément ce qu'on désire ! — Pas le moindre incendie dans la Forêt-Noire. Les populations allemandes peuvent se délecter tranquillement aux bulletins de victoires de leur mystique souverain; et nos prisonniers doivent attendre encore la fin de leur humiliante et morne situation... La grande, l'étonnante expédition n'était qu'un rêve ingénieux de journaliste. — Hélas !

Oh! oui, hélas! car en dépit des efforts multiples des volontaires qui tiennent la campagne, l'invasion progresse. Il ne faut plus que ces petits corps se flattent

de suppléer entièrement à l'action puissante des armées régulières, dont ils pouvaient être les utiles auxi-
liaires, mais qui ne se forment que lentement.

Ils vont, viennent, combattent ici, escarmouchent
là : c'est toujours autant de fait ; mais, au résumé, ils
retardent ou seulement inquiètent la marche de l'ennemi sans réussir à l'enrayer. Les masses dirigées contre nous sont si épaisses, si profondes !

D'instinct, la plupart des troupes de francs-tireurs se
sont portées vers la frontière, mais trop tard, alors que
le torrent avait déjà élargi son courant et gagné le cœur
du pays. Je lis chaque jour au Grand-Espagnol les journaux qui attestent la présence réelle d'armées nombreuses opérant sur la Loire et dans le Nord.

— Voyez-vous, enfants, nous dit-il, après avoir mé-
dité sur la situation, aujourd'hui, c'est du siége de Paris
que tout doit dépendre. Paris est entouré, bloqué,
cerné ; mais on dit que Paris est bien ravitaillé, il a des
forts, sa garde nationale est courageuse. On ne prend
pas une ville semblable d'assaut, les Prussiens n'y pen-
seront même pas. Mais, d'autre part, il ne faut pas que
l'idée vienne aux Parisiens de se débloquer eux-mêmes,
non. Qu'ils empêchent l'ennemi d'entrer pendant un
certain temps, qu'ils tiennent bon ; c'est tout ce qu'il
faut leur demander, et tout ce qu'ils peuvent espérer.
Leur unique besogne consiste à savoir attendre en patience qu'on puisse venir les tirer d'affaire. Quant aux
généraux qui manœuvrent au dehors, ils ne peuvent

avoir d'autre plan que de marcher sur Paris pour désorganiser les armées qui entourent la grande ville.
Débloquer Paris; tout est là maintenant. Si on y réussit,
la campagne de l'ennemi est manquée. Si Paris est
obligé de se rendre, la guerre est finie à notre désavantage. Donc, de même que les Allemands ont dirigé leurs
lignes de façon à former un cercle autour de Paris, de
même nos troupes nouvelles doivent se rabattre d'un
commun accord sur ce cercle pour le disloquer, et c'est
certainement ce qu'elles songent à faire. Mais il va de
soi que l'ennemi ne laisse pas de comprendre que ce
plan est le seul bon à suivre. C'est pourquoi nous le
voyons détacher du gros de l'armée qui entoure Paris
des corps qu'il pousse à la rencontre des nôtres pour
les maintenir à distance.

Si ce qu'on nous dit est vrai, et j'aime à le croire
pour l'intérêt de la France, s'il y a réellement des armées sur la Loire et d'autres dans le Nord, ce n'est plus
ici notre place. C'est autour de ces armées que les compagnies de francs-tireurs doivent aller se mouvoir, pour
leur servir d'éclaireurs ou d'arrière-garde. Là seulement elles se rendront utiles, car le pays n'est pas
assez riche d'hommes en armes pour qu'on éparpille les
forces.

Il importe qu'une trouée soit faite par le dehors sur
Paris, mais le travail sera rude. Il ne saurait s'y adon-
ner trop de braves.

Demain donc, enfants — maintenant que nous voilà

16

remis, guéris ou à peu près — en route pour la Loire !
Ainsi nous parla le Grand-Espagnol.

Le même soir, nous apprenons que, sous le nom d'armée des Vosges, quelque trente mille hommes bien armés, bien disciplinés, s'avancent sous le commandement du général Cambriels. Cette armée doit, dit-on, manœuvrer de façon à couper à l'ennemi la route du Lyonnais, vers lequel il semble vouloir se diriger.

Sur cette dernière appréciation, qui peut, à la vérité, ne pas émaner de source bien officielle, le Grand-Espagnol a hoché la tête d'un air quelque peu dédaigneux :

— La route du Lyonnais, allons donc ! Et pourquoi faire ? Pour se répandre, pour s'éparpiller ?... Non. Si forts, si nombreux soient-ils, les Allemands ne veulent pas s'étendre à ce point. Une feinte : je ne dis pas le contraire, pour occuper des troupes loin de Paris, et s'ils réussissent à faire que notre général croie à leur intention de tirer au midi, ce sera autant de gagné pour eux. Ce qui bataillera sur la route du Lyonnais n'ira pas sous Paris, et c'est tout ce qu'ils veulent. Ah ! que si j'étais le chef de ce corps d'armée, qu'on dit fort et vaillant, comme je les laisserais filer tant et plus vers Lyon, s'ils avaient la sottise de le faire ! Ça en ferait toujours autant de moins autour de Paris. Paris — c'est Paris qui est tout, — c'est là que je marcherais, une fois que les autres seraient descendus sur le Rhône — s'ils consentaient à y descendre.

Après l'armée des Vosges, voici qu'on parle d'une

armée de Besançon, forte de quatre-vingt mille hommes, commandée par... je ne sais qui...

On ajoute que Garibaldi amène plusieurs milliers de volontaires et s'apprête à prendre la campagne dans la Bourgogne.

Allons, la route de Lyon sera bien gardée ; et je crois qu'en ce qui nous concerne, nous ne devons pas nous faire scrupule de suivre l'inspiration de notre chef. Ce n'est pas déserter, mais aller à un surcroît de peine, puisqu'ici l'on ne fait qu'escarmoucher, sans but bien appréciable, tandis que là-bas l'on bataille dans toutes les règles et avec une visée immédiate, certaine.

Cette inspiration semble d'ailleurs être venue à d'autres chefs, car on nous assure que plusieurs compagnies franches, même des plus notables, se sont déjà retirées de la lutte dans l'Est, pour gagner la Loire par une courbe au Midi.

C'est la manœuvre que nous allons faire, avec cette différence que, ne constituant pas une troupe nombreuse, notre marche, notre passage sont beaucoup plus faciles à dissimuler, et nous pourrons décrire la courbe moins large, et parvenir plus directement, plus rapidement à destination.

V l

C'est fait.. En trois jours nous avons passé — aux frais de l'ennemi — des rives de la haute Saône aux rives de la Loire.

- Aux frais de l'ennemi, dis-je, car nous avons vendu notre cheval prussien à un industriel qui l'a emmené dans le midi de la France, et l'argent reçu nous a défrayés du voyage. C'est toujours cela de moins au passif du petit budget commun, à l'équilibre duquel, vu notre caractère de belligérants libres, nous avons dû jusqu'à présent suffire de nous-mêmes.

A vrai dire, jusqu'à présent la tâche nous a été singulièrement facilitée par les sympathies en quelque sorte unanimes des populations que nous avons visitées en guerroyant ; mais — puissé-je me tromper dans mes appréhensions — il me semble que, autres contrées, autres sentiments, et que, de ce côté-ci de la France, la vigueur des vertus patriotiques n'a plus la même trempe que là-bas. On y paraît redouter l'étranger plus qu'on ne le déteste : à ce point que des habitants, de l'intérêt national desquels nous sommes les défenseurs, nous tiennent, nous, les francs-tireurs, en suspicion, en mépris, je dirai même en haine, comme des gens qui se mêlent de ce qui ne les regarde pas, et qui se plaisent à jeter, de gaieté de cœur le désordre dans le pays.

— Eh! laissez faire les *soldats*, disent-ils, d'un air qui signifie trop évidemment que les soldats ne sont pas loin d'être voués à la même malédiction, pour leur malencontreux avisement de mettre obstacle à la rapide conclusion de la paix, quelle qu'elle puisse être. Nous savons de bonne part que, dans certains cantons, il a été question — si même on ne l'a fait — de dénoncer, de livrer les francs-tireurs aux Prussiens. Et cette belle réponse a été faite devant nous à des volontaires qui, consacrant leurs fatigues et leur sang à la défense du pays, se croyaient presque en droit de requérir quelques victuailles dont ils manquaient :

— Si nous vous donnons tout, que donnerons-nous aux Prussiens quand ils viendront? Retirez-vous, vous nous feriez massacrer.

Mais, si portés que semblent être de nombreux esprits à un aussi fâcheux abaissement, bien d'autres se trouvent qui, Dieu merci! se relèvent de ce niveau et établissent une fortifiante compensation.

Quoi qu'il en soit, nous avons quitté l'Est avec l'intention de gagner directement Orléans, qui était, disait-on, occupé par notre armée de la Loire. Mais, tout juste, pendant que nous roulions vers ce pays, voilà que cette armée s'en est laissé déloger.

Les Prussiens, qui se répandent dans les contrées du centre après avoir tourné Paris, et qui par conséquent viennent du nord, auraient heurté nos troupes dans

16.

les environs d'Artenay, à cinq lieues au-dessus d'Orléans. Un combat acharné a eu lieu, mais à l'avantage de l'ennemi, qui l'emporte surtout par son artillerie.

La retraite s'est faite par la forêt. Puis notre armée a passé sur la rive gauche du fleuve, et s'est retirée à cinq lieues plus bas qu'Orléans, vers Beaugency ; c'est là que nous pensons, sinon la rejoindre, au moins la voir.

. . . .

Hélas ! nous l'avons vue, cette armée de la Loire, dont nous avions tant entendu parler, et sur laquelle reposaient, ou reposent encore tant d'espérances ! nous l'avons vue, et Dieu sait la tristesse qui nous a gagné le cœur en la voyant.

Beaucoup d'hommes, mais quels hommes, et dans quel état !

Une cohue de jeunes gens, venus de tous les points, la plupart sachant à peine tenir un fusil. Et comment armés, comment vêtus ! Où est l'instruction pratique, l'ordre, la discipline ? D'ailleurs, où sont et que sont les chefs ? Pour le plus grand nombre des officiers de garde mobile, d'abord nommés au hasard avant la guerre, titulaires aristocratiques qui avaient reçu leurs grades comme un honneur de fantaisie, et qui ne savaient rien du métier militaire. On a procédé ensuite, il est vrai, à des élections dans les compagnies mobilisées mêmes. Qu'est-il advenu ? Que le vote a confirmé de préférence dans leur grade les officiers *bons enfants,* c'est-à-dire ceux qui permettaient, pour cause, le relâchement disciplinaire ; et les quelques anciens soldats, qui veillaient à la tenue du service, se sont trouvés d'*instinct* éliminés.

Avec de tels éléments, qui n'excluent pas la bravoure personnelle, mais qui risquent d'en neutraliser les efforts, qu'un général s'avise donc de quelque stratégie, qu'il ordonne donc des manœuvres de masse ou de détail. Au lieu de le servir, le nombre le gêne, le paralyse ; le succès lui échappe et la déroute s'aggrave d'autant.

Tout ce monde-là, divisé par petits groupes, et s'éparpillant pour une guerre d'inspiration, d'initiative partielle, taillerait sans doute à l'ennemi une rude besogne, tandis qu'à l'état d'armée compacte, régulière, c'est le contraire qui arrive. Et pour peu que des échecs aient été subis, comme ces jours derniers, le pêle-mêle, l'incohérence, et partant, l'affaiblissement, sont à leur comble ; et c'est ce que nous venons de voir.

Mais un nouveau chef vient d'être donné à ce tumultueux ensemble. Le général d'Aurelle de Paladines est, dit-on, homme de tête, de savoir et de cœur ; on lui reconnaît, avec de grandes facultés d'organisation, toute l'audace réfléchie et toute l'équitable fermeté qui permettent de mener à bien les grandes entreprises militaires. On compte qu'après avoir rétabli, ou plutôt établi l'ordre, la discipline dans les rangs de cette armée, il saura en faire un puissant instrument de succès.

Nous verrons bien.

Toujours est-il que l'organisateur est à l'œuvre, qui,
dût-on s'effacer encore devant l'ennemi, ne reprendra
certainement l'offensive que lorsqu'il croira opérée l'in-
dispensable transformation des masses qui doivent agir
sous ses ordres.

Pour le moment, on se borne à veiller, à s'observer
aux avant-gardes, et il semble d'ailleurs que l'armée allemande — et ceci confirme les appréciations du Grand-
Espagnol — craigne de s'affaiblir en élargissant, en re-
culant outre mesure sa sphère d'opérations. L'on dirait
que, vu les forces relativement restreintes dont elle dispose, il lui suffise d'avoir porté jusqu'à Orléans le boulevard de sa grande et principale action, qui est le blocus
de Paris. Établie sur le poste important dernièrement
conquis, et prête à la plus vigoureuse résistance, si on
l'attaquait, elle ne fait même pas mine de vouloir attaquer son adversaire qui, lui, n'est guère en état de perdre aux moindres escarmouches des instants si précieux
pour son travail de réformation.

Il n'y a donc rien à faire pour nous, escarmoucheurs,
sur ce point, où nos compatriotes ont tout intérêt à ce
que rien ne tire l'ennemi de la favorable réserve où il
veut bien se maintenir.

Mais, si calme et si inactif qu'il se montre aux
abords de la cité qui lui forme une menaçante et
solide avancée, il ne s'ensuit pas que l'ennemi né-
glige de s'assurer des positions voisines, dont la possession peu le rendre d'autant plus fort, qu'elle laissera

moins d'angles rentrants dans le cercle où il se meut.

C'est ainsi que, afin d'avoir la libre exploration de ces riches plaines de la Beauce, où il y a tant à prendre, tant à dévaster, il pousse, dit-on, ses lignes pour occuper ou neutraliser les collines qui la bordent à l'ouest.

C'est par là que nous devons nous porter, et d'autant mieux, que par là aucun corps régulier ne se trouve pour gêner ou empêcher ses progrès.

Nous avons passé la Loire au-dessous de Beaugency. Partant de là, après une demi-journée de marche à découvert, nous irons nous jeter dans la forêt dite *de Marchenoir*, pour atteindre, entre Vendôme et Châteaudun, la vallée du Loir, où nous prendrons conseil des événements.

.   .   .   .

Le conseil ne s'est pas fait longtemps attendre.

A Saint-Laurent-les-Bois, notre première station dans la forêt, nous apprîmes que de fréquentes excursions de uhlans avaient lieu du côté de Châteaudun, ville choisie d'ailleurs depuis plusieurs semaines pour quartier général par une légion de francs-tireurs parisiens qui, sous la conduite d'un chef aussi actif que résolu, partaient de là pour diriger, contre les postes avancés des Allemands, des expéditions fort inquiétantes pour ceux-ci.

On nous raconta qu'au lendemain de la prise d'Orléans, la municipalité de Châteaudun, bien qu'animée des sentiments les plus patriotiques, avait craint que la

résistance d'une ville parfaitement ouverte ne pût avoir
d'autre résultat que d'attirer sur elle toutes les terribles éventualités de la défaite, sans aucune chance d'opposer un sérieux obstacle aux projets de l'armée allemande. En conséquence, les francs-tireurs, objet de la
haine implacable de l'ennemi, toujours prêt à rendre
les populations solidaires de leurs moindres agissements,
avaient été priés de transporter ailleurs leur centre d'o-
pérations. Et les francs-tireurs s'étaient éloignés, pendant que la garde nationale était, sinon désarmée par
ordre, au moins engagée à déposer les armes, dont elle
ne pourrait faire qu'un usage funeste à la localité qu'elle
se fût vainement efforcée de défendre.

Mais à peine cette double mesure préservatrice était-
elle prise, qu'une sorte de fière réaction se manifesta au
sein de la petite cité beauceronne. La vue des incendies,
qui de toutes parts fumaient au loin sur les plaines voisines aux endroits mêmes où l'ennemi n'avait à réprimer
aucune rébellion, le récit des vexations, des cruautés
que disaient avoir subies les habitants fugitifs chassés
des villages, des hameaux, par des hordes insatiables,
impitoyables, ranimèrent un zèle que de prudentes considérations avaient dominé, mais non éteint.

L'indignation eut raison de la crainte ; l'honneur national parla plus haut que l'instinct de préservation ; et
cette population qui n'osait pas se flatter que l'issue de
la lutte pût être à son avantage, mais qui fut soudain
prise de l'impérieux désir de donner par cela même le

magnanime exemple du devoir accompli, la population
redemanda ses armes, rappela les francs-tireurs parisiens, qui, eux, ne se firent pas prier, et revinrent avec
le renfort d'une légion de la Seine-Inférieure — quelque huit cents hommes au total.

On nous disait d'autre part que, depuis Vendôme,
tout le long du Loir, il n'était guère de bourgade dont
ne fussent partis quelques volontaires pour la défense
de la cité qui, on le comprenait, allait devenir l'objectif d'un coup de main de l'armée prussienne ; et quand
nous arrivâmes, le 16 octobre au soir, à Cloyes, petite
ville distante d'environ trois lieues de Châteaudun, nous
rencontrâmes à l'entrée deux forgerons de Fréteval, le
père et le fils, qui, chacun un vieux fusil de chasse sur
l'épaule, s'en allaient prendre rang parmi les défenseurs irréguliers de Châteaudun.

La connaissance est bientôt faite en pareille occur-
rence ; ces deux braves gens, qui n'affichaient pas d'autre prétention que de contribuer à la défense en quelque
sorte immédiate de leurs foyers, nous demandèrent de
les accepter pour compagnons. Il va de soi que nous
leur tendîmes cordialement la main.

Après avoir passé avec eux une partie de la nuit, nous
nous remîmes en route ; et au point du jour nous arrivions à Châteaudun.

Ville ouverte, disais-je plus haut, pour employer
l'expression consacrée, ah! non certes, ce n'était plus
une ville ouverte, mais fermée, et bien fermée au con-

traire : pas une rue, pas un chemin aboutissant à l'éxté-
rieur qui ne fût soigneusement obstrué et défendu par
des barricades, par des levées : double, triple enceinte
était faite, surtout de côté de la plaine, et sur les flancs
dë la ville, par où l'attaque était attendue ; et partout
des meurtrières étaient percées dans les murs des jar-
dins, des maisons avoisinant la campagne. Et même sur
un point avancé qui commande au loin les environs,
un ouvrage, une sorte de fortin, avait été improvisé
pour installer des canons, qu'on disait attendre, mais
qui ne devaient pas arriver, — par la raison bien simple
peut-être que les gens à qui on avait dû s'adresser, à
cet effet, eussent été bien empêchés d'en trouver aucun
à distraire du pauvre matériel d'artillerie dont disposait l'armée régulière elle-même.

Et il fallait voir à l'intérieur de cette petite cité
transformée en citadelle, le mouvement, l'ardeur, la
résolution, l'enthousiasme ; tout cela résultant non pas
de l'espérance de la victoire, mais du plus magnifique
désespoir. Depuis le chef, qui se multipliait pour organiser la défense, jusqu'aux citoyens que leur âge ou
leurs infirmités devaient condamner au rôle le plus
neutre, tous semblaient attendre les événements avec
une espèce de solennelle et superbe insouciance.

Aux détachements des francs-tireurs qui consti-
tuaient, pour ainsi dire, la garnison régulière de la
ville, et qui prenaient méthodiquement leur positions
de combat, s'adjoignaient, pour faire corps avec eux,

de petits groupes de gardes nationaux. Les volontaires, venus isolément du dehors, se mettaient aussi dans les rangs, acceptant pour eux l'ordre donné à leurs compagnons d'aventure.

Pendant qu'une partie des femmes, des enfants sortaient de la ville, en franchissant la rivière, bien d'autres allaient et venaient, qui disposaient les secours aux blessés ou le service des combattants. Des voitures étaient attelées pour les transports, des brancards préparés. On rassemblait des vivres, on distribuait des munitions.

Enfin beaucoup de gens qui ne devaient ou ne pouvaient prendre aucune part à l'action, restaient tranquillement sur le seuil de leurs maisons ouvertes, comme si ce qui allait se passer fût quelque chose de naturel ou d'insignifiant pour eux, et dont toutes les éventualités devaient les trouver indifférents.

On n'a guère idée d'un pareil ensemble de calme énergie.

Je me rappelle ceci qui peut, je crois, caractériser la disposition générale des esprits.

Nous étions au coin d'une rue aboutissant à la place principale, — là place Royale, si j'ai bonne mémoire, — nous causions avec des habitants. Une vieille paysanne était là, dont les traits battus, les yeux cernés, l'air accablé indiquaient qu'elle se trouvait encore sous le coup douloureux de récentes et profondes émotions.

— Las! soupira-t-elle, il en sera ici, voyez-vous,

comme il en a été, il y a trois jours, chez nous, à Varize[1].

Que s'est-il donc passé à Varize ? demandai-je.

— Ce qui s'est passé, mon cher enfant !... Figurez-vous que depuis longtemps, à chaque fois que les Prussiens venaient se montrer du côté de notre pays, tout le monde ayant l'esprit monté par les affreuses choses qu'on racontait de ces coquins, et par celles qu'ils ne se gênaient pas pour commettre aux environs, nos hommes prenaient presque toujours leurs fusils, dans l'intention de leur donner la chasse, mais les femmes se réunissaient et retenaient les hommes, leur faisant entendre qu'ils ne seraient pas les plus forts, et que ce serait attirer la colère des étrangers, qui jusque-là n'avaient pas causé grand mal par chez nous.

« Il en fut ainsi plusieurs jours ; mais voilà qu'un matin toute une bande de ces vilains passe à cheval sur la route, allant vers Châteaudun : nos hommes comprirent que ces cavaliers ne faisaient que pousser, comme on dit, une pointe en éclaireurs au delà du village, et qu'ils ne manqueraient pas de revenir bientôt sur leurs pas ; et alors, ma foi ! en dépit de toutes les remontrances que purent faire les femmes, nos hommes se blottissent dans les grandes herbes au bord de l'étang, et quand les cavaliers reviennent, d'une décharge de tous leurs

---

[1] Village de la Beauce, à trois lieues environ de Châteaudun, sur un affluent du Loir, la Cannie, petit cours d'eau qui forme, à l'endroit où est bâti le village de Varize, une sorte de grand étang ou marais.

fusils, ils en tuent trois et en blessent quatre. Les autres détalent au galop.

« Voilà qui est bien, mais ça ne devait par finir comme ça, il fallait se préparer à payer le beau coup qu'on avait fait. Dans tout le canton on se disait que les Prussiens ne tarderaient pas à venir demander compte de l'affaire.

« Ils tardèrent cependant deux jours, mais, le troisième, ils arrivèrent plus de deux cents...Nos hommes, qui avaient été mis en goût, les attendaient cette fois en face, à l'entrée du village, où ils se tenaient réunis vingt-cinq environ derrière des tas de pierres. Des premiers coups tirés, ils en abattent une douzaine...

« Les deux cents, qui sûrement ne comptaient pas sur une bienvenue pareille, partent en obliquant vers le village voisin, qui s'appelle Civry ; mais là aussi les hommes du pays tirent sur eux, alors ils font demi-tour et s'en retournent bien plus vite qu'ils n'étaient venus.

« De mieux en mieux, n'est-ce pas ? Mais patience !

« Le lendemain ce n'est plus deux cents hommes qui arrivent, c'est deux mille, à pied, à cheval, avec des canons, et venant par les deux bouts du village pour le cerner.

« Nous, les femmes, nous nous sauvons avec les enfants dans les herbages du marais, où nous nous cachons de notre mieux. Les hommes, eux, font des barricades et se battent derrière. Mais que pouvaient-ils espérer contre tant de monde et tant d'armes ?

« Ça dura deux heures, deux heures de tapage d'enfer.

Nous voyions nos pauvres maisons effondrées par les boulets, nous entendions siffler les balles.

« De temps en temps, quelqu'un de nos hommes qui avait le bras ou la tête en sang venait nous retrouver dans notre cachette des roseaux, et nous disait : « Un tel est mort, un tel n'en vaut guère mieux ; mais nous en avons tué beaucoup. »

« Quand il en fut revenu une quinzaine comme ça, les quinze ou vingt autres qui se battaient n'étant plus en état de se battre, le tapage cessa. Les Prussiens tenaient le village, et, de là où nous étions, nous pouvions les voir aller de maison en maison avec des brandons allumés.

« Et bientôt il n'y eut plus dans le pays une seule maison qui ne flambât pas.

« Puis, comme ils paraissaient se diriger en masse avec leurs canons du côté de Civry, nous voulûmes sortir du marais pour aller éteindre nos maisons ; mais ils avaient laissé des soldats qui tiraient sur nous et qui ne s'éloignèrent que quand il n'y eut plus rien à brûler ni à sauver dans le village.

« Pendant ce temps, les autres faisaient à Civry ce qu'ils avaient fait à Varize.

« Et des deux villages maintenant il ne reste rien, pas un toit où abriter un homme ni une bête, pas un meuble, pas une pièce de linge. Moi, comme bien d'autres d'ailleurs, je n'ai sauvé que la méchante robe que j'ai sur le corps. Plus de trente de nos hommes sont morts,

autant sont blessés... On n'habitera plus ni Varize ni
Civry. Tout est perdu, tous sont ruinés, tous sont en
deuil. »

Ainsi parla la vieille paysanne, qui ajouta en manière
de conclusion, les mains jointes, les yeux levés au ciel :

— Je vous le dis, il en sera ici à Châteaudun comme
il en a été à Varize et à Civry.

Et les habitants — et habitantes — de Châteaudun,
répliquèrent tout tranquillement, tout naturellement :

— Eh bien, il en sera comme à Varize et à Civry.

Ce stoïque commentaire était significatif.

Quoi qu'il en soit, vers onze heures du matin, l'alerte
fut donnée. Des masses profondes d'ennemis étaient signalées aux divers points de l'horizon.

Une forte compagnie de francs-tireurs passant près
de nous pour aller occuper la redoute avancée qu'on
avait destinée à l'artillerie absente, nous les suivîmes.

Quand nous arrivâmes au lieu indiqué, qu'il s'agissait de défendre, plutôt pour retarder l'ennemi que pour
l'arrêter (car la position, qui pouvait être redoutable
avec de l'artillerie battant au loin la campagne, n'était
guère tenable du moment où, au contraire, elle serait
le but de l'artillerie extérieure, agissant hors d'atteinte
des balles), quand nous arrivâmes, les troupes allemandes s'avançaient de tous les côtés en grand nombre,
échelonnées en bataillons d'attaque et en corps de réserve.

Il y avait bien douze ou quinze mille hommes, se pla-

17.

çant de façon à investir la ville, autant qu'elle pouvait
être investie sans franchir la rivière, et disposant, dans
l'espèce d'enceinte continue qu'ils formaient, cinq ou
six batteries de plusieurs pièces chacune, toutes prêtes à
aider l'action des assaillants dans les diverses directions
qu'ils pouvaient suivre.

Il va sans dire que la redoute où nous étions fut le
premier point attaqué, mais si vigoureusement que
l'attaque fût poussée par des troupes très-nombreuses,
encore nous fut-il possible de les maintenir à distance,
tant que la grêle d'obus ne vint pas bouleverser les ou-
vrages derrière lesquels nous nous abritions.

Nous tînmes cependant près d'une heure, mais force
fut bien de nous replier vers la ville, sur tout le contour de laquelle pétillait alors la fusillade la mieux
nourrie que j'eusse encore entendue, et qui ne laissait
pas de causer de sérieuses pertes à l'ennemi, sans que
les assiégés eussent beaucoup à souffrir.

Presque dès le début de l'affaire, notre ami Mazuyer,
qui faisait preuve d'une véritable intrépidité en se haus-
sant sur la redoute pour mieux viser, fut atteint à la joue
par une balle qui la lui creusa assez profondément, sans
pourtant atteindre l'os. Josine, qui ne nous avait pas quittés, l'emmena vers les maisons où nous devions nous
réfugier ensuite, et le pansa de son mieux. Quand nous le
revîmes, il ne put résister à la tentation de faire encore le
coup de feu avec nous, bien qu'il fût singulièrement em-
mitouflé dans ses bandes de toile transpercées de sang.

Toujours est-il que les mille ou douze cents défenseurs de la ville, habilement répartis sur toutes les positions, faisant un feu sûr et actif par les meurtrières
des murs, par les fenêtres, par les encoignures, tenaient
en échec la foule décuple des assaillants, qui, eux aussi,
s'embusquaient, se cachaient, mais qui payaient cher
les moindres mouvements qu'ils étaient obligés de faire
à découvert pour gagner ces cachettes, ces embuscades.

Quand des colonnes un peu fournies se montraient,
aussitôt de larges trouées y étaient faites. Et comme
cela semblait devoir se prolonger indéfiniment, au
grand déplaisir des Allemands, qui, sans doute, avaient
compté ne faire qu'une bouchée de la misérable bourgade, pour la prise de laquelle ils avaient daigné dé-
ranger tant de bataillons, vers trois heures on eût dit
que toutes les troupes ennemies eussent reçu en même
temps l'ordre d'interrompre l'attaque... Elles reculent,
s'effacent.

Les assiégés, qui comptent un certain nombre d'hommes hors de combat, profitent de cette trêve pour remettre un peu d'ordre dans leurs groupes. Les chefs
des francs-tireurs et des gardes nationaux vont et viennent, félicitant, exhortant leurs soldats, veillant aux
nouvelles distributions de cartouches: on enlève les
blessés, les morts. Des femmes portent les brancards,
conduisent les charrettes, versent à boire aux combattants qui s'apprêtent à reprendre leur tâche...

La trêve, en effet, ne fut pas longue ; elle ne dura

que le temps qu'il fallut à l'infanterie ennemie pour se
mettre hors de la ligne de tir des batteries, qui, placées
en face des principales voies barricadées, ouvrirent
alors un feu si soutenu, si terrible, qu'on ne dut plus
songer à occuper les quartiers qui s'y trouvaient exposés.

Là tout croulait, et aussi tout flamblait, car les pièces
prussiennes s'étaient donné le double but de détruire
et d'incendier. Pendant que le plus grand nombre visaient à renverser, avec des obus ordinaires, les retranchements et les édifices qui faisaient obstacle à l'entrée
des troupes, une batterie envoyait çà et là des bombes
qui, en éclatant, éparpillaient des traînées de pétrole et
d'huile.

Il en fut ainsi pendant une grande heure, que les assiégés, opérant une sorte de demi-retraite, employèrent
à préparer une seconde phase de résistance.

Devant l'hôtel de ville se trouve la longue place où le
matin nous avions entendu la narration de la vieille
paysanne, et qui divise, pour ainsi dire, la ville en deux
grands quartiers principaux.

Ce fut au delà de cette place, dont les aboutissants
furent solidement barricadés, que les défenseurs de la
ville se retirèrent, avec les habitants que le bombardement avait chassés de leurs demeures. On attendit.

Quand elle crut avoir suffisamment déblayé toutes
les avenues, l'artillerie ennemie se tut, et les troupes
entrèrent dans la ville, dont elles occupèrent la pre-

mière moitié sans le moindre effort, sans trouver un combattant.

On les entendait pousser leurs hourras victorieux, en se répandant dans les rues désertes.

Mais elles arrivent vers la place et veulent la traverser. On les laisse s'y aventurer en assez grand nombre, et, à un signal, la fusillade éclate sur tout le contour, de toutes les fenêtres, et par-dessus tous les créneaux.

La place est jonchée de morts et de blessés.

Les Allemands se replient en hâte dans les rues, de l'encoignure desquelles ils tiraillent sans succès.

A plusieurs reprises, ils cherchent à enlever d'assaut les barricades, mais chaque fois ils sont terriblement décimés. On en pouvait compter bientôt plus d'un millier étendus sur l'esplanade.

Lutte inégale et trop meurtrière pour eux.

Ils reculent encore. Renonceraient-ils?

Non : ils se sont dit : « Pourquoi sacrifier tant de sang, là où un peu de liquide incendiaire peut suffire?»

Et ils sont retournés à leurs batteries, qui alors et jusqu'au soir doivent faire rage sur l'ensemble de la ville que le fer broie, que le feu inonde... mais où gisent au moins deux mille ennemis.

Ce n'est plus la lutte, c'est la dévastation.

La nuit est venue, qu'éclaire de ses rouges et lugubres lueurs l'immense désastre qui fait toute une population sans asile, sans biens. Francs-tireurs et gardes nationaux ont achevé leur tâche. Ils quittent la ville.

L'augure de la vieille paysanne s'est accompli. Il en a été de Châteaudun comme de Varize et de Civry. Châteaudun a résisté, Châteaudun brûle, Châteaudun est anéanti.

Les villages ont donne l'exemple à la petite cité. Pour l'honneur, pour le salut de la France, puisse la petite cité servir d'exemple aux grandes[1] !

[1] On doit à la vérité de remarquer que l'héroïque résistance de Varize, Civry et Châteaudun, citée à juste titre parmi les plus honorables épisodes de la défense nationale, n'était pas sans précédents dans l'histoire déjà si sanglante de cette horrible guerre.

En maint lieu, les populations s'étaient levées, s'étaient armées, sans crainte d'attirer sur leurs foyers qu'elles défendaient la colère barbare de l'ennemi. Dans les derniers jours de septembre, par exemple — pour ne rappeler qu'un témoignage, mais des plus significatifs — les troupes allemandes, venues pour traverser l'Oise à la hauteur de l'Isle-Adam, trouvèrent devant elles les francs-tireurs, habitants de la commune de l'armain-Jouy, sous la direction du pharmacien Capron, réunis à ceux de Nesles, capitaine Cailleux père, à ceux de Verville, Fontenelle, etc... Un combat très-vif s'engagea, qui dura toute une longue après-midi, pendant laquelle soixante hommes bien décidés, et qui ne devaient déplorer la perte que d'un seul des leurs, firent perdre à l'ennemi 472 soldats ou officiers.

Le lendemain, les Allemands, pour venger leurs pertes, incendiaient systématiquement, maison par maison, le village où la lutte avait eu lieu, et dont l'amas de ruines atteste encore leur sauvage dépit. Pour la plupart des francs-tireurs, cet incendie équivalait à une ruine complète ; mais le sacrifice était fait d'avance. Voyez-les aujourd'hui, réédifiant tant bien que mal leurs demeures effondrées. « Songez donc, vous répéteront-ils, un *demi-millier* en cinq heures, à soixante que nous étions ! » Si, toutes proportions d'hommes gardées, il y avait eu beaucoup de demi-journées comme celle-là !...   E. M.

VII

L'ennemi ne pouvait songer à nous poursuivre immédiatement. Il était trop occupé à achever la destruction de la malheureuse cité, la première, je crois, des villes ouvertes qui, depuis le commencement de la campagne, eût osé lui résister avec autant d'énergie.

Nous nous retirâmes dès la même nuit, à quatre lieues environ, sur la route de Nogent-le-Rotrou, dans un hameau du nom des Bruyères, où nous nous reposâmes pendant deux jours.

Là, des fugitifs de Châteaudun nous apprirent de quelle façon le vainqueur usait de sa victoire.

Transcrirai-je ces odieux détails? rappellerai-je comment notre ennemi, toujours prêt à enchérir sur les désastres qu'il a causés, trouva, même après la piteuse situation du pays et des habitants, un nouvel ordre de rigueurs à exercer? Ne savons-nous pas que toutes les monstruosités lui sont coutumières? qu'il semble avoir pris à tâche de prouver que, dans cette guerre, il veut ne rien laisser deviner chez lui des sentiments qui, jusqu'à présent, avaient pour but d'être comme un suprême correctif aux inévitables malheurs qu'enfantent les luttes internationales? qu'il s'est donné pour mot d'ordre : mépris féroce, oppression implacable du vaincu ; néga-

tion barbare, chez son adversaire, des vertus patriotiques, qu'il assimile aux crimes les plus noirs ; froide et
cruelle application du système des rançons ; spoliation
sous tous les prétextes et par tous les moyens ?...

A Châteaudun, par exemple, ce n'était pas assez du
bombardement incendiaire, qui seul pouvait déloger les
défenseurs de la ville : la ville prise, officiers et soldats
ont rivalisé de zèle et d'adresse pour incendier à la main,
de rue en rue, de maison en maison, ce qui restait in-
tact. Plus de cité, des ruines fumantes partout ; et cependant une énorme somme d'argent est encore exigée
des citoyens restés fidèles à ces débris qui furent leurs
demeures. Beaucoup d'entre eux sont tombés morts ou
blessés dans la légitime défense de leurs foyers ; on tend
le lendemain un piége de mansuétude aux survivants,
et cela fait un beau convoi de prisonniers à acheminer
au delà du Rhin, etc., etc.

Ah ! le compte de cruauté, de lâcheté, de rapacité
sera long à dresser quand viendra le jour des réclama-
tions, et ils seront bien difficiles à trouver les actes de
générosité à mettre dans la balance !... Mais passons.

Si peu importantes que pussent être les opérations
que la petite légion de la Chaux-Cernoise était appelée
à entreprendre d'elle-même, aucun de ses mouvements
cependant ne se faisait sans que les raisons en eussent
été pesées, débattues, réfléchies. Tout se passait là à peu
près comme pour la direction d'un corps considérable.
Quand il s'agissait de prendre une décision relativement

majeure, le Grand-Espagnol, investi de l'autorité de gé-
néralissime, autorité fort respectée d'ailleurs, assemblait
ce qu'il appelait son *état-major*, qui l'aidait de ses lu-
mières ou de ses inspirations. L'état-major, c'était Appenzell, Josine et moi. Appenzell, parce qu'il mêlait à
une grande justesse d'appréciation une sorte d'intui-
tion originelle de la guerre que nous faisions ; Josine,
parce qu'au cours d'une délibération qu'elle écoutait
en gardant un silence timide, il lui arrivait presque
toujours de nous suggérer quelque remarque ingénieuse,
quelque idée à la fois prudente et hardie ; moi, parce
que j'apportais au conseil le secours des quelques connaissances acquises sur les bancs de l'école.

J'ai hâte d'ajouter que les séances de ce conseil n'a-
vaient jamais lieu qu'en pleine réunion de nos autres
compagnons, auditeurs intéressés qui avaient toujours,
au cas échéant, voix consultative.

Pour une direction de marche nouvelle à suivre, on
procédait à peu près ainsi : étant recueillis tous les bruits
plus ou moins probables que répandaient les habitants,
les voyageurs ou les journaux sur la position des armées
ennemies, sur la formation ou les agissements des corps
francs ou des armées, notre chef en appelait à moi pour
lui dire, d'après une carte que j'avais emportée et que je
consultais, quelle était la position relative des pays in-
diqués, leur configuration, leur proximité ; puis il
formulait en conséquence un itinéraire ; et c'était alors
qu'Appenzell d'abord, Josine ensuite donnaient leur avis.

18

Au sortir de Châteaudun, position qui mettait l'ennemi en paisible possession de la grande région beauceronne, Chartres et Vendôme étant déjà occupés, nous avions quitté les autres francs-tireurs, qui, croyions-nous, se rabattirent par un détour sur l'armée de la Loire, que nous savions forcément inactive. On nous avait parlé d'une autre armée qui se constituait dans le Perche, c'est-à-dire à l'ouest de Chartres et au nord-ouest des plaines de la Beauce.

J'avais montré sur la carte au Grand-Espagnol tout un enchevêtrement de collines et de forêts, formant comme un réseau touffu entre le pays qu'occupait notoirement l'ennemi et celui où, disait-on, nos troupes nouvelles se réunissaient. On nous affirmait, en outre, que les garnisons françaises, repoussées de la contrée chartraine, guerroyaient de leur mieux dans ces bois, à travers ces vallons.

Et, toute réflexion faite, il avait été décidé que nous irions voir si nous pourrions être utilisables par là.

Après diverses haltes, car nous étions tenus à une marche lente et circonspecte, nous avions séjourné pour la première fois à Champrond en Gâtine. Le lendemain, en longeant la forêt, au sud de laquelle se cache ce village, nous avions rencontré quelque chose comme six ou sept cents soldats français, qui venaient d'avoir maille à partir avec l'ennemi dans les environs de Courville, c'est-à-dire à trois ou quatre lieues de là, et qui, marchant en véritable débandade, gagnaient d'abord l'abri des bois pour aller se joindre ensuite à cette armée du Perche, dont nous entendions parler chaque jour davantage, à mesure que nous traversions les pays parcourus avant nous par tous les groupes de gens armés se repliant devant le nombre et la tactique des envahisseurs.

Triste, bien triste doit être encore cette armée-là, pour peu que sa composition repose sur beaucoup d'éléments analogues à la troupe, je devrais dire au troupeau d'hommes que nous venons de voir se diriger vers elle : tohu-bohu de pauvres diables de toutes provenances, de tous les aspects, agissant ou plutôt ayant agi avec des airs, des prétentions de corps réguliers, et s'étant justement fait battre par l'absence radicale d'organisation, de cohésion.

Il y a de tout là dedans, et, à proprement parler, ce tout est le néant. Le *mobile* rustique, mal équipé, sans instruction, sans esprit militaire et pris de nostalgie, y coudoie le troupier fourbu qui, échappé aux désastres des frontières, ne sait que maudire une fatalité aux vicissitudes de laquelle sa couardise est peut-être bien venue en aide. Le marin, tout étonné de *naviguer* par monts et par vaux, y maugrée à côté du garde national sédentaire, forcément mobilisé après le sac de sa ville. Et encore, et toujours, quels chefs !... un ancien caporal ivrogne institué lieutenant après un long séjour dans la vie civile ; un ex-capitaine qui gagna ses épaulettes à l'ancienneté d'estaminet, et qui a repris son grade pour faire campagne ; un futur élève de Saint-Cyr investi par anticipation d'un commandement pour l'exercice duquel il devait acquérir les facultés... et que sais-je encore ?

Et point de groupement possible dans ces débris de tous genres, point de subordination, point de vue première. Tout cela marche, fuit, passe, exalté, mécontent ; brutal pour l'habitant, dédaigneux pour l'ennemi, fier de services inutiles ou inconscients... Bref, tout cela rejoint l'armée du Perche — laissons rejoindre, et Dieu veuille que cette armée profite du singulier appoint qui va lui être offert !

Nous continuons à nous diriger vers le nord, en côtoyant la forêt. On nous assure qu'en avant de Senonches, à l'est, du côté de Châteauneuf, un effort sérieux est fait par des corps irréguliers, mais résolus, pour arrêter l'ennemi qui veut tenter ou seulement dégager, en prévision d'une marche prochaine, le passage de la Beauce au Perche.

. . . .

Arrivés aux bords de l'Eure, dans les environs de Saint-Germain-de-l'Espinay, nous fûmes à même de contrôler la valeur de cette assertion : car nous vîmes que, sur ce point, en effet, l'armée allemande, après s'être emparée des bois et des campagnes en deçà de Châteauneuf, qui lui avaient été bravement disputés par quelques centaines de marins et de volontaires, poussait des reconnaissances, à l'effet de prendre pied sur la rive droite de la rivière.

Malgré toute leur énergie, les nôtres avaient dû céder au nombre, et surtout à la formidable artillerie qui est toujours à la disposition de l'ennemi.

Munis seulement de deux petits canons qu'ils traînaient le plus souvent eux-mêmes, les marins, sous la conduite d'un très-vaillant et très-intelligent officier, s'étaient jetés dans la forêt de Senonches, dont ils défendaient la possession pied à pied, arbre par arbre en quelque sorte. De Saint-Germain on entendait là-bas le bruit de la lutte ; nous nous mîmes en marche pour aller nous joindre à ces braves gens, qui depuis plusieurs jours arrêtaient un adversaire trente ou quarante fois plus nombreux qu'eux.

La nuit — qui vint d'ailleurs en même temps qu'un ouragan épouvantable — nous surprit en pleine forêt, au moment où nous franchissions une colline, dont le sommet dégarni forme clairière, et force fut de nous arrêter, pour chercher tant bien que mal un abri sous l'épaisse et large ramure d'un grand chêne s'élevant au bord d'une jeune futaie que traverse une route.

Serrés au pied de l'arbre, et après avoir profité des dernières lueurs du jour pour faire honneur aux provisions de nos gibecières, nous nous arrangeâmes en vue de passer la nuit en cet endroit.

A l'orage avait succédé d'abord une pluie fine, puis l'eau ne tombant plus, le ciel était cependant resté chargé, et une ombre profonde nous entourait.

Les couvertures furent étendues, et la fatigue aidant,

18.

chacun, s'étant accommodé de son mieux, trouva bientôt le sommeil.

Il va sans dire que la garde était faite à tour de rôle par l'un de nous, qui se promenait autour du petit campement. Les sentinelles se relevaient d'heure en heure.

Quand je pris, moi, la veille à trois heures du matin, rien n'avait encore troublé le repos commun. La nuit était toujours aussi noire, aucune étoile ne perçait de ses rayons l'étendue nuageuse. Pour tout bruit le frou-frou des bouffées de vent frais qui, de temps en temps, passaient, en secouant les perles d'eau qui alourdissaient la feuillée.

Mes compagnons dormaient paisiblement : le bon Labri, qui, d'ailleurs, n'était pas le moins zélé de nos guetteurs ordinaires, veillait avec moi, tantôt s'arrêtant pour écouter, pour regarder, pour flairer, tantôt rôdant avec des airs de complète insouciance, qui signifiaient, sans erreur possible, que rien de suspect ne menaçait à la ronde.

Mais, vers quatre heures, alors que l'approche de l'aube commençait à dompter un peu la morne épaisseur de l'ombre, le chien leva tout à coup la tête, en paraissant prêter attentivement l'oreille du côté du levant. Mais, tout d'abord, je ne voyais ni entendais rien qui m'autorisât à donner l'alarme. L'instant d'après, cependant, je crus distinguer quelques détonations se succéder au lointain ; et Labri, avec un de ces regards intelligents que ces braves animaux ont au service de leur mer-

Le commerce des pendules. (Page 169.)

veilleux attachement pour l'homme, sembla me dire
que ce bruit — que la finesse de ses organes lui avait
permis de percevoir avant moi — était le motif de son
inquiète attention.

Bientôt plus de doute possible : une fusillade, même
assez nourrie, se faisait très-nettement entendre, mais
à une distance telle qu'il fallait toute la bonne volonté
d'une sentinelle pour y prendre garde, car si distincts
que pussent être les coups, encore n'avaient-ils pas assez
d'intensité pour tirer nos amis de leur sommeil : aucun
ne bougeait.

Mais je devais avertir au moins le Grand-Espagnol.
Comme j'allais à lui, je le vis sur son séant. Il n'avait
rien entendu, mais c'était l'heure habituelle de son réveil. Le jour ne le surprenait jamais les yeux clos. Je lui
fis signe ; il vint, sans que les autres se dérangeassent.

— Très-bien, dit-il, quand il eut à son tour prêté
l'oreille et étudié la direction du vent qui apportait le
bruit. C'est au moins à une petite lieue d'ici.

Puis, après un moment :

— Ah ! on dirait que ça se rapproche, que ça s'éche-
lonne de notre côté. Qui peut tirailler de la sorte, quand
à peine on verrait une maison à dix pas ? On ne se bat
pas comme ça au juger. Écoutons.

Nous écoutâmes encore et ne distinguâmes plus que
quatre ou cinq coups tirés les uns à la suite des autres.
Puis le silence se fit, qui après quelques minutes, n'a-
vait pas été troublé de nouveau.

— Je pensais bien, reprit le vieillard, que ce n'était pas un combat en règle. Voilà que c'est déjà fini. Mais n'importe, si l'on a tiré par là, c'est qu'il y a des gens des deux camps en présence. Nous allons réveiller les camarades et nous diriger avec précaution de ce côté-là, où l'on peut avoir besoin de notre aide... car il est probable qu'au soleil levant...

Le Grand-Espagnol n'acheva pas. Un fracas inexplicable qui se fit à quelque distance dans la forêt, où l'on eût dit que les arbres s'entre-choquaient, se brisaient, lui coupa la parole et mit brusquement sur pied tous les dormeurs, qui se levèrent avec force exclamations,

— Sangue d'oun cane! criait Appenzell, est-ce le diable qu'il fent folticher tans les pranches?

— En voilà une façon de casser du bois! grommelait sourdement le bossu qui, bien que pouvant à peine articuler sous les bandages qui pressaient sa joue blessée, n'avait rien perdu de sa jovialité coutumière.

Josine était venue tout effarée auprès de son grand-père; le chien aboyait dans le vent, et le bruit étrange dont nous cherchions en vain à deviner la cause continuait quand notre ami l'Helvétien qui, son fusil à la main, avait couru au large dans la clairière, pour regarder par-dessus les arbres, du côté où l'on entendait se succéder une suite de craquements, traînée bruyante qui se rapprochait rapidement de nous :

— Oun pallon! oun pallon! cria-t-il.

— Un ballon, répétai-je. Il vient sans doute de Paris

(car nous n'ignorions pas que Paris, cerné, n'avait plus
que ce moyen de correspondre avec la province) et c'est
sur lui que les Prussiens auront tiré là-bas.

— Je disais bien que ce n'était pas un combat, reprit
le Grand-Espagnol.

Nous étions allés en hâte auprès d'Appenzell, et nous
pouvions voir, en effet, la mouvante silhouette d'un
immense globe flottant se découper en masse sombre
dans les vagues clartés de l'horizon, presque au ras de
la cime noire du bois, sur laquelle tantôt il tombait, et
tantôt bondissait, comme pour reprendre son essor. Il
s'abaissait, oscillait, se relevait, courait encore...

Enfin un coup de vent l'emmena devant nous, et
nous croyions qu'il allait être emporté au delà de la clairière ; mais l'ancre qui, pendait au-dessous de la nacelle,
mordit bruyamment dans les hautes branches du chêne
au pied duquel nous avions passé la nuit, et la vaste machine s'arrêta net, ou pour mieux dire, exécuta sur
place d'effrayantes pirouettes et de gigantesques soubresauts, qui devaient soumettre ses passagers à de
rudes épreuves.

Mais voilà pourtant que ceux-ci, au lieu de manœuvrer pour atterrir, comme ils en avaient eu l'irrécusable
intention en jetant l'ancre sur la forêt, parurent, au
contraire, se raviser tout à coup et vouloir continuer
leur voyage.

— Plus de lest : eh bien jetons les sacs de journaux !
entendîmes-nous qu'on disait dans le navire aérien.

Ces mots signifièrent pour moi que les voyageurs, qui d'ailleurs venaient d'échapper aux balles prussiennes, avaient conçu la plus juste méfiance en apercevant dans la mi-ombre, où nous étions encore plongés pour eux, s'agiter une bande de gens, sur la nationalité desquels rien ne les renseignait, et qui pouvaient n'être rien moins qu'un parti d'ennemis, s'abstenant de tirer pour les capturer plus sûrement.

— Amis ! Français ! francs-tireurs ! Ne craignez rien, m'avisai-je de crier.

— Vive la France ! fit à son tour le Grand-Espagnol, s'associant à moi pour tranquilliser les arrivants.

Et tous nos camarades répétèrent cette acclamation.

— A la bonne heure ! Vive la France ! cria-t-on aussi dans la nacelle, toujours rudement secouée.

Puis l'on jeta des cordes, auxquelles nous fûmes bientôt cramponnés ; et quelques instants plus tard, nous retirions, non sans peine, d'une montagne d'étoffe et de cordages qui s'était affaissée sur eux, deux hommes, une cage contenant une huitaine de pigeons et trois gros sacs bourrés de papiers.

Après avoir demandé dans quelle contrée ils venaient d'opérer leur descente, les voyageurs nous apprirent que c'était contre eux, en effet, qu'avait été dirigée, comme nous l'avions pensé, la fusillade dont le bruit était venu jusqu'à nous.

Portés pendant plusieurs heures par des courants divers, tantôt du midi au nord, tantôt de l'est à l'ouest,

selon qu'ils s'élevaient ou s'abaissaient dans l'atmosphère, et, par cela même, incapables de se rendre
compte de la distance directe de leur point de départ, la
réflexion des premières lueurs du jour sur la couche hou-
leuse des nuées, au-dessus desquelles ils planaient, leur
avait fait croire qu'ils couraient vers la mer. Ils avaient
alors songé à prendre terre en toute hâte, et n'étaient
déjà plus qu'à quelques cent mètres du sol, quand on
avait commencé à tirer sur eux. Aussitôt ils avaient
tâché de regagner les hautes régions; mais ayant déjà
dépensé beaucoup de gaz et leur provision de lest étant
à peu près épuisée, ils n'avaient pu retrouver que très-
peu de force ascensionnelle, de telle sorte que tout en
filant rapidement, mais passant au-dessus des campements ennemis, ils étaient restés assez longtemps à
portée des balles, dont plusieurs avaient frappé dans
les toiles du ballon et ouvert de nouvelles issues au gaz.

Il leur était à peu près impossible de continuer leur
voyage; c'est pourquoi, se voyant au-dessus de la forêt,
et pensant avoir dépassé les lignes prussiennes, ils lais-
sèrent pendre leur ancre, qui longtemps traîna dans les
branches des jeunes arbres sans trouver un point d'arrêt
assez résistant.

Quoi qu'il en fût, ils venaient d'atterrir sains et
saufs; il s'agissait pour nous de les aider à atteindre
sans encombre un lieu d'où ils pussent se diriger sur
Tours, où ils devaient remettre à la délégation gouvernementale les dépêches emportées de Paris; et ce fut

19

à quoi nous nous mîmes en devoir de procéder le plus promptement possible, vu la dangereuse proximité de l'ennemi.

De l'avis de l'aéronaute lui-même, la question matérielle de sauver les appareils dut passer en dernière ligne. Il fut aussitôt convenu que nous remiserions tout cela dans le fourré, et qu'à la première ferme rencontrée, si nous pouvions requérir un moyen de charroi, l'un de nous reviendrait avec les paysans pour faire ce chargement.

Chacun de nos deux hercules, les ouvriers scieurs, s'offrit à prendre l'un des sacs; le père Cluzot demanda l'autre. Josine réclama instamment l'honneur de porter la cage aux pigeons, qu'elle caressait du regard et qui roucoulaient à qui mieux mieux. Les autres devaient se partager le petit bagage personnel des voyageurs et les quelques instruments qui étaient dans la nacelle; et tous d'ailleurs formeraient escorte vigilante et défensive au cas, qui n'était pas impossible, de rencontre hostile.

Nous fûmes bientôt prêts à partir, avec l'intention de gagner la Loupe, station de chemin de fer, située à trois ou quatre lieues de là, et qu'atteignaient encore, pensions-nous, les trains venant du Mans.

Mais avant que nous nous missions en route, l'un des voyageurs, qui, d'ailleurs, semblait être quelque personnage politique, et nous avait fait lui résumer ce que nous savions des événements ou des positions militaires, tira un carnet, et à l'aide d'une petite plume, trempée

dans un encrier minuscule, se mit à écrire, en carac-
tères presque imperceptibles, sur un morceau de papier
de trois ou quatre centimètres carrés.

Le soleil allait se lever, une belle journée se prépa-
rait.

Comme le voyageur était encore tout occupé de sa
rédaction, et que nous attendions que la fin de son travail marquât le signal du départ :

— Attention ! fit le Grand-Espagnol, en nous mon
trant le chien qui paraissait écouter et flairer vers l'intérieur du bois ; attention, il y a quelque chose de lou-
che par là.

Sur les derniers mots de son maître, le brave animal
retourna la tête à demi, en remuant la queue, comme
s'il eût compris et voulu confirmer ce qui venait d'être
dit ; et il reprit sa position de guetteur inquiet.

— J'entends des pas de chevaux qui galopent, ajouta
Josine, qui avait aussitôt mis l'oreille contre terre.

— Des chevaux qui galopent, répéta l'homme qui
écrivait, ils (les Prussiens) auront compris que nous
baissions sans possibilité de remonter, et ils ont envoyé
des cavaliers à notre poursuite, pour nous capturer au
débarqué. Mais nous devons pouvoir leur échapper.

— Je l'espère bien ! dit le Grand-Espagnol.

—Ils sont proches, reprit la jeune fille ; ils viennent
sûrement par la route qui passe à côté d'ici.

— En ce cas, dit le voyageur, éloignons-nous au plus
vite à travers la forêt.

— Patience ! fit le vieillard. Il faut d'abord voir et savoir à qui nous avons affaire. Tout l'attirail du ballon est déjà bien remisé sous les arbres : rentrons à notre tour un peu dans le bois et attendons.

Nous n'eûmes pas longtemps à attendre, car pendant que nous allions nous grouper à quelques pas dans l'intérieur de la futaie, nous percevions très-distinctement le galop des chevaux, qui semblaient être assez nombreux, et deux ou trois minutes plus tard, nous pouvions voir, non-seulement déboucher sur la route, mais se répandre à la file par la clairière une quinzaine de cavaliers, au mouvement et à l'air desquels on comprenait qu'ils avaient une donnée approximative sur le point d'atterrissement du ballon, et se disposaient à opérer de minutieuses battues dans nos environs. Quelques-uns même déjà, prenant leurs longs pistolets dans les fontes, s'apprêtaient à mettre pied à terre.

— Qu'allons-nous faire? demanda l'aéronaute avec un embarras qui, à vrai dire, ne ressemblait nullement à de la frayeur.

— Soyez tranquille : ça nous regarde, répondit à voix basse le Grand-Espagnol, avec certain geste de main qui n'était peut-être par exempt d'une légère intention de suffisance.

Puis, s'adressant à nous :

— Attention, enfants ! chacun son homme, comme de coutume, et deux coups plutôt qu'un ! En joue !

Tous les fusils s'abaissèrent, en faisant comme une

demi-sphère de rayons dont les voyageurs occupaient
le point central.

— Y sommes-nous ? demanda le vieillard.

— Oui, lui fut-il répondu à l'unisson.

— Eh bien ! une, deux, et... trois !

Une douzaine de détonations se firent entendre, et
quand la fumée s'en fut dissipée, l'espèce de champ de
course que formait la clairière nous fournit le spectacle
d'un singulier chassé-croisé.

Ici des cavaliers sans chevaux se jetant en hâte sur
des chevaux débarrassés de leurs cavaliers ; là d'autres
piquant des deux, assez peu solides sur leurs montures ;
et partout la fuite précipitée vers la route, où ceux-ci
s'engagèrent en tournant à droite, et ceux-là en tournant à gauche.

Et au bout de quelques secondes, il ne restait en vue
que deux ou trois hommes et autant de chevaux étendus morts ou blessés devant nous.

Alors le Grand-Espagnol se retournant vers les voyageurs, qui, du reste, regardaient tout cela d'un air assez
ébahi :

— Et voilà comme ça se pratique en pays de
bois, avec les bons cavaliers de M. le roi de Prusse,
dit-il.

— A merveille ! fit le personnage politique en tendant la main au vieillard, qui reprit :

— Maintenant, je crois que la campagne est libre
devant nous ; mais ne nous attardons pas ici, car ceux

qui ont détalé iront raconter l'aventure aux autres, et...

— J'entends. En route donc, messieurs !

Pendant que chacun de nous, après avoir rechargé son arme, prenait sa part des bagages de l'aérostat, le voyageur tira de son carnet le petit billet qu'il avait tracé et qu'il y avait remis à l'arrivée des cavaliers; l'aéronaute, qui avait lui, en même temps, retiré un des pigeons de la cage, le présenta renversé à son compagnon, en écartant les plumes de la queue qui formaient l'éventail. L'autre humecta le verso du papier, sans doute gommé au préalable, l'appliqua sur une des plumes, où il adhéra étroitement. Puis l'aéronaute laissa se relever sur sa main le gracieux animal qui, après avoir jeté quelques regards étonnés autour de lui, fouetta bruyamment l'air de ses ailes, fila avec la rapidité d'une flèche vers les hautes régions, où il décrivit deux ou trois cercles pour s'orienter, et prit son vol dans la direction du nord-ouest.

— Bon voyage ! dirent ensemble les deux hommes du ballon.

Et tous ensemble, comme à un intime commandement du cœur, nous nous découvrîmes, avec une sorte de respect ému, en l'honneur du petit messager, qui eut bientôt disparu dans l'immensité bleue.

Tout cela n'avait pas duré plus de trois ou quatre minutes, et nous nous disposions à traverser en bon ordre la clairière, pour gagner un sentier sous bois qui s'ouvrait en face de nous, lorsqu'en même temps quatre ou cinq coups de feu retentissaient sur notre gauche, autant de balles sifflaient autour de nous, dont l'une perça même le chapeau du père Cluzot, qui tenait la tête de la colonne.

— En arrière ! cria d'instinct le Grand-Espagnol, qui avait déjà fait demi-tour, et qui ajouta, en courant, le corps plié : « Baissez-vous, baissez-vous et suivez-moi ! »

Il nous emmena, en obliquant, à deux cents pas environ, dans le bois, au bruit d'une fusillade assez vive, dont les projectiles fouillaient la place que nous venions de quitter ; et tout en nous engageant par l'exemple à nous tenir accroupis derrière les troncs d'arbres.

— Ça, messieurs, dit-il, parlant aux voyageurs, c'est une autre affaire que celle de tantôt. D'où viennent ces tirailleurs, qui me font l'effet d'être en nombre?... je n'en sais rien au juste ; mais je crains de le deviner en supposant que l'ennemi est tout bonnement venu par ici pour tourner de flanc la forêt qu'il ne pouvait enlever de front. Ce mouvement s'opérait quand nos fuyards de tout à l'heure se sont rabattus sur les troupes qui passaient dans le voisinage, et qui, d'ailleurs, pouvaient fort bien avoir entendu nos coups de fusil : et voilà qu'elles nous traquent. En réalité le chemin direct nous est coupé, mais le bois est profond, je crois. En faisant d'abord un peu de retraite, nous devons pouvoir nous esquiver de côté, et c'est ce que nous allons tenter sans perdre de temps. Quant à nous, enfants, reprit notre chef, tâchons d'oublier que nous avons un fusil dans les mains ; l'essentiel est de faire perdre notre piste. Et maintenant en marche.

Comme le vieillard achevait d'articuler ces paroles, une bordée de balles grêla dans les arbres des alentours, mais évidemment dirigées en sens opposé des premières : nous avions, du reste, entendu les détonations du côté où nous comptions aller.

Puis il en arriva d'autres qui devaient être tirées de la route, puis d'autres encore, venant de la clairière.

— Diable ! fit le Grand-Espagnol : devant, derrière et à gauche ; mais il nous reste la droite, c'est pourquoi filons au plus vite par la droite.

Et ce qui fut dit fut fait.

Mais à peine avions-nous marché cent pas dans cette nouvelle direction, que Josine, dont le zèle d'éclaireuse ne pouvait qu'être surexcité par le péril, et qui s'était bravement aventurée la première, revint en courant nous apprendre qu'à quelque distance, le bois formant une sorte d'avancée à découvert, on voyait en face de nombreux soldats échelonnés tout le long de l'autre lisière de la futaie.

— Ce qui veut dire en deux mots, fit le grand-père, que nous sommes bloqués de droite aussi bien que de gauche, et que nous ne pourrions aller de l'avant sans donner en plein sur une file de ces coquins, qui nous savent enfermés dans ce fourré, et qui comptent nous tirer à l'aise au sortir, comme on fait du gibier de remise.

Voyant qu'un silence gêné suivait cette déclaration :

— Oh ! mais, se hâta de reprendre le Grand-Espagnol, pour être difficile, la situation n'est pas, je crois, désespérée, et la preuve, c'est qu'à mon avis, il y aurait trois moyens au choix pour en sortir. Tout d'abord nous pouvons être sûrs que c'est un simple détachement qui nous cerne. Quelque bataillon passait juste à point quand nos damnés cavaliers venaient de tourner bride. Ils leur ont conté l'affaire, les autres se sont rapidement développés autour de nous. Les lignes d'hommes qui nous entourent ne doivent pas être profondes : avec des bois devant nous où se jeter de nouveau, les aborder, ce serait les franchir. Or, s'il ne s'agissait que de nous tirer du guêpier, nous autres de la légion, nous aurions, je crois, égale chance de réussite, soit en fonçant en masse, tous ensemble par un point donné, soit en nous éparpillant, et sortant un par un, par autant de points que nous sommes de personnes. Que l'une ou l'autre de ces façons de brûler la politesse à nos gardiens soit exempte de danger, je ne voudrais nullement en répondre... Mais il s'agit de faire que ces messieurs aillent sans accident là où ils doivent aller, avec leur important bagage, et coûte que coûte, nous ne devons songer qu'à ça.

— Certainement, dirent plusieurs d'entre nous.

Les voyageurs parurent vouloir manifester leur vive gratitude personnelle pour le sentiment exprimé. Mais le Grand-Espagnol, les prévenant :

— Nous devons tout à l'intérêt de la France, dit-il, et voilà pourquoi j'aborde le troisième moyen. En prenant l'un ou l'autre des deux premiers, ces messieurs auraient des dangers à courir, puisqu'il leur faudrait passer dans la grêle des balles ennemies qui les toucheraient peut-être de préférence à nous : car on sait qu'un ballon est tombé là, et c'est aux gens du ballon qu'on en veut surtout. Je dis donc qu'il faut user d'une autre tactique. Il faut que nous tâchions d'attirer l'attention de l'ennemi sur un seul point, que nous serons censés vouloir forcer, pour que d'autre part le passage reste libre ; et c'est par là que nos voyageurs décamperont sous la conduite de deux ou trois de nous. Voyons : toi, Étienne, toi, père Cluzot, et toi, Appenzell, avec Josine, qui guettera, vous vous tiendrez prêts à saisir le moment où un côté sera dégarni ; tandis que nous autres, faisant tout le feu, tout le bruit possible à un endroit quelconque, pour tromper l'ennemi sur notre nombre (que d'ailleurs il ne peut connaître), nous lui donnerons à entendre que nous voulons absolument sortir par là. Puis, une fois que nous vous saurons dégagés (chose que vous tâcherez de nous faire apprendre de loin en criant le *touhou Briffaut !*), nous prendrons un des deux premiers moyens pour essayer de déguerpir à notre tour. Et à la garde du bon Dieu !... Si nous ne nous revoyons pas dans ce monde, ce sera dans l'autre. Reste à fixer un lieu de ralliement, un rendez-vous.

— Eh bien, dis-je, en ma qualité de cicérone théo-

rique, Nogent-le-Rotrou, à la mairie, où les premiers
arrivés se rendront. Si cette ville était envahie, on irait
au Mans.

— Bon ! Nogent-le-Rotrou ou le Mans : nous nous en
souviendrons ; mais prenons en outre un délai.

— Huit jours, par exemple.

— Convenu ! fit le vieillard. Maintenant avisons prestement à...

Il s'interrompit en voyant Josine montrer quelque
chose dans le fourré, derrière lui, pendant que le père
Cluzot épaulait son arme...

— Quoi ! qu'est-ce qu'il y a ? fit-il en se retournant.

Mais, avant qu'il eût achevé son demi-tour, le coup
de feu du père Cluzot était lâché ; et, pour ma part, je
venais de voir presque aussitôt paraître et disparaître
la silhouette d'un soldat prussien qui, sans doute plus
audacieux ou plus curieux que ses camarades, s'était
aventuré pour battre le bois et avait dû payer cher cet
insolite mouvement de témérité, car j'entendis que le
père Cluzot disait tranquillement en relevant son fusil :

— Touché... un de moins !

Et le père Cluzot pouvait être cru sur parole en pareille occasion.

D'ailleurs, l'intrépide Josine était allée, en rampant,
s'assurer du résultat.

— Un de moins, répéta le Grand-Espagnol ; c'est
bien. Mais voilà qui nous prouve qu'il peut s'en trouver
de plus impatients que les autres et qu'il ne faut pas

différer notre action. A mon avis, c'est par le côté de
la route que la fuite est d'autant plus facile que la traversée à découvert est moins large. Ayez donc, vous
autres, l'œil vers la lisière de la route, pendant que,
tout en tiraillant le long de la clairière, pour indiquer
notre prétendue marche d'ensemble, nous allons porter
la vive attaque à l'autre rive du bois. A revoir, camarades, et bonne chance !

— Bonne chance !

Les mains se serrèrent. Josine avait reparu, qui d'un
hochement de tête affirma que le père Cluzot ne s'était
pas trompé ; le Grand-Espagnol l'embrassa. Puis, pendant que les deux voyageurs, le père Cluzot, Appenzell,
Josine flanquée de Labri, et moi, nous tirions avec précaution vers la route, l'autre groupe marcha en sens
opposé et ne tarda pas à nous faire entendre qu'il mettait fidèlement son programme à exécution ; car, après
une suite de détonations de moins en moins rapprochées, un feu soutenu, régulier, commença, qui aurait
pu nous faire croire à nous-mêmes que nos braves compagnons s'étaient multipliés en s'éloignant de nous. On
leur ripostait d'ailleurs vivement : l'action semblait
chaude, mais il y avait évidemment plus de bruit que
de besogne.

En ce qui nous concernait, l'appréciation du Grand-
Espagnol était juste : franchir la route eût été en effet
chose aussi rapide que peu dangereuse, pour peu que
les soldats que nous venions de voir apostés en ligne

au delà eussent bien voulu pendant quelques instants porter ailleurs leur attention.

Mais, si animée que pût être l'affaire derrière nous, il eût été difficile de trouver gens plus désespérément calmes que nos gênants gardiens ; et notre chef, en pensant opérer une diversion en notre faveur, avait évidemment fait un calcul de Français, oubliant de porter en compte le flegme germanique.

Nos lourds Prussiens étaient rangés ou plutôt à demi cachés là, tout le long de ces troncs d'arbres qu'effleuraient leurs mornes habits bleus : on les y eût dit cloués comme d'immobiles bourrelets, si de temps en temps, l'un après l'autre, pour affirmer leur menaçante présence, ils n'eussent envoyé du côté de nos amis quelques balles que nous n'évitions qu'en nous tenant accroupis et comme couchés, et qui s'en allaient faisant craquer les branches dans leur course plongeante.

Et cela n'avait nullement l'air de vouloir finir.

Nous en étions à délibérer sur le parti à prendre, quand tout à coup Josine :

— Une idée, fit-elle.

— Guoi tonc? demanda l'Helvétien.

— Venez, Appenzell ; vous autres, attendez.

— Allons, dit Appenzell.

Et ils disparurent tous deux, en se courbant sous les ramures, allant vers l'endroit où nous avions quitté nos camarades et où le père Cluzot avait tué le Prussien.

20

Ils furent absents cinq ou six minutes, pendant les-
quelles toujours la fusillade pétillait.

Quand ils nous rejoignirent, Josine portait d'une
main un fusil, de l'autre un casque et un ceinturon
prussiens, et Appenzell, qui venait derrière elle, était
occupé à agrafer sur sa poitrine les derniers boutons de
la courte jaquette bleue dont il s'était affublé, après
avoir passé, par-dessus le sien, le pantalon gris fer, ré-
glementaire chez nos ennemis.

— Comprenez-vous? me demanda la jeune fille.

— A peu près, répondis-je, pendant que le blond enfant des Alpes helvétiques achevait son déguisement, en
ceignant ses reins du baudrier blanc, où pendaient le
glaive à poignée de cuivre, le fourreau de baïonnette
et la cartouchière, et en se coiffant de la lourde calotte
noire à pointe jaune.

— Foilà, fit-il, en prenant le fusil, à la baïonnette
duquel il enfila sans façon mon chapeau de feutre, après
m'avoir donné en échange sa petite casquette plate, ça
sera le signe, bour que fous ne me diriez bas tessus
guand j'irai vous retrufer. Et j'aurai l'air d'afoir dué
un vranc-direur : bono cosa ! Et à brésent, sangue
d'oune cane ! nous allons veder (voir) si li Prussiani de
la route ils ne feulent bas vaire oune betite tèmi-dour
à troite ou à cauche, bour tonner congé à fous. Je bars.
Brofitez bien tu moment gonfenable, t'ailleurs, je dirai :
Tuhu ! tuhu ! alors il vaudra bartir. Et guand vous le
direz, vous, je saurai gue fous êtes télifrés. Addio !

Là-dessus, il s'enfonça dans le taillis, marchant de façon à se montrer à ses compatriotes d'aventure vers l'encoignure que formaient la clairière et le grand chemin ; tandis que nous nous rapprochions le plus possible de cette lisière du bois, que nous espérions bientôt voir se dégarnir de son agaçante garnison, toujours aussi impassible à son poste d'observation.

Notre espoir se réalisa bientôt. Sans nous expliquer au juste de quelle façon le faux soldat de Guillaume s'y était pris pour que s'opérât la conversion désirée — car à peine l'entendîmes-nous baragouiner quelques courtes phrases, où nous ne pouvions rien comprendre — nous vîmes tout à coup les arbres de la route se dégarnir de leurs doublures humaines, qui s'en allaient du côté où était notre ami... Et le cri retentit, à la première audition duquel nous prîmes notre élan.

En trois sauts nous eûmes traversé la route ; non pas, il faut bien le dire, en toute ignorance de cause de la part de l'ennemi, car on tira sur nous, mais seulement quand nous fûmes déjà en pleine épaisseur boisée, et alors que nous n'avions plus qu'à presser le pas pour dépister ceux qui eussent été tentés de nous poursuivre.

Bref, le blocus était forcé et, tout en mettant à profit les instants pour gagner rapidement le large, il nous restait à avertir nos camarades du résultat obtenu. Josine s'en chargea, dont la franche et pénétrante voix lança dans les airs le signal, qui, autant que nous en pûmes juger, fut parfaitement entendu et compris ; car presque aussitôt nous remarquâmes que là-bas le bruit que, par l'orientation, nous savions provenir du tir de nos amis cessa pour ainsi dire complétement.

Nous sauvés, ils avisaient à leur salut.

Mais — la précipitation nous étant d'ailleurs commandée — quelque soin que nous prissions de répéter de temps à autre notre cri de ralliement, encore n'eûmes-nous pas la satisfaction de voir revenir à nous le brave garçon à qui nous devions notre délivrance.

Qu'était-il donc advenu d'Appenzell ?

VIII

Contrairement encore aux appréciations du Grand-Espagnol, nous pûmes bientôt constater que l'invasion du pays où nous nous trouvions n'était rien sans doute moins qu'un fait généralement accompli, car, quelque avance prise dans la direction de l'ouest, nous ne vîmes plus trace de l'ennemi.

Selon toute apparence, la forêt, qui sur ce point forme rideau, à l'entrée du Perche, n'était pas tournée comme l'avait cru notre chef, et la troupe relativement nombreuse, avec laquelle nous avions eu maille à partir, n'était qu'un détachement envoyé en reconnaissance par l'avant-garde de l'armée qui occupait la région beauceronne.

Porteurs du chargement de l'aérostat, nous n'avancions qu'avec une certaine lenteur, mais nous ne tardâmes pas à trouver des paysans qui attelèrent un chariot où montèrent les voyageurs, que nous fûmes même dispensés d'escorter, car il résultait de tous les renseignements que la route qu'ils devaient suivre était encore parfaitement libre.

Congé pris des deux Parisiens, notre petite escouade, réduite à trois personnes par l'absence d'Appenzell, s'achemina sans trop de précipitation vers le rendez-vous convenu ; — sans trop de précipitation, dis-je, parce qu'en nous éloignant lentement de l'endroit où nous nous étions séparés de nos camarades, et en croisant pour ainsi dire sur le passage probable de gens venant d'où nous venions et allant où nous allions, nous avions la chance d'être plus tôt réunis à eux.

Mais ce fut peine ou précaution perdue, car, bien qu'ayant employé trois longues journées pour gagner, avec force détours ou zigzags, Nogent-le-Rotrou, qui n'était guère distant que de vingt-cinq kilomètres de notre point de départ, lorsque nous arrivâmes aux portes de la petite cité, nous étions encore sans nouvelles de nos chers compagnons d'aventure, et l'espoir qui nous restait qu'ils nous eussent devancés au rendez-vous devait encore être déçu quand nous fûmes entrés dans la ville.

A la vérité, le délai fixé n'était pas encore expiré ; mais comme nous le savions surabondamment suffisant

20.

pour la longueur du parcours s'effectuant même avec quelques obstacles, nous dûmes naturellement concevoir des inquiétudes sur le sort des absents.

Bien que montrant, comme de coutume, la plus grande fermeté de caractère, Josine, en particulier, ne laissait pas d'être sérieusement alarmée. Elle eut l'idée d'envoyer à tout hasard le chien à la découverte ; et comme il allait de soi que si la brave bête parvenait à retrouver son maître celui-ci chercherait au collier le signe qu'aurait pu y mettre la jeune fille, je traçai quelques mots sur un papier que nous attachâmes, en le dissimulant de notre mieux, où Josine liait d'ordinaire les bouts de fil dont le Grand-Espagnol connaissait la signification.

Je disais au vieillard que nous étions arrivés sains et saufs à Nogent, et que si lui et les amis étaient empêchés de venir nous rejoindre, il tâchât de nous instruire de leur situation par le même messager.

Au commandement de sa maîtresse, le chien partit, et nous attendîmes son retour.

N'eût été le caractère vraiment pénible de nos préoccupations, nous eussions certes trouvé aux lieux que nous avions choisis pour séjour de quoi tromper notre impatience, car Dieu sait quel singulier, quel pittoresque spectacle nous était offert dans cette petite ville où s'opérait la formation, l'organisation d'une armée dite *du Perche*.

Qui n'a pas vu cela se ferait difficilement une idée

juste du bruit, du mouvement, du tumulte. Dans cette immense confusion d'individus se cherchant, se groupant, se divisant, tous les âges, tous les costumes, tous les grades se coudoyaient, se croisaient, se mêlaient, sans qu'il fût possible de saisir le but de tant d'agitation, sans que se laissât deviner nulle part une idée première, une volonté supérieure, imprimant sa direction d'ensemble à cette multitude, troublée par les tiraillements infinis de mille inspirations diverses.

On eût dit que l'enfantement de l'œuvre, essentiellement confiée d'ordinaire à l'esprit de méthode, fût cette fois livré à tous les caprices bizarres et contradictoires du hasard : et pour peu qu'on songeât que l'armée ennemie, puisant sa force dans le bon ordre, manœuvrait à quelques lieues de là, on se demandait ce qu'il adviendrait de ces foules sans cohésion, sans discipline et pour ainsi dire sans drapeau, si elles devaient lui être tout à coup régulièrement opposées ? Et l'on n'arrivait qu'à de désastreuses prévisions.

Quoi qu'il en fût, vingt-quatre heures environ après son départ, le chien revint, mais le billet était encore attaché tel quel à son collier, et d'ailleurs le fidèle animal portait à la cuisse gauche une plaie assez profonde, qui devait avoir été faite par le trajet heureusement latéral d'une balle.

Or, comme nous étions réduits, par le fait de ce retour, aux plus affligeantes suppositions sur le compte de notre chef et des quatre camarades restés avec lui, voilà que reparut Appenzell, à qui nous fîmes un accueil d'autant plus chaleureux que nous avions pu croire ne pas le revoir, et que nous espérions avoir par lui des nouvelles des autres.

Il va sans dire que le brave garçon s'était débarrassé de sa défroque tudesque. Il nous revenait coiffé d'un mauvais chapeau, vêtu d'une mauvaise blouse grise. Ajoutons qu'il avait le bras droit en écharpe, et que l'altération de ses traits révélait plus que de la fatigue. La certitude acquise qu'il n'était pas trop gravement atteint, ce fut à qui de nous le questionnerait le premier sur l'emploi du temps depuis que nous l'avions laissé jouant son rôle de soldat ennemi ; et voici résumée, par conséquent dépouillée de ses couleurs italico-germaniques, la narration qu'il nous fit :

« Pour remonter au moment même où je me suis séparé de vous costumé en Prussien, il faut que vous sachiez que la ruse sur laquelle je comptais, et qui devait d'ailleurs réussir, n'avait rien de bien compliqué. Je me montre au coin du taillis opposé à celui par où vous deviez sortir ; tout en brandissant mon fusil, je fais entendre de la voix et du geste aux soldats apostés là qu'ils n'ont qu'à venir à moi pour prendre ou tuer plusieurs des *ennemis*. Je m'agite comme un homme qui vient de lutter avec succès et qui ne réclame qu'un peu de renfort pour compléter sa victoire. Bref, je fais si bien que j'ai raison de leur flegme. A demi rentré dans le bois, je les vois qui accourent. La route est dé-

garnie, je vous donne le signal. Vous franchissez le pas
et vous m'apprenez que vous êtes hors d'affaire. C'est
bien ! Je n'ai rien de plus pressé alors que de m'esquiver dans le fourré, où les soldats me cherchent sans
me trouver — ce dont je n'ai pas grand souci.

« Je cours aussi tout d'un trait à travers bois, du côté
où nos autres camarades sont en train de batailler, avec
l'intention de renouveler pour eux la manœuvre qui
vient de me servir pour vous.

« Comme ils ne savent rien de mon déguisement, j'ai
soin, en approchant d'eux, de les prévenir, pour qu'ils
ne tirent pas sur moi. Je les aborde et j'apprends que
le second frère Turillaud vient d'être tué roide. Je vois
le pauvre garçon étendu sur l'herbe. Les autres n'ont
aucun mal et acceptent avec joie le projet de fuite. Ils
cessent le feu et viennent dans un coin du taillis, moi,
devant attirer l'ennemi à l'autre, comme j'avais déjà
fait pour vous, mais en opérant à l'extrémité opposée,
c'est-à-dire loin de ceux qui ont été mes premières dupes.

« Et me voilà répétant mes simagrées.

« Tout d'abord ça a l'air de vouloir réussir aussi bien
que précédemment. Un mouvement se fait à mon appel... Voyant le passage débarrassé de sa ligne de gardiens, je fais entendre le signal du départ ; et nos amis
vont pour gagner l'autre rive du bois.

« Mais ce n'a été sans doute que feinte pour feinte,
car non-seulement, au moment où ils se montrent à
découvert, on ouvre sur eux de droite et de gauche le

feu le plus vif, mais encore on tire sur moi, sans que
cette fois mon habit donne le change. Tant et si bien
tire-t-on même qu'une balle me traverse le gras du
bras et que bientôt, tout en rentrant au profond des
arbres, arrosant ma route de sang, le cœur me manque, tout tourne devant mes yeux, je tombe sans connaissance.

« Il pouvait être à ce moment-là dix heures du matin.
Quand je revins à moi, il faisait nuit noire, le plus profond silence régnait aux environs ; et j'étais si faible,
que je ne pus qu'à grand'peine me mettre debout, en
m'accrochant aux branches qui étaient à portée de ma
main. Une fois relevé cependant un peu de force me
revint. Une soif terrible me pressait. Je m'en allai donc
devant moi, marchant péniblement, comme un homme
ivre, et souvent obligé de demander appui aux arbres.

« Bien que la nuit fût fraîche et que je me sentisse
tout transi, je m'étais d'abord débarrassé du pantalon
de Prussien, que j'avais mis par-dessus le mien, et de
l'habit ; je me trouvai en bras de chemise.

« Après avoir un peu marché en me dirigeant à l'aide
de l'*étoile du nord*[1], du côté du couchant pour sortir
de la forêt, en même temps que pour éviter les Prussiens, je rencontrai un ruisseau où je pus boire, ce qui
me réconforta. Enfin, j'arrivai à une maison de paysans;
je frappai, on ne répondait pas. Mais aussitôt que j'eus

---

[1] Le pâtre Appenzell, qui avait longtemps vécu en plein air dans les
montagnes, devait nécessairement savoir s'orienter la nuit.]

parlé, avec mon accent allemand, la porte s'ouvrit, et je vis que la frayeur était pour beaucoup dans l'accueil empressé qui m'était fait, bien que je ne fusse guère en état d'en imposer. J'eus d'ailleurs toutes les peines du monde à faire croire que les soins qu'on me prodiguait s'adressaient à un ami et non à un ennemi de la France. Croyant même voir que je ne réussissais à établir mon identité qu'au détriment de la sollicitude dont je devais avoir le bénéfice, je n'insistai pas et laissai ces pauvres timorés me tenir pour tel qu'il leur pourrait convenir.

« Toujours est-il qu'ils pansèrent ma plaie, me firent manger et boire et me donnèrent un lit assez bon, où je dormis d'un seul somme jusqu'au lendemain fort tard. Après deux jours de repos et de bonne nourriture (car, grâce à ce que j'avais perdu beaucoup de sang, ma blessure m'enfiévrait à peine), je songeai à me mettre en route pour vous rejoindre. On me donna cette blouse, ce chapeau ; on m'accompagna jusqu'à la grande route, que je suivis sans trop presser le pas, en faisant d'ailleurs de nombreuses stations.

« Et me voilà ! Mais que sont devenus nos camarades ?»

. . . .

Huit jours plus tard, c'est-à-dire vers le 12 novembre, la question aussi triste qu'embarrassante par laquelle Appenzell avait clos son récit était encore pour nous sans réponse. Nous étions restés à Nogent, et tout nous portait malheureusement à croire que nous attendrions en vain le retour de nos amis.

Sur ces entrefaites, la nouvelle était venue de la reddition de l'armée assiégée dans Metz, armée sur le concours de laquelle on avait placé comme une sorte d'espérance suprême pour faire changer la face des choses. Jusque-là en effet, presque chaque semaine le bruit se répandait que Bazaine, avec une centaine de mille hommes bien aguerris, bien résolus, bien équipés, avait forcé le blocus et marchait sur Paris, en déjouant tous les plans et désorganisant toutes les opérations de l'armée d'envahissement. D'heure en heure, les yeux et le cœur tournés vers cette citadelle lorraine, on s'attendait à ce que partît de là une acclamation de délivrance...

Mais, à Metz, on venait de se rendre comme on s'était rendu à Sedan ; et cette seconde capitulation mettait aux mains de l'ennemi jusqu'au dernier soldat, jusqu'au dernier canon de l'armée primitivement réunie sur la frontière au début de la guerre.

Et, Metz rendu, la masse de trois ou quatre cent mille assiégeants, qui n'étaient plus retenus sous ses murs, allait grossir d'autant le torrent qui couvrait et dévastait nos provinces, tout en fournissant un notable appoint aux corps déjà si nombreux agglomérés sous Paris.

Ai-je besoin de remarquer qu'un aussi déplorable événement n'était guère de nature à exalter ou discipliner le zèle des chefs et des soldats qui s'agitaient presque inconscients du but poursuivi, pour la formation réelle ou illusoire de l'armée qui était censée réunie autour de nous, et qui à ce moment même n'avait encore aucun général en chef officiellement désigné ni reconnu ?

Partout le doute ou le découragement.

—A quoi bon combattre maintenant ? Que pourrions-nous faire contre ce million d'hommes vieux au métier de la guerre, nous qui arrivons sous les drapeaux ? Si les anciens soldats n'ont pas pu tenir, est-ce nous qui tiendrons ? disaient les recrues mécontentes.

— Que faire avec des couards de cette trempe ? Sauront-ils entendre un coup de canon ? Est-ce la peine de résister ? disaient les chefs de divers grades.

« Ne voudrait-il pas mieux nous avouer battus, vaincus, puisqu'il est prouvé que nous ne pouvons continuer la lutte qu'à notre détriment, et traiter de la paix, n'importe à quel prix, pour travailler aussitôt à relever, à réorganiser une véritable armée qui, par le nombre et la valeur, fût à même de prendre sur l'ennemi l'implacable revanche qui nous est due et qu'alors nous serions certains d'obtenir ? »

En somme, l'on raisonnait autant que l'on agissait peu, quoique à vrai dire l'on s'agitât beaucoup. Et Dieu sait comme les affaires de nos adversaires étaient bien faites au milieu de tout cela.

Voilà que cependant cette armée de la Loire (qui, au moment où nous l'avions traversée, nous avait donné par son désordre, son pêle-mêle exemplaires, un futur avant-goût de la future armée du Perche), se met tout

à coup à faire parler très-honorablement, je pourrais
dire très-glorieusement d'elle.

Prenant fièrement et habilement l'offensive, elle a
livré une grande bataille sous les murs d'Orléans et le
chef-lieu du Loiret, que les Prussiens occupaient sans
conteste depuis un mois, leur a été enlevé. Les lourdes
masses allemandes, qui ont subi de grandes pertes, se
sont vues contraintes de céder à l'entrain, à l'ardeur
française.

« L'ennemi est en pleine retraite sur Paris, » dit une
dépêche affichée ici. Et chacun prend sur soi d'ajouter
qu'on va le poursuivre vivement.

Voilà donc enfin une victoire ! Le succès, et partant le
prestige, qui peut tout en France, sont donc enfin rendus à nos armes.

C'en est fait sans doute des progrès de l'envahisseur.
Cent mille hommes bien disciplinés, bien commandés,
confiants dans une force dont ils viennent de faire avan-
tageusement preuve, et sur le mouvement desquels tout
ce qui est en armes réglera ses efforts, doivent suffire
à enrayer la marche de l'ennemi. Il s'est arrêté. Il a reculé. Il sent, il sait que des troupes sérieuses viennent
d'entrer en ligne.

Pendant que l'armée, déjà victorieuse, les poussera
d'une part, les autres corps en formation dans le Perche,
dans la Normandie, dans le Nord, dans la Bourgogne,
voyant le succès possible, affirmeront énergiquement
leur existence active... Et le recul de l'ennemi s'accen-

tuera sur tous les points, et Paris sera débloqué — or Paris débloqué, c'est la guerre finie, la France sauvée, et qui sait même? la Prusse contrainte à nous donner satisfaction de toutes les froides atrocités dont elle nous a implacablement rendus victimes.

Partout aussitôt ce n'est que joie, ce n'est qu'espérance, et il semble qu'on n'ait plus qu'à patienter un peu pour assister à un retour de fortune décisif.

. . . .

Quoi qu'il en fût, nos camarades ne reparaissaient pas. Quelque part qu'elle voulût bien prendre au patriotique espoir qui avait gagné tous les cœurs français, la pauvre Josine ne restait pas moins livrée à la plus pénible incertitude, et nous n'étions pas, nous, si bien rassurés qu'il nous fût possible de donner le change à sa tendresse filiale.

Un matin, sa cape sur les épaules, son bâton de bergère à la main : « Je pars, nous dit-elle, je veux savoir ce qu'ils sont devenus. »

Je lui offris de l'accompagner, car cette recherche n'était pas sans intérêt pour moi ; mais elle me remontra que seule il lui serait beaucoup plus facile d'explorer le pays sans attirer l'attention. Je me rendis à cette excellente raison. Je lui offris deux pièces d'or empruntées à ma réserve particulière, encore assez bien fournie. Elle n'en voulut prendre qu'une, et, marchant à l'est, elle partit avec Labri, en nous disant au revoir.

Alors le père Cluzot et moi nous résolûmes de gagner

Orléans, car, outre que nous pensions trouver là-bas l'occasion d'utiliser notre zèle, il nous souriait de pouvoir constater en personne ce qu'il en était réellement des succès dont on faisait bruit.

Il va sans dire qu'Appenzell devait être du voyage. Sa blessure n'était pas guérie et les docteurs d'ambulance qui l'avaient pansé lui avaient affirmé que plusieurs semaines s'écouleraient avant qu'il eût recouvré le libre usage de son bras. Mais le brave et énergique garçon était convaincu, lui, qu'avant peu il n'y paraîtrait plus. Il tenait donc à rester aussi près de nous que possible, pour reprendre aussitôt à nos côtés une place où nous devions être d'ailleurs heureux de le retrouver.

Le 13 novembre, nous quittions tous trois Nogent-le-Rotrou.

IX

Pour la première fois depuis notre entrée en campagne, il nous a été donné de voir une armée française répondant à l'idée avantageuse que nous nous étions formée d'elle sur la foi des rapports publics.

Arrivés à Orléans, nous avons en effet trouvé, occupant la ville et ses environs, dans un rayon de quelques lieues, des troupes dont l'aspect nous a fait très-heureusement oublier la triste, la navrante impression que nous en avions reçue un mois auparavant.

A vrai dire, le succès a passé par là, et, en guerre, comme on l'affirme et comme j'en puis juger personnellement, le succès est le meilleur élément de tenue, d'ardeur, de confiance. Notons d'ailleurs que ce succès n'est pas moins l'œuvre propre de légions d'abord battues, démoralisées, débandées, qui ont dû à la sage énergie et à l'active intelligence de leur général d'être rendues au bon ordre et à la force.

On nous a conté en détail cette bataille de Coulmiers, qui nous a valu la reprise d'Orléans, et qui a des airs de véritable débâcle donnés à la retraite des Allemands. On nous a dit que nos soldats, jeunes et vieux, pouvant enfin aborder à découvert, et en quelque sorte corps à corps, un ennemi qui, jusque-là, s'était toujours dissimulé derrière son artillerie à longue portée, ont su faire briller de nouveau l'intrépidité et la fougue françaises.

On cite entre autres les gardes mobiles de la Dordogne, qui, entraînés par le général Barry, ont héroïquement enlevé la position d'un parc où étaient retranchés les Bavarois, et cette évacuation a décidé, dit-on, du sort de la journée.

Que si toutefois l'on croyait que cette armée victorieuse puisse être offerte comme un modèle accompli dans son organisation d'ensemble et de détail, on se méprendrait fort ; c'est d'une manière toute relative qu'il faut l'apprécier, car là encore l'on aperçoit à chaque instant l'absence de liaison, d'unité, et tout se ressent forcément de la précipitation qui a présidé aux levées, aux formations de cadres, à l'équipement, à l'instruction... Mais n'importe, l'élan, la confiance subsistent, qui, la bonne fortune aidant, peuvent suppléer à bien des choses.

Une remarque cependant. Nous croyions, en venant ici, que nous assisterions à la mise en mouvement prochaine de cette armée de la Loire, qui devait avoir hâte de continuer le cours heureux de ses opérations. Mais point ; l'on croirait au contraire que cette armée n'ait d'autre visée que de se constituer en garnison permanente du pays nouvellement repris à l'ennemi.

Les camps se fortifient autour de la ville, les retranchements se creusent, s'édifient sur les points stratégiques de la forêt, en avant des diverses localités qui commandent les routes dont Orléans est l'aboutissant.

Le succès obtenu n'est-il donc considéré, par le général en chef, que comme un coup d'audace ou de bonheur non renouvelable ? Craint-il de s'affaiblir en étendant son action ? La cité reconquise n'est-elle pour lui qu'une sorte de citadelle où il compte défier les retours offensifs, et autour de laquelle il veut se borner à faire bonne garde ?

Des gens vous disent : l'armée se renforce, elle marchera ensuite. Soit. Mais l'armée, au moment de sa victoire, comptait cent mille hommes déjà bien exercés, à qui la victoire même avait communiqué tout l'entrain désirable et qui se sont arrêtés. Les hommes arrivent

A Châteaudun. (Page 201.)

ades,

en grand nombre, de toutes parts : mais sait-on au juste quelle force réside dans ces légions neuves, dans ces troupeaux d'adolescents, qui ont hier quitté leurs foyers, et qui vont peut-être créer plus d'embarras que de ressource aux corps anciens? On compte que bientôt l'effectif premier sera doublé ; mais dans les conditions où cet accroissement se réalise, sera-ce un bien? ne sera-ce point un mal? L'avenir parlera.

En résumé, les cœurs sont généralement aux heureuses prévisions. On s'accorde à croire que le temps employé au recrutement n'est rien moins que perdu. On assure que l'esprit du chef saura faire merveille encore une fois. Rien d'impossible, semble-t-il, à l'homme qui a relevé le moral et réveillé la virtualité d'une armée défaite, en désarroi.

Quelques ombrageux objectent bien que pourtant la saison rude arrive et que notre cauteleux adversaire ne doit pas s'endormir.

Mais cent voix répondent : « Attendez un peu, et vous allez voir ces masses novices se discipliner, se viriliser comme par enchantement, et bientôt l'heure sonnera où la grande entreprise pourra être tentée et menée à bien. Attendez. »

Et l'on attend, avec la conviction que le salut de la France est incontestablement aux mains de l'armée de la Loire, qui ne saurait faillir à ses brillantes destinées.

Il faut constater d'ailleurs que le patriotisme, qui était singulièrement refroidi lors de notre premier pas-

sage ici, semble s'être ranimé aussi bien parmi les
troupes que chez l'habitant, aussi bien chez les soldats
qui ont déjà tenu la campagne, que parmi les nouvelles
.recrues qui n'ont pas encore vu le feu.

On a la foi et partant l'ardeur. Cela donné, il semble
qu'il faille beaucoup attendre d'une armée dans les
rangs de laquelle toutes les conditions, toutes les per-
sonnalités se confondent, se rapprochent avec le commun désir de délivrer le pays.

Quoi qu'il en soit, puisqu'une chance heureuse nous
a conduits là où, semble-t-il, d'heureux événements
sont sur le point de s'accomplir, le père Cluzot, Appenzell et moi, nous devions aviser à nous y assurer un
rôle.

Le hasard nous a fait rencontrer dans la ville, où il
était venu régler avec l'intendance quelqu'une de ces
questions pour la solution desquelles le zèle n'est pas
ce qui la distingue, certain capitaine d'un corps franc
bourguignon, qui opère, ou plutôt louvoie comme éclaireur de l'armée régulière, sur les confins nord de la
forêt. Nous lui avons offert nos services, qu'il a accep-
tés avec empressement. Il nous a donné rendez-vous
dans un village du nom de Toury, sur la route de Pithiviers. Nous partons demain matin pour rejoindre
notre nouvelle compagnie. . . . .

. . . .

J'écrivais ce qui précède le soir du 15 novembre. Dix
jours ont passé et je n'ai pas quitté la ville, par cette

raison que, dans la nuit même, une sorte de fièvre ar-
dente me prit subitement, qui faisait pronostiquer une
grave affection cérébrale.

Une médication énergique, ordonnée par un docteur
qu'alla requérir en toute hâte la brave vieille femme
chez qui nous étions logés, enraya les progrès du mal ;
je n'en délirai pas moins pendant plusieurs heures, et
je n'en dus pas moins garder le lit toute une longue
semaine.

Le père Cluzot n'a pas voulu me quitter, et Appenzell
fût resté aussi, si, pour notre honneur collectif, il n'eût
craint que le capitaine, qui avait notre parole, ne nous
soupçonnât d'y avoir manqué de parti pris.

Appenzell partit, mais il revint au bout de trois jours
pour savoir de mes nouvelles. J'étais déjà beaucoup
mieux, et le docteur annonçait comme prochain mon
entier rétablissement ; il fut donc convenu que, dans la
huitaine, le brave Helvétien viendrait nous prendre pour
nous conduire au campement de la légion dans laquelle
nous sommes enrôlés de fait, et qui nous compte au
nombre de ses membres.

Nous l'attendons, en regrettant d'autant moins le
temps perdu, que là-bas, aux avant-postes, comme dans
la ville autour de laquelle gravite le gros de l'armée,
l'on continue à se tenir à peu près dans l'inaction, au
moins apparente. . . . .

. . . .

X

Ce fut le 26 novembre, vers midi, que reparut Appenzell, avec qui nous partîmes presque immédiatement, pour nous rendre au village d'Auvilliers, situé à quatre lieues environ en avant de la forêt, dans la direction de Montargis.

Nous avions une quarantaine de kilomètres à faire ; nous en fîmes à peu près la moitié dès le premier jour, en remarquant, non sans une certaine satisfaction, que tout le long de la route et dans le cours de notre marche, un mouvement général de troupes s'effectuait, qui nous donnait à entendre qu'enfin la détermination était prise d'agir dans un délai prochain.

Le lendemain le mouvement s'accentua davantage, et quand nous arrivâmes, vers le milieu du jour, à Auvilliers, où nous comptions rejoindre notre corps, nous dûmes faire encore quatre grandes lieues au nord-est, pour le trouver aux postes avancés, où il avait été envoyé dès le matin.

Ce ne fut même qu'avec de certaines difficultés, et à la tombée de la nuit seulement que nous reprîmes sa piste, car la région à travers laquelle il avait fait, pendant la journée, plusieurs marches et contre-mar-

ches, avoisinait immédiatement celle qu'exploraient les
éclaireurs ennemis.

Plus d'une fois, d'ailleurs, au cours de notre recherche, nous pûmes distinguer au loin les masses
allemandes stationnant ou manœuvrant, pour surveiller ou défendre les routes de Paris, qui devaient
être naturellement, en cas d'action, l'objectif de nos
troupes.

Nous passâmes la nuit avec notre nouvelle compagnie (qui comptait quelque cent cinquante hommes)
dans les dépendances d'une grande ferme, aux environs
du bourg de Mézières. — nuit assez pénible, assez difficile, car, outre que la proximité des lignes ennemies
nous obligeait à rester sur une sorte de continuel qui-
vive, nous avions à subir encore les rigueurs de la température, qui, depuis deux ou trois jours, s'était singulièrement abaissée.

Quoi qu'il en fût, une heure avant le lever du soleil,
nous reçûmes l'ordre de nous porter en avant, par la
gauche, dans la direction de Beaune-la-Rolande, qu'occupait un corps allemand, et de nous déployer en tirailleurs aussitôt que nous nous verrions à portée convenable de l'ennemi, ou plutôt des lieux dans lesquels il
était retranché.

En partant, du reste, nous pouvions constater que
des masses imposantes, venant de diverses directions,
étaient à peu de distance en marche derrière nous. Et
quand le jour parut, nous nous trouvâmes formant la

22

tête d'attaque d'une armée qui développait en bon ordre
le front imposant de ses lignes profondes sur un vaste
demi-cercle, ayant pour point central la petite ville de
Beaune-la-Rolande, que les Prussiens avaient choisie
comme position intermédiaire, d'où ils pourraient empêcher, selon le cas, les mouvements français sur Montargis et Pithiviers.

Mais, soit qu'ils n'eussent pas prévu l'offensive aussi
prochaine, soit qu'il entrât dans leur plan de nous contraindre à les combattre sur ce point, où ils comptaient
peut-être avoir l'avantage, toujours est-il que, même
menacés de trois côtés à la fois, ils ne firent aucun mouvement pour éviter ou déplacer la lutte.

La lutte commença donc, qui, dès le début, fut ar-
dente, acharnée des deux parts, et qui, d'ailleurs, devait être une véritable bataille.

Une véritable bataille, dis-je ; or c'était, à proprement parler, la première fois que j'assistais à une bataille (car Châteaudun n'était autre chose qu'un combat
en manière de siége), et un soldat qui prend part à la
mêlée résultant du choc de plus de cent mille hommes
pourrait-il affecter la prétention d'en avoir suivi les pé-
ripéties, avec cette vue d'ensemble qui n'appartient, le
jour même, qu'aux généraux dirigeant l'opération, et,
plus tard, à l'histoire compulsant les rapports ? — Non,
sans doute.

Il y a eu bataille, grande bataille ; voilà tout ce que
je sais en réalité, moi, combattant. J'ai vu d'ici, de là,

des masses d'hommes aux prises ; j'ai entendu, près et
loin de moi tonner le canon, rouler la fusillade. J'ai
fait le coup de feu ici, puis là. J'ai avancé dans ce sens,
reculé dans cet autre. Au milieu du bruit, de la fumée,
j'ai, avec ma troupe, tenté l'assaut de cette colline ;
puis nous avons fait une conversion par le vallon, évi-
tant l'ennemi ou le chassant devant nous, etc.; tout
cela ne saurait être pour moi qu'une suite d'incidents,
dont la liaison ou les conséquences directes m'échappent. Simples traits du tableau général, saillants ou
confondus, selon la place ou l'à-propos qu'ils doivent
aux combinaisons des chefs ou aux hasards de la guerre.

A peine quelquefois, moi, combattant, saurai-je, à
la fin de la journée, pour lequel des deux adversaires
la fortune s'est montrée favorable ; et ce fut justement
ce qui m'arriva ce jour-là, car, le soir venu, voyant
l'ennemi abandonner toutes les positions qu'il nous
avait disputées, j'appris cependant que l'affaire avait eu
pour nous les plus funestes résultats, et que la bataille
de Beaune-la-Rolande allait encore s'inscrire comme
un désastre dans l'histoire déjà si désastreuse de cette
campagne.

Oui désastre, grand désastre — grand surtout en ce
sens qu'il portait une nouvelle atteinte au prestige que
l'armée de la Loire avait récemment reconquis, et qui
semblait devoir être comme un fortuné renouveau du
vieux prestige national.

Désastre ! et pourtant nous avions vu les braves mo-

bi.es du Loiret qui combattaient chez eux, et défendaient en quelque sorte deux fois leur patrie ; nous les
avions vus, soutenus des mobiles de l'Indre, du Cher,
accomplir avec succès des miracles d'audace et d'intrépidité... Désastre ! et pourtant deux ou trois mille Allemands étaient couchés, morts ou blessés... Désastre !
et pourtant de toutes parts nous avions pu voir emmener de nombreux prisonniers ; et pourtant les turcos
avaient passé devant nous, traînant triomphalement
plusieurs canons enlevés à la baïonnette. Des convois
de grains, des troupeaux de bestiaux restaient entre nos
mains... Nous étions maîtres du champ de bataille et
l'ennemi — indice de rage ou de désespoir — se retirait en allumant partout l'incendie, même là où gi-
saient ses blessés.

Et malgré tout cela, désastre ! Désastre ! parce que,
pendant que quelques milliers des nôtres, sur les ailes
de la bataille et même au cœur de l'action, font œuvre
de héros, pendant qu'insoucieux du feu qui les décime,
ils gagnent, ils emportent pied à pied les positions les
plus fortes, pendant que devant eux l'ennemi cède,
s'efface, tombe ou rend les armes, voilà que soudain,
alors que peut-être le succès général va s'affirmer, une
division tout entière, voyant quelques larges trouées
faites dans ses rangs par des batteries qui tirent en
désespérées au moment d'être enlevées, voilà que cette
division s'étonne, hésite, recule, se débande, les régiments, les bataillons se heurtent, se poussent effarés,

portant à ceux qui viennent pour les soutenir l'effroi, l'épouvante, la panique.

L'élan est brisé, l'ardeur est refroidie parmi ces troupes, dont l'effort allait décider du sort de la journée, et qui, par leur honteuse retraite devant un ennemi trop peu sûr de lui pour les poursuivre, lui permettent de se reconnaître, lui donnent le loisir d'aviser.

Quelques chefs — car ne disons pas tous — s'évertuent cependant pour ramener à la lutte, au devoir ces légions démoralisées. Ils ne réussissent que partiellement : la masse des fuyards ne peut être arrêtée. Ils s'en vont jusqu'au camp, devant Orléans, répandre les bruits de revers, de trahison. Trahison ! c'est le grand mot. On les a conduits à la boucherie, on les a poussés, de parti pris, contre des forces trop supérieures, tandis que, à la vérité, ils se sont mis d'eux-mêmes en déroute sans combattre, et alors que le nombre total de nos soldats était presque le double de celui de nos adversaires, qui n'avaient pour eux que l'avantage des positions où ils s'étaient retranchés, mais que déjà nous avions forcées sur plusieurs points.

Et toutefois des colonnes d'attaque se reforment, qui, se joignant à celles qui ont continué le combat, s'avancent avec une sorte d'entrain. L'on croirait que le succès d'ensemble doive s'accuser de nouveau... Mais le temps perdu au recul, à la confusion, à l'organisation du retour offensif a favorisé les affaires de l'ennemi. Dès le commencement du combat, comprenant qu'il ne

22.

saurait tenir devant l'élan qu'il voit se manifester, il a fait appel à ses réserves, campées du côté de Pithiviers. Elles sont accourues en toute hâte et elles viennent d'arriver.

C'est contre ces troupes fraîches, dont le nombre d'ailleurs ne fait qu'équilibrer les forces adverses, que vont se heurter nos débris de légions, à peine remis d'une alerte pusillanime.

Aussi le premier choc a-t-il raison de leur courage réchauffé, d'une valeur qui n'est due qu'aux remontrances, pour ne pas dire aux sévices des chefs. Le désarroi, la débandade recommencent, qu'il est alors impossible d'arrêter. L'ennemi, sortant pour la première fois de ses retranchements, poursuit, massacre, capture les fuyards et met le comble à la déroute.

Et pourtant ce vainqueur n'ose pas se fier trop en ses avantages, qu'il sent bien, qu'il sait bien n'être que partiels. Ici l'on fuit devant lui, ici l'on se sauve hors de portée de ses armes ; mais là et là-bas, et ailleurs encore, on lui tient fièrement, efficacement tête. Succès pour lui au centre, mais situation critique et même échec sur les flancs. Il gagne une bataille et perd en même temps dix combats accessoires, à tel point que la nuit tombant — chose qui s'était rarement vue peut-être — la retraite est ordonnée aux deux camps à la fois. Et dans les deux camps bien des soldats de se demander sans doute, tout ébahis, tout surpris, ce que cela signifie, pourquoi cette conséquence de la victoire.

Ce fut notre cas à nous, les francs-tireurs, qui, toute la journée n'avions rien vu, rien fait que d'avantageux pour la cause française, et qui même, en nous repliant par ordre sur le gros de l'armée, ne croyions qu'opérer quelque mouvement inspiré par d'heureuses prévisions stratégiques, alors qu'il s'agissait d'une honteuse et fâcheuse reculade, pour un abandon total du plan primitif, que le général avait, paraît-il, reconnu impraticable.

On avait voulu forcer la ligne allemande au nord-est de la forêt. Effort perdu. C'est au nord d'Orléans qu'on semble vouloir maintenant agir, car c'est par là qu'on nous dirige à travers le pays boisé, et que sans doute on envoie du camp toutes les troupes disponibles.

Cette conversion exige deux jours et deux nuits; et Dieu sait par quelle atroce température! Nous filons, nous, par les confins de la forêt, Chambon, Courcy, Chilleurs, Neuville, pour faire halte enfin dans la nuit du 1er décembre, auprès d'Andeglou, sur l'ancienne route de Paris.

Éclaireurs de l'armée qui se groupait ou se développait à notre gauche, nous *sentions* sans cesse, si je puis ainsi dire, les masses allemandes qui, à droite, épiaient et suivaient nos mouvements. C'étaient comme deux serpents épais, entre les sinueuses traînées desquels nous marchions, et qui n'attendaient que le moment favorable pour s'élancer l'un sur l'autre.

Vers le matin du 1er, on nous fit encore tirer à

l'ouest. Au jour, nous étions à Sougy : un peu plus tard aux environs de Rouvray, où se trouvait réunie toute une division qui, sous le commandement du général Chanzy, et bien que composée de maints éléments disparates : mobiles, turcos, marins, soldats de ligne, semblait cependant animée du désir ardent de combattre et de vaincre. Il faisait beau voir encore une fois l'enthousiasme des cœurs mettre des éclairs dans les yeux, des rayonnements sur les fronts.

L'ennemi était là, tout près, à deux ou trois kilomètres au plus. On voyait ses batteries. On brûlait de les prendre. Le succès était certain.

Vers dix heures, le signal de marche est donné. On part avec la prudente, mais ferme lenteur du vrai courage. Cinquante pièces au moins tonnent, terribles, sur nos lignes ; mais qu'importe ! On va, on avance, on arrive...

A midi, la plus inextricable mêlée était engagée, où la baïonnette, la hache agissent presque seules de notre côté. A une heure, vingt mille Allemands culbutés de Terminiers sont en pleine retraite sur Faverolles, et c'est à notre tour de les canonner. Là ils s'arrêtent ; ils veulent prendre pied, mais on court à eux, on les déloge encore, et, la nuit venant, on ne songe à goûter un peu de repos que pour pouvoir se remettre d'autant plus vaillamment à l'œuvre le lendemain, que, de toute part arrivent au bivouac les meilleurs rapports sur les résultats d'ensemble de la journée.

Hourra donc pour l'armée de la Loire, qui va enfin prendre la grande, la décisive revanche, faire sa magistrale trouée vers Paris et ramener la fortune sous l'étendard tricolore.

C'est demain l'anniversaire d'Austerlitz, date aussi glorieuse dans notre histoire qu'humiliante dans les fastes germaniques, et qui va désormais briller d'un éclat rajeuni.

Vienne cette heureuse journée, où ceux qui doivent tomber sauront que leur sang n'a pas coulé en vain ! Vienne l'heure de l'attaque, et l'on verra ce que peuvent encore les véritables soldats de la France ! Trop longue sera la nuit, trop lente est la marche du temps!

Ainsi l'on s'exhorte, ainsi l'on s'exalte autour des feux du bivouac, en s'étendant gaiement sur la terre glacée, sous un ciel plein de givre; et l'on fait de beaux, de patriotiques rêves, en frissonnant sous les âpres morsures de la bise.

Demain ! demain ! vienne demain !   .   .   .   .   .   .

(5 *décembre*). — Hélas ! elle est venue, et que n'est-elle encore à venir cette journée, qui devait voir tant de prodiges accomplis pour l'éternelle gloire de la France, et qui n'a vu encore que désastres.

Désastres et toujours désastres ! Il n'y a plus d'armée de la Loire, sinon quelques tronçons qui s'agitent en se cherchant, comme les morceaux coupés du reptile, et qui fuient, et qui s'éloignent effarés des lieux funestes où la terrible mutilation s'est accomplie.

Elle était grande, elle était forte, elle était belle, elle était nombreuse, trop nombreuse même, cette armée. Elle tenait fièrement son camp devant Orléans, la patriotique et légendaire cité ; elle déployait, vigilante, ses mâles bataillons par tous les méandres de la forêt, qui lui faisait comme un inexpugnable retranchement naturel ; elle était maîtresse sur les rives de ce noble fleuve, dont elle avait pris le nom... Et maintenant, cherchez-la, loin de cette forêt, dont les sentiers couverts ont été autant de voies dérobées cachant la marche furtive de ses fuyards ; loin de ce camp, que l'ennemi a trouvé presque veuf de défenseurs ; loin de cette ville, que les lourds Allemands vont encore écraser de leurs cupides exactions ; loin au delà de ce fleuve, qui n'avait pas assez de ponts, sur dix lieues de son cours, pour l'impatient passage de la colonne bigarrée que harcelait l'épouvante.

Comment cela s'est-il fait ? Comment un tel désarroi ? Qui nous le dira ? Incurie, inhabileté des chefs ou couardise des soldats ?... A quoi bon le savoir d'ailleurs ? Quelle satisfaction à rechercher les causes du malheur irréparable ? Non ! Le fait brutal, navrant, désespérant est là, auquel nous ne changerons rien. — Plus d'armée de la Loire ! Victorieuse le 1er décembre, chancelante dès le matin du 2 ; partout refoulée le même soir ; dispersée le 3, en pleine débâcle le 4. — Plus d'armée de la Loire !

On assure pourtant qu'un général — celui qui s'est

révélé le plus habile de tous nos chefs[1] — en rappelle,
en recueille les débris, avec lesquels il espère pouvoir
reprendre, continuer la lutte, en se jetant vers le Maine,
dans le Perche. Honneur à lui pour cette tentative suprême, pour cette ténacité dans l'espoir ! Mais que fera-
t-il? que pourra-t-il? Arrêter ou retarder l'invasion des
provinces de l'Ouest. Eh ! c'est bien, ma foi, de l'invasion plus ou moins complète de ces provinces qu'il
s'agit ! et nos ennemis eux-mêmes savent de reste le peu
de cas à faire des empêchements en ce sens.

Paris ! c'est à Paris qu'il faut aller ! C'est Paris qu'il
importe de secourir, de dégager. Paris, sous les murs
duquel se concentrent tous les efforts significatifs de
l'ennemi, qui ne fait évoluer ses armées d'ici et de là
que pour mettre obstacle à la levée de ce grand blocus ;
Paris, qui, nous dit-on, les yeux anxieusement fixés sur
tous les points de l'horizon, l'oreille à terre, comptant
les jours, les heures, les minutes, attend, écoute venir
les phalanges amies qui ne viennent pas, qui ne pourront plus venir. Paris qui, nous dit-on, est décimé par
la faim, le froid, la maladie ; Paris qui succombe, qui
s'éteint dans les tristesses de l'atonie et de la colère im-
puissante ; Paris dont la chute, imminente à cette heure,
sera la chute de la France...

Qui donc marchera vers Paris? Qui, du dehors, en

[1] Sans doute le général Chanzy, que tous les rapports publiés depuis sur cette malheureuse campagne s'accordent à présenter comme
ayant fait preuve des plus brillantes et solides qualités militaires.

déchirant le cercle odieux qui l'environne, ira tendre la main à ses braves défenseurs du dedans? L'armée du Nord? Non; car elle semble être encore en formation, et d'ailleurs elle est loin, bien loin. L'armée de l'Est? Pas davantage; car même fût-elle dûment constituée, aux nouvelles qui nous viennent de ses maigres et incertains exploits, il est permis de la juger bien faible ou bien mal dirigée... Plus d'armée de la Loire! Tel est le mot fatal qui résume la sinistre situation du pays.

Le dénoûment n'est plus qu'affaire de patience pour l'ennemi et d'agonie pour Paris... à moins que dans la fièvre suprême du désespoir, ce Paris, qui ne devait pas tenir huit jours, et qui résiste depuis près de quatre mois, n'accomplisse seul le miracle!...

Un miracle; oui, c'est un miracle qu'il faut, et ce n'est pas d'ici que ce miracle viendra. Ici tout est fini; c'est ce que nous disions tantôt (nous — j'entends par là le père Cluzot, Appenzell et moi, qui, Dieu merci! en sommes quittes pour quelques égratignures, après toutes les rudes épreuves des derniers jours, encore que notre légion, de laquelle nous avons été séparés dans la déroute, ait subi de nombreuses pertes). Ici tout est fini; que ferions-nous donc ici?

Nous avons résolu de regagner nos montagnes du Jura, qui, peut-être, sont actuellement le théâtre de luttes où nous pourrons encore demander notre part. On parle, au reste, d'un effort sérieux qui devrait être tenté de ce côté-là; à ce point même qu'on fait appel aux débris de l'armée de la Loire. Déjà plusieurs groupes se dirigent vers l'Est. Nous allons prendre aussi cette direction, ne fût-ce que pour avoir la satisfaction de coopérer à la défense de notre territoire.

Nous partons, mais non par les voies rapides, qui, à cette heure, sont en réalité les voies détournées. Nous voulons utiliser la marche et le temps. Nos fusils sur l'épaule, nous côtoierons le flot envahisseur, et — un coup de fusil par-ci, une embûche par-là — nous trouverons certainement encore l'occasion de nuire, si nous n'avons pas trouvé celle de vaincre . . . . . .

. . . .

(10 *décembre*.) — Nous avions marché deux jours, lentement, à la vérité, et non sans que l'ennemi, dont nous tâchions, si je puis ainsi dire, de *frôler* sans cesse les lignes extrêmes, eût, de temps à autre, entendu et *senti* parler nos carabines. Nous étions dans les environs de Gien ; nous traversions, vers le milieu de l'après-midi, une petite plaine que rayaient des files de hauts peupliers. Autour d'un hameau qui était devant nous, il nous avait semblé voir de loin rôder quelques personnages d'aspect douteux. Pour observer plus sûrement, nous avions fait halte derrière un mur de clôture qui bordait notre chemin, et le long duquel se dressait aussi un double rang de peupliers.

Depuis le matin, la température s'était sensiblement radoucie. Le ciel vif et scintillant des jours précédents s'était voilé d'un peu de brume. Le vent, qui voulait

23

souffler du midi, commençait à perdre de sa cruelle
acuité.

Tout à coup, comme nous étions là, épiant, deux ou
trois détonations assez rapprochées se firent entendre, et
nous vîmes d'ailleurs un petit nuage de fumée voltiger
et s'éparpiller près du groupe de maisons sur lequel
notre attention était arrêtée.

Au même instant un oiseau, dont le vol offrait une
assez large envergure, et qui semblait faire, pour avancer, les plus pénibles efforts, vint se poser, ou plutôt
s'accrocher au-dessus de nous, dans les ramures d'un
peuplier, où il ne parvint à trouver son équilibre
qu'avec de longs et bruyants battements d'ailes.

Le pauvre animal se soutient à peine ; son sang coule,
qu'il secoue en se débattant, et dont les tièdes gouttes
viennent tacher nos fronts. La force lui manque, il tré-
buche ; il s'abandonne, et son corps sanglant descend de
branche en branche jusqu'à terre, où il n'arrive que pour
se roidir dans une dernière et douloureuse convulsion.

C'est un pigeon. Nous le prenons. Sous l'une de ses
ailes, déchirée du même plomb qui lui a labouré le
côté, nous remarquons l'empreinte de plusieurs ca-
chets ; et à l'une des plumes de sa queue, nous voyons
collé un petit carré d'une espèce de membrane grisâtre,
qui doit être un de ces messages microscopiques dont
nous savons qu'on fait usage pour les relations entre la
délégation gouvernementale de province et le gouvernement de Paris.

Les soldats de Bismark ont l'œil fin; ils ont promptement reconnu le patriotique messager; à tout hasard
ils ont fait feu sur lui, et une balle prussienne a eu
raison de la charmante bestiole, dont le crime est d'a-
voir mis ses touchants instincts de famille au service
d'une grande infortune nationale.

Bien tiré, messieurs les héros du pillage et du massacre !

Mais pensent-ils que ce valeureux exploit va leur profiter? — Non, pardieu !...

Non ; car ils ont vu le pigeon blessé s'arrêter sur un
arbre ; et ils s'avancent — ils sont trois — pour le
prendre s'il est tombé, pour l'achever s'il vit encore.

Ils s'avancent, sans savoir que nous sommes là. Nous
épaulons, le canon sur le mur, et nous les laissons venir à bonne distance. Trois coups partent. Un Prussien
tombe roide; et les deux autres, dont l'un a paru faire,
sous notre feu, un mouvement « désagréable, » n'ont
hâte que de rebrousser chemin, en abandonnant le cadavre de leur camarade, pour trouver plus tôt un abri
derrière les maisons du hameau.

Non, sans doute, le meurtre du messager ailé ne leur
profitera pas, car le message est tombé entre des mains
françaises, qui tiendront à honneur, non-seulement de
ne pas le laisser tomber aux mains prussiennes, mais
encore, et quelque péril qu'il y ait à courir pour cela,
de le faire parvenir à sa destination primitive. Il aura
été retardé, mais non arrêté.

Qui sait? en dépit de toutes les funestes prévisions, le salut est peut-être sur cette plume de pigeon? Et d'ailleurs, quoi qu'il en soit, la tâche est toute tracée à celui qui l'a recueillie.

— Vous allez continuer la route seuls, ai-je dit à mes compagnons; moi, j'accepte la survivance du pauvre petit défunt. Dieu sera sans doute avec moi : j'arriverai. Si je n'arrive pas, si je tombe, moi aussi, sur la route ce sera avec la satisfaction du devoir accompli.

Le père Cluzot m'approuva en m'embrassant, Appenzell en me serrant vigoureusement la main. Je leur remis tout l'attirail qui faisait de moi un belligérant et la bourse, devenue commune, où je ne pris que quelques pièces d'argent. L'Helvétien me donna sa vieille blouse fanée, son feutre déformé; je me débarrassai de mes guêtres, qui me donnaient trop l'air d'un voyageur, tandis qu'il me fallait l'allure d'un paysan. Je détachai l'aile timbrée du pigeon et la plume où adhérait le message, que je cachai sous la coiffe du chapeau.

Puis nous songeâmes à nous séparer, eux pour continuer leur route à l'est, moi pour tirer vers le nord. Mais auparavant, comme je tenais encore dans les mains la dépouille de l'oiseau, quelque chose sembla nous dire à tous trois en même temps que nous avions un honneur à rendre à cette innocente victime des dissensions humaines.

Nous avions marché vers le bord d'un ruisseau dont l'eau vive faisait, au-dessus du courant, une buée légère dans l'atmosphère glacée. Appenzell ouvrit dans le sable, avec son large couteau et ses mains ensuite, une petite fosse, au fond de laquelle je couchai le pauvret, après que chacun de nous, avec un pieux respect, eut approché ses lèvres de sa tiède dépouille. Puis le sable fut repoussé, et le père Cluzot roula au-dessus une grosse pierre, que nous regardâmes tous trois en silence pendant un instant... avec une larme au bord des paupières.

Et nous nous dîmes adieu.

XI

Il s'agit maintenant de faire entrer à Paris cette plume de pigeon, en dépit des satanés Allemands qui, dit-on, exercent tout autour la plus stricte, la plus redoutable surveillance.

Est-ce facile, difficile, impossible ?...

Voyons.

On quitte ses amis aux environs de Gien le 10 décembre, presque à la chute du jour, après avoir eu le soin de se donner, par le costume, l'aspect le plus paysannesque. Au premier village on ajoute, comme accessoire à cette tenue rustique, une serpe qu'on porte sur le bras, une houe qu'on s'accroche à l'épaule, et qui devront, selon le cas, faire de vous une espèce de

23.

bûcheron, de broussailleur dans les pays de bois, ou
bien d'ouvreur de rigoles dans les pays de prairies. On
épingle ses cheveux de foin et on les rassemble sur le
front, on macule de terre son pantalon, on noue son
mouchoir par un coin à une boutonnière de sa veste ; on
se tient prêt à *enniaiser* quelque peu son regard et son
rire, à patoiser quelque peu son langage, à traîner
quelque peu le pas, comme par habitude du fardeau
que la glèbe met aux pieds ; et l'on va devant soi sans
rien faire, il est vrai, pour rencontrer l'ennemi, mais
en se gardant bien de jamais paraître vouloir l'éviter. Au
contraire, tout en se donnant à l'occasion l'air de piocher
ou de fagotter, on regarde attentivement passer les bataillons, les détachements ; on s'avance même pour regarder, avec une mine au quart craintive et aux trois
quarts curieuse. S'ils vous demandent un renseignement,
on le leur donne au hasard avec tout l'aplomb possible. Que sais-je? Bref, on marche ainsi — non sans se
renseigner personnellement sur les routes les plus directes ou les plus sûres, toutes les fois qu'on croit avoir
rencontré de braves habitants à qui l'on ne dit rien cependant du motif vrai de son voyage, restant même
pour eux un paysan que des raisons de famille obligent
à ce voyage — on marche ainsi sans trop d'encombre,
je ne dis pas sans détours, pendant les journées du 11,
du 12, du 13, et le 14 vers midi on arrive dans un village où commencent à se montrer épaisses les lignes
d'investissement que l'ennemi décrit autour de la grande

ville, qui n'est plus qu'à trois lieues ; on voit distinctement les forts faire feu d'instant en instant.

Là on s'arrête pour bien orienter sa dernière étape.
Or, comme on apprend que là il est interdit de sortir
le soir des maisons qui sont soigneusement surveillées,
on va broussailler vers la tombée de la nuit, et, un gros
fagot de buissons ramassé, on se glisse tranquillement
dessous pour attendre en plein champ que l'ombre épaisse
soit venue. Il brume, il verglace bien un peu, et ce tas de
buissons qu'on a sur le dos, n'a pas tout à fait le tiède
et confortable contact de l'édredon. Mais bah ! avec
un sang de dix-sept ans dans les veines et l'amour
de son pays au cœur, on ne s'engourdit pas pour si
peu.

Ce n'est guère que vers onze heures, c'est-à-dire après
six petites heures passées entre le duvet épineux et la
terre glacée, que, tout rayon de lune absent, l'ombre
semble avoir acquis la densité désirable pour la sûreté
du voyageur furtif.

On s'aventure, on marche en posant légèrement et
en levant vivement les pieds : pas de loups.

Tout va bien pendant une petite demi-heure, quand
soudain : *Wer da ?*

Pas un mouvement de plus. Tu t'es trompée, sentinelle ; c'est quelque feuille que roule le vent, quelque
oiseau de nuit qui rôde.

Au bout de cinq minutes, en avant ! point de *wer da*,
cette fois : la sentinelle a l'oreille ailleurs.

Encore un quart d'heure de marche méthodique mais rapide, quand, de nouveau : *Wer da?*

Autre arrêt, puis autre départ ; mais aussitôt répétition du maudit cri. — Au diable ! avec ce système on n'arriverait pas. En avant quand même ! Course folle, à fond de train ; la nuit n'est pas d'une aussi favorable épaisseur pour qu'on se prive d'en profiter. En avant !

« Wer da? » d'ici, « wer da? » de là !

Eh ! tous vos sinistres croassements, corbeaux de l'Elbe ou de la Sprée, ne me retarderont pas d'une semelle ! En avant toujours !

Pif! paf! Ah ! voilà qu'ils font crier la poudre, à présent ! — Pan! pan ! pan ! et zitt!... zitt!... c'est le plomb qui vole en sifflant.

Mais, *per Bacco !* — comme dirait l'ami Appenzell, je crois que quelque chose a passé là sous mon bras gauche, et qu'il y a une certaine déchirure mouillée dans ma blouse, dans ma jaquette, et aussi dans ce qui porte la jaquette et la blouse... Oh ! un léger accroc, sans doute ; ce n'est pas le premier, nous connaissons cela. On n'en court que plus vite.

— Wer da? encore, mais loin derrière nous, cette fois.

On respire un peu, puis on reprend sa marche. Rien ne bouge, nul ne crie. En avant ! courage ! Et l'on va de plus belle... pendant combien de temps?...

Soudain : Halte-là ! qui vive ?... A la bonne heure, voilà qui s'appelle parler ! L'on est ravi de joie en com-

prenant qu'on a franchi la zone ennemie, et l'on tarde
à répondre.

Pour la seconde fois : Qui vive?

— Ami! Français! porteur de dépêches. Ne tirez
pas, ami!... Vive la France !

— Halte-là ! répète la sentinelle, que vous entendez
se replier pour trouver ou appeler les hommes du poste
dont elle fait partie. Ils viennent. Un chef vous réitère
l'appel de reconnaissance. Il vous dit d'avancer tout en
commandant d'apprêter les armes.

Vous avancez « à l'ordre, » selon le terme consacré,
mais pour dire de nouveau que vous avez une dépêche
à remettre au gouvernement, dépêche trouvée sur un
pigeon tué par les Prussiens ; que vous venez de l'armée
de la Loire, etc., etc.

— Bon ! fait le chef, qui ne doit pas paraître trop
prompt à l'entière confiance ; on verra, on examinera.
Et il ajoute : Au fort !

Et, avec cinq ou six hommes, au milieu desquels vous
marchez, on se dirige vers le fort. On arrive. On est
introduit dans une grande salle basse où, par rapport
à la température extérieure, règne une chaleur suffo-
cante, et où se trouvent bientôt réunis, autour d'un
quinquet fumeux, un certain nombre d'hommes, dont
l'un qui porte un képi tout chargé de lisérés d'or, commence à vous adresser des questions.

Vous commencez à répondre, et, pour étayer irréfu-
tablement vos réponses, vous vous occupez de sortir de

dessous la coiffe du vieux chapeau de feutre l'aile et la
plume du pigeon : mais à ce moment une sorte de
vertige vous prend au cerveau, un nuage passe devant
vos yeux, la respiration vous manque, et tout en sentant
que vous perdez l'équilibre, vous entendez confusément
autour de vous : « Mais il se trouve mal !... Mais il est
blessé !... il a du sang !... »

Et vous n'avez plus conscience de ce qui se passe.

Le contraste du froid extrême à une chaleur relativement élevée, peut-être aussi la fatigue, le besoin, la
perte de sang, ont produit ce beau résultat.

Toujours est-il que quand vous revenez au sentiment,
vous vous trouvez étendu sur un matelas dans une salle
dont la température vous paraît bien meilleure ; un
brave homme de chirurgien, ou plutôt un adolescent
transformé en chirurgien, est occupé à vous lier sous le
bras autour de l'épaule des bandes de linge blanc. On
vous présente une boisson chaude. Vous la prenez. Le
cœur vous revient.

— Eh bien, ça va mieux maintenant ?

— Oui, mon général, répondez-vous à tout hasard ;
car c'est l'homme au képi doré qui vous a parlé, et vous
avez compté sept ou huit rangs de galons au képi.

Et alors, le général vous prêtant toute son attention,
vous pouvez lui dire d'où vous venez, ce qui vous
amène ; vous lui montrez la précieuse dépouille dont
vous êtes chargé : il la reçoit en vous adressant force
félicitations qui, entre nous, ne vous sont nullement

désagréables ; — il dit qu'il va faire parvenir *cela* aux mains du gouverneur de Paris. Il fait prendre vos nom, prénoms, etc. Il affirme qu'on aura soin de vous ; et il vous quitte en vous engageant à goûter un peu de repos bien gagné.

Et pour lui obéir, ou plutôt pour obéir à la nature, — code général qui sait toujours magistralement discipliner même les plus rebelles, — vous vous endormez bel et bien, cette double condition aidant : d'un lit relativement très-confortable et de la douce quiétude qu'apporte la conscience d'une tâche utile accomplie.

Et voilà — je ne prétends pas que ce soit la règle, je n'argue pas non plus pour l'exception, — voilà comment l'on fait entrer à Paris assiégé, cerné, bloqué, une plume de pigeon qu'on n'a pas voulu laisser tomber aux mains des Prussiens.

Mais où la plume est allée doit aller à son tour le porteur : à Paris...

XII

Il faisait grand jour quand je fus tiré en sursaut de mon sommeil par une espèce de tremblement de terre.

C'était, à ce que m'apprit un jeune garde mobile qui fumait tranquillement sa pipe dans un coin de la salle, et qui d'ailleurs avait été placé là pour que je ne me trouvasse pas seul au réveil, — c'était le fort qui, au-dessus de ma tête, envoyait une bordée de ses grosses pièces sur quelque ouvrage ou sur quelque mouvement découvert des assiégeants.

Mon garde mobile — un jeune et gros paysan picard à qui il tardait bien de réintégrer le domicile paternel — avait ordre de prévenir l'adolescent ayant charge de chirurgien quand il me verrait réveillé, et sans doute aussi le général, car, presque en même temps, le mobile étant sorti, parurent le chirurgien qui m'apportait lui-même un peu de nourriture et le général, qui, après m'avoir fait causer un instant, principalement sur ce que je pouvais savoir des derniers agissements de l'armée de la Loire, me dit qu'il allait me faire transporter d'abord à l'ambulance de rempart, d'où l'on aviserait à me transporter dans une des ambulances de l'intérieur.

— Ambulance ! transporter ! fis-je, en sautant brusquement à terre, et en me plantant ferme sur mes pieds ; mais pardon, mon général, je saurai bien marcher, et je ne vois pas pourquoi j'irais à l'ambulance.

— Parce que votre blessure, bien que légère, a besoin d'être soignée pour ne pas s'aggraver, repartit le jeune docteur pendant que le général souriait.

— D'ailleurs rassurez-vous, reprit-il, ce n'est pas à l'hôpital que nous vous enverrons. Je vais vous accompagner moi-même jusqu'aux portes, plus loin s'il le faut, et je saurai ne vous remettre qu'entre bonnes mains.

— Eh bien, va pour l'ambulance et les soins à mon bobo.

Le général me tendit la main, en me disant qu'il saurait où je suis et que nous nous reverrions sans aucun doute.

Quelques instants plus tard, le buste bien enveloppé dans une couverture suppléant à ma jaquette, dont on avait dû fendre la manche pour voir plus tôt la blessure à laquelle on attribuait ma défaillance, je montai avec le jeune docteur dans une espèce de cacolet, que conduisait un soldat du train, assis à la naissance du brancard, et nous quittions le fort, pour franchir la distance qui le sépare de l'enceinte de la ville.

J'avoue que tout sentiment de fatigue ou de souffrance personnelle fut oublié en approchant de cette cité reine que je n'avais jamais vue dans ses jours d'opulente, joyeuse et brillante splendeur. A l'idée de la voir dans le sinistre abattement où tant de jours d'épreuves extrêmes devaient l'avoir plongée, j'éprouvai une certaine angoisse sourde et très-douloureuse, qui me serrait le cœur et m'assombrissait l'esprit. J'aurais volontiers prêté une voix aux chemins que nous suivions, le long desquels on ne voyait que décombres blancs, ruines de maisons que la défense de la place avait dû faire abattre, ou que les projectiles étaient venus effondrer, et ce chemin m'aurait dit comme la fameuse inscription du poëte :

« Par moi l'on va dans la cité des larmes,
Par moi, dans le profond abime des douleurs. »

24

Le temps était beau pourtant : par un froid sec, le soleil faisait briller à l'horizon clair le sommet des principaux monuments, que mon aimable compagnon me nommait, ou que je reconnaissais pour les avoir vus maintes fois figurés ; çà et là montaient bleuâtres vers le ciel bleu ces légers filets de fumée qui animent gaiement l'air au-dessus des lieux habités ; çà et là aussi de grandes cheminées d'usine lançaient ces lourds panaches noirs qui disent la puissante activité.

— On travaille donc encore ? demandai-je.

— Oui, sans doute : ici, pour la fabrication des canons ; là, pour la mouture du grain.

— Mais que brûle-t-on.

— De la houille pour les usines, du fumier pour les moulins.

— On a donc encore de la houille ?

— Les usines peuvent travailler encore trois mois. Il y a six cents pièces de canon en chantier ; on en a déjà livré autant.

— Et l'on compte en faire bon et profitable usage ?

— Certes, pour peu que les armées de province veuillent bien s'avancer.

— Hélas ! la dernière que j'ai vue n'était guère en état que de reculer.

— Bah ! elle se réorganisera... et d'ailleurs les autres du Nord, de l'Est sont belles, sont fortes ; elles viendront.

— Vous pensez ?

— Nous l'espérons tous. Elles avanceront, nous donnerons avec nos deux ou trois cent mille hommes bien
exercés, bien résolus, avec notre puissante artillerie ;
la jonction se fera par les deux actions combinées du
dedans et du dehors ; une fois la jonction opérée, à
nous la belle !

Il fallait vraiment venir dans ce Paris, livré à toutes
les infortunes et à toutes les détresses depuis plus de
quatre mois, pour voir s'épanouir d'aussi robustes espérances, qui, je le confesse, à ma honte peut-être,
n'eurent pas cependant le pouvoir de me gagner aussitôt.

Et d'autant que ces consolantes prévisions, que je ne
partageais guère, me semblaient comme une sorte de
gênante ironie à l'adresse de mes doutes, je ne me
trouvais que plus profondément porté aux navrantes
pensées.

Nous arrivions alors près de l'entrée de la ville, et je
puis dire que le contraste à mes tristes sentiments ne
m'était offert ni par ces murailles nues, se dressant aux
confins creux de la plaine ravagée et déserte, ni par
ces baïonnettes des sentinelles qu'on voyait au-dessus
aller et venir, derrière une grise dentelle de sacs de
terre, ni par la gueule sombre de ces canons s'ouvrant
au bord des créneaux, ni par ces hérissons de pieux
aigus, de branchages enchevêtrés, en avant des levées
obliques, qui masquent la porte et font sournoisement
dévier la route.

Nous nous engageons sur le pont-levis, et en cet in

stant il me semble qu'il en soit de moi, comme au théâtre, d'un spectateur qui attend la levée du rideau sur
quelque grand drame lugubre : décor morne, personnages à l'avenant, ensemble de consternation ou de
douleur.

Nous passons au pas sur l'étroit tablier, entre les
chaînes qui pendent des madriers noirs. Voici le moment où l'affligeante impression va soudain se produire;
le rideau va se lever, c'est-à-dire l'horizon va s'ouvrir
sur l'intérieur de l'immense cité, la cité misérable, sur
la population martyre... Que va-t-il m'être donné de
voir, hélas!

Ce que je vis?... Je ne saurais guère l'oublier.

L'étroit passage ouvrait brusquement sur une spa-
cieuse avenue [1] dont la longue perspective, éclairée par
un soleil assez pur, offrait un tableau très-pittoresque-
ment animé, diapré, bruyant, plein d'entrain; hommes, femmes, enfants, chevaux, voitures...

C'était l'heure où cantinières en tête, fourgons derrière, les compagnies de garde nationale, désignées
pour le service du rempart, venaient remplacer celles
qui avaient pris leur tour la veille. Les tambours battaient, les clairons sonnaient, les drapeaux flottaient au
vent, les rangs s'avançaient en bon et bel ordre.

L'uniforme manquait un peu, à vrai dire d'*uniformité*,
mais sous le képi civique où se confondaient tous les

---

[1] Barrière d'Italie.

âges et aussi — on le voyait — toutes les conditions, le même air de mâle et tranquille résolution brillait dans les regards, sur les fronts.

Ils arrivaient, ces citoyens-soldats, imberbes ou moustaches grises, grands ou petits, forts ou débiles, richards ou pauvre hères, marchands ou artistes, ouvriers ou patrons ; ils arrivaient, la couverture roulée en sautoir autour du corps, la marmite au dos, le bidon au côté, le fusil sur l'épaule, la cartouchière sur le ventre ; ils arrivaient coude à coude, nivelés par le confraternel alignement du bataillon.

Et ceux dont ils allaient prendre la place étaient à droite et à gauche répandus le long des bastions, d'où on les voyait sortir des casemates de terre ou des baraquements pour se ranger en contre-bas des terre-pleins, où trônaient les canons.

Et dans ces préparatifs de départ, comme dans cette martiale arrivée, paraissaient régner la bonne humeur, le franc élan, la détermination aisée.

Des gamins, qu'avait entraînés le tambour ou le clairon, marchaient en petit troupeau sémillant, en avant ou aux flancs des colonnes. Sur le seuil des maisons, aux fenêtres, les habitants regardaient sympathiquement défiler les troupes armées et leur souriaient. Les passants s'arrêtaient, qui disaient un mot à celui-ci, saluaient celui-là. Auprès de la porte, des voitures stationnaient, dont les cochers fumaient tranquillement leurs pipes. Des femmes allaient et venaient criant les

24.

journaux du matin, et à quelque distance, sur un pan
de mur, je remarquai une immense affiche rouge et
blanche, où je lus distinctement ces mots plus gros
que les autres : *Opéra... Concert... Guillaume Tell...*
Africaine...

Voilà ce que je vis en pénétrant dans *la città dolente.*

Nous nous étions arrêtés après quelques pas faits sur
l'avenue, le jeune chirurgien allait descendre pour entrer sous un portail, au-dessus duquel était tendu un
calicot portant l'inscription : *Ambulance de rempart,*
quand il aperçut venir une petite tapissière, au côté
droit de laquelle se déployait au vent le drapeau blanc
à croix rouge.

— Ah ! fit-il, en paraissant reconnaître et en saluant
de la main l'une des deux personnes qui conduisaient
la voiture, excellente rencontre. Ces messieurs vont
vous prendre, et, vous ayant confié à eux, je m'en retournerai bien tranquille sur votre compte, car je sais
comment les blessés sont traités dans l'ambulance où
ils vont vous conduire.

Ces messieurs, un bon gros père et un tout jeune
homme qui était sourd-muet, mais qui comprenait
tout au mouvement des lèvres et qui, pour répondre,
aidait son intelligente pantomime de quelques syllabes
très nettement articulées, ces messieurs, à qui d'ailleurs
mon compagnon me présenta et me recommanda dans
les meilleurs termes, me reçurent de façon à me laisser
croire que je leur faisais une véritable grâce en accep-

Combat de Beaune-la-Rolande. (Page 285.)

tant d'aller avec eux, et congé pris du docteur, la tapissière tourna, pour suivre le chemin de ronde intérieur,
afin de visiter une autre ambulance où elle avait coutume de venir recruter son contingent de blessés, mais
où elle n'en trouva point ce jour-là.

Tout le long du chemin, même aspect, même animation militaire, même ensemble de physionomies tra-
duisant tout autre sentiment que la consternation ou
l'accablement : des sentinelles fièrement campées sur
les bastions, des groupes causant ou jouant aux alentours des cantines, des rondes d'officiers, des pelotons
qui vont en corvée...

Nous revînmes dans la ville par une rue de la Gla-
cière, dans le parcours de laquelle je remarquai à plusieurs reprises des troupes de femmes, d'enfants, de vieillards qui, rangés deux par deux, des cartes blanches,
jaunes ou bleues à la main, formaient de longues, d'in-
terminables files aboutissant à des boutiques de boucherie, dont la porte entre-bâillée était défendue par de
vieux gardes nationaux sans armes, qui ne goûtaient là
rien moins que les douceurs de la sinécure, car la police
devait être assez difficile à faire aux abords de ces
portes, dont l'accès semblait fort envié.

—C'est que, voyez-vous, me dit le gros monsieur qui
m'emmenait, il en est qui sont constamment là depuis
la première heure ou même avant le jour, car il importe
de ne pas laisser perdre son tour, alors que la ration est
de 35 grammes par personne, les os compris dans la

pesée. Si l'on manquait, les distributions n'ayant lieu
que tous les deux jours dans certains quartiers, tous
les trois jours dans d'autres, on serait tout ce temps-
là sans viande, ou pour mieux dire sans pitance,
car ce n'est pas toujours de la viande qu'on débite, mais de la morue, des harengs, du lard, quelquefois des légumes secs ; aujourd'hui d'ailleurs ce
n'est rien de *faire queue*, le temps est beau et pas trop
froid ; mais jugez ce qu'il en doit être quand il pleut,
quand il neige, quand il gèle bien fort et qu'on stationne ainsi, sans bouger, à la même place, dehors, sur
le pavé glacé, dans la boue, pendant quatre, cinq ou six
heures !... Ah ! les queues auront fait, pendant le siége,
plus de victimes parmi les ménagères, les jeunes filles,
les vieilles gens, que le plomb ennemi parmi les
hommes.

Et pourtant, à l'exception de quelques personnes qui
se chamaillaient à l'entrée des boutiques pour revendiquer leur tour ou en frustrer le voisin, tout ce monde
semblait subir avec une singulière placidité les fastidieuses exigences de ce rigoureux état de choses. Ils
étaient là devisant, plaisantant, riant, prenant comme
on dit, et dans toute l'acception du mot, leur mal en
patience.

Plus loin, en traversant un boulevard, encore des
gardes nationaux ou plutôt des apprentis soldats, volontaires réunis tardivement parmi les hommes très-
mûrs et les adolescents qui apprenaient l'exercice, sans

autre pièce d'uniforme que le képi, devenu coiffure générale, ou la bande rouge appliquée sur le premier
pantalon venu.

Nous prenons ensuite le faubourg Saint-Jacques.
Bientôt *queue* d'un autre genre, et celle-là d'un aspect
tout à fait misérable, je ne dis pas triste cependant,
car, là encore, on était bruyant, on jasait, on tuait patiemment le temps.

— Et pourtant, me dit le gros monsieur, ces gens
que vous voyez là, attendant qu'on les ait gratifiés d'un
peu de bouillon ou d'une portion de riz, de haricots,
ont déjà dû faire queue... ailleurs pendant combien de
temps? pour obtenir les *bons* que les municipalités font
distribuer aux indigents, et qui se changent ici en nature... Ah! les queues, les queues!... On a tenté de les
supprimer par des fixations d'heure, en affirmant qu'il
y avait pour tous. Rien n'a fait... mauvaise organisation, mauvais vouloir, habitude prise, crainte de manquer ou de perdre le tour, ou impossibilité réelle de
parer à cet inconvénient; c'est ainsi, et ainsi ce sera
probablement tant que le siége durera, et tout autant
dureront les causes de maladie, de mort, parmi les gens
de tout âge et de toute condition obligés à ces terribles
stationnements.

Nous voilà dans le cœur de la ville; je remarque que
si quelques boutiques sont fermées, le plus grand
nombre est ouvert, et notamment les cafés et débits
de boissons, qui, malgré l'heure peu avancée, me sem-

blent déjà bien pourvus de clients, — trop peut-être.

Je vois un facteur de la poste, qui fait de porte en porte sa distribution ordinaire et dont la boîte est suffisamment garnie.

Les omnibus circulent pleins dedans, peuplés dessus, croisant à tout instant des voitures de louage. Je ne sais pas ce qu'il en est du mouvement, de la circulation de Paris en temps normal, mais je puis affirmer que Lyon, dans ses meilleurs jours d'activité, n'approche pas de ce que je vois ici.

On nous disait là-bas que les Parisiens étaient à la veille d'avoir mangé tous leurs chevaux, j'apprends qu'il en reste encore au moins cinquante mille, et j'atteste que les clients des omnibus ou des petites voitures ne semblent nullement songer à porter la dent sur les braves animaux qui les traînent.

Nous prenons le boulevard Saint-Germain, et bientôt, à un endroit où cette large voie fait sa trouée à travers d'antiques et noirs quartiers, près d'une halle ou marché, je serais tenté de croire qu'une foire se tient là, tant les deux côtés de la chaussée sont encombrés de petits marchands étalagistes et tant il y a de visiteurs pour ces boutiques en plein vent. Quels étalages, à vrai dire !

Ici des fragments de vieilles planches brisées mis en paquets et *criés* à deux sous les cinq ou six morceaux ; là des numéros pour les képis ; plus loin de la graisse brunâtre ; un bloc de matière translucide zébrée de fila-

ments noirs ou blancs, sur lequel est arboré ce triomphant écriteau : *galantine* — galantine de quoi ? — Mis
en petits tas, sur une serviette, qui ne revient pas directement du lessivage, quelques rognures d'herbes diverses : queue de poireau longue d'un doigt, déchirure de chou, bribe de persil ou de céleri. Plus loin,
un gros tas de betteraves roses à douze sous le kilo ;
c'est pour rien ; puis un éventaire, couvert d'un linge
très-blanc, ma foi ! sur lequel s'étalent côte à côte, proprement, habilement dépouillés et troussés, les cadavres d'une douzaine de quadrupèdes qu'à travers une
loupe on prendrait pour autant d'appétissants lapins,
gibelottes futures, et qui ne sont autres que de gros
rats d'égouts.

A quelques pas de là « *Boucherie canine* » où se voient
pendus d'assez volumineux gigots, et où se dresse un
assortiment de côtelettes fort bien parées ; plus loin encore, des saucissons à qui leur problématique origine
n'interdit pas une certaine bonne mine ; puis de pâles
tablettes de chocolat, des raisins secs, des briquettes
noires, composition carbonifère ; puis mainte friperie,
des choses sans nom, des riens devenus objets rares ou
précieux... que sais-je ?

Et tout cela est visité, marchandé, acheté ; il y a
foule à ce point, que nous devons mettre le cheval au
pas. Je vois un marchand de chansons qui chante avec
une guitare, et qu'on entoure... Et pas un homme dans
son costume du temps ordinaire : le képi numéroté sur

25

toutes les têtes, partout la vareuse à liséré rouge ou la tunique, partout le pantalon à bandes...

Nous passons. Près du quai, qui est bordé d'arbres, un coup de feu part. — Oh! oh! est-ce qu'on se battrait ici, en plein Paris?

Non, l'on chasse, et quel gibier, mon Dieu! — Voyez ce grand garçon qui vient de faire feu avec une petite carabine de tir; il ramasse sa victime : un pauvre *pierrot* à gorge noire et rougeâtre, un de ces friquets parisiens dont la familiarité est universellement proverbiale.

— Voulez-vous m'en acheter, messieurs?

Et il nous en montre cinq ou six pendus en grappe par le bec à un fil.

— Combien?

— Quarante sous.

— Les cinq?

— Les cinq!... Plus souvent!... La pièce, s'il vous plaît! et il n'y en a pas pour tout le monde.

Un passant s'approche en effet, que nous voyons mettre la main à la poche.

Devant la halle aux vins, on me montre sur la berge toute une étendue surhaussée par une épaisse couche de gravier : ce sont des milliers de fûts d'eau-de-vie et d'alcool qu'on a rangés et *remblayés* ainsi en prévision des bombes incendiaires. Les réconfortants spiritueux ne sont pas prêts de manquer.

Nous longeons le Jardin des Plantes, et je vois des

cerfs, des bœufs exotiques se promener tranquillement, gras, bien portants, derrière la grille de leur parc.

Nous traversons un pont : le vent nous apporte le bruit lointain du canon; et mon voisin de voiture me fait remarquer à l'horizon clair une haute silhouette qui est celle du Mont-Valérien, des flancs duquel se détachent des flocons de fumée. C'est là qu'on tire aujourd'hui, demain ce sera ailleurs. Il ne se passe guère de jour ni de nuit sans que cette musique ne se fasse entendre, sur un point ou sur l'autre. On y est accoutumé, me dit-on ; quand le canon se tait, il semble qu'on manque de quelque chose, ou plutôt il semble que la défense ne fasse rien, et que les assiégeants travaillent ou avancent d'autant ; et l'on n'est pas content.

A l'issue du pont, nous allons droit devant nous jusqu'à ce que nous trouvions une rue à l'un des bouts de laquelle se montre la colonne de Juillet, à l'autre le chemin de fer de Lyon. Nous tournons à droite, et, après quelques pas, la voiture s'arrête devant un grand portique vitré où sont arborés les deux drapeaux de la France et de la convention de Genève.

C'est l'ambulance dont je vais devenir l'hôte et qui, du nom du local dans lequel elle a été organisée, avec le patriotique et philanthropique concours des habitants du quartier, est dite *Ambulance du grand Théâtre parisien.*

— Nous y voilà, dit le gros monsieur.

Son fils, le muet, saute à terre, et, la porte ouverte, il a bientôt fait comprendre aux gens qui se montrent la nature et la non-gravité de ma blessure.

Je suis reçu au seuil par deux avenantes mères en tablier blanc, qui sont évidemment les patronnes du lieu, elles m'accueillent d'un « Bonjour, mon enfant, » qui est à lui seul une véritable entrée de famille.

Le muet veut me donner le bras pour gagner la salle. J'accepte. Et par cela même qu'il s'agit d'un théâtre, je m'attends à entrer dans une grande salle sombre, à peine aérée, où les lits, sans doute placés sur la scène et dans le parterre, doivent faire étrange figure en face des loges vides, au-dessous des décors suspendus. On doit vivre là dans une atmosphère lourde et morne, qui doit peu contribuer à ramener la gaieté au cœur des pauvres diables que les cruelles conséquences de la guerre ont amenés là demander la guérison ou attendre la mort. Aussi, Dieu sait quel peut être le navrant aspect de la population à laquelle je vais être mêlé.

Mais il semble dit que j'en serai continuellement pour mes affligeantes prévisions.

Salle immense (qui n'est pas celle du théâtre d'ailleurs), éclairée par un vaste vitrage à ciel ouvert, et en contre-haut de laquelle règne une large galerie. Une trentaines de couchettes, bien propres, bien blanches, garnies de leurs édredons, sont placées sur trois rangs. il y en a autant dans la galerie supérieure. Un poêle gigantesque, dont l'interminable tuyau va sortir par un trou du vitrage, répand une température douce. Vingt soldats le bras en écharpe, la tête bandée, font cercle autour, se prélassent dans de bons fauteuils de tous les styles. Une quinzaine de lits sont occupés, plusieurs des occupants lisent accoudés ou assis sur leur séant. Au-dessus de deux ou trois de ces lits, de grands montants de sapins sont installés, auxquels pendent des seaux de bois qui, percés au fond, laissent couler par des brins de paille de l'eau froide sur des bras ou des jambes posés, couverts de charpie, sur des toiles cirées qui font gouttière dans un baquet à côté du lit.

Ici l'on souffre évidemment, puisque c'est à la souffrance que cet asile est ouvert. Mais la tristesse semble absente ; mais l'espoir, c'est-à-dire la guérison est dans l'air.

— Le numéro 7 ! a dit l'une des directrices.

Et pendant que deux sœurs portant la grande cornette blanche immaculée se mettent en devoir d'apprêter l'engageante couchette qui m'est destinée, on m'a fait place auprès du poêle. Un homme est venu qui a posé devant moi une grande terrine pleine d'eau tiède. Il me déchausse et me lave les pieds.

Le lit est prêt ; je trouve sur la petite table à côté une cuvette, un linge pour nettoyer mes mains et mon visage. Il y a sur l'oreiller une chemise bien blanche, qu'un convalescent m'aide à échanger contre la mienne, qui a des droits au savonnage. J'entre dans la couchette,

25.

où l'on a fait courir une brique chaude, qu'on a laissée aux pieds. Je m'enfonce jusqu'aux oreilles un bonnet de coton qu'une des sœurs me présente ; je ramène sur moi le drap et les couvertures, et je défie à n'importe quel monarque sur son trône d'éprouver un bien-être comparable au mien.

Un jeune homme, qui porte la casquette à croix rouge sur carré blanc et deux petites croix d'or brodées au collet de sa redingote, vient auprès de mon lit. C'est M. Robin, l'aide-major, *l'interne* de l'endroit ; un garçon très-distingué, mais de complexion maladive, et qui, pour concourir au soulagement des maux d'autrui, paraît oublier résolûment ceux dont il est l'évident tributaire. Il me questionne sur ma blessure ; il la découvre, la lave, l'examine.

— Je crois que ce ne sera rien, dit-il ; mais le docteur Arthault doit venir dans l'après-midi ; il sondera, il verra...

Et le jeune homme recouvre la plaie de compresses fraîches. Il dit à la sœur : « Nourriture entière, » et il va continuer ses pansements.

Alors j'engage la conversation avec mes voisins de lit. Celui de gauche, soldat au 35ᵉ, est là depuis le 30 septembre, c'est-à-dire depuis quatre-vingts jours, sur le dos, les jambes posées dans des espèces de jambières ou d'armures en fil de fer, qui les tiennent immobiles. Dans un combat, devant Villejuif, il a eu les deux tibias percés, fracturés en même temps par des

balles. Il croyait bien qu'il lui faudrait subir une double amputation, et il se demandait s'il supporterait une
aussi terrible épreuve. Mais le docteur Arthault, qui
fait avant tout de la chirurgie conservatrice, et à qui
cela réussit assez bien pour que depuis l'ouverture de
l'ambulance (et bien qu'il y soit venu nombre de membres fort endommagés) aucune amputation n'ait été reconnue nécessaire, M. Arthault, dis-je, a tout bonnement placé pendant une douzaine de jours les deux
jambes sous des ruisseaux d'eau froide pour traverser la
période d'inflammation. Puis il a, en quelque sorte, laissé
agir la nature pour l'expulsion des esquilles et la su-
ture des os. On se borne à laver les plaies, à les injec-
ter d'un liquide astringent ou antiputride... Et voilà
que les trous commencent à se fermer, que les os vont
se souder. Encore huit ou dix semaines d'immobilité,
et l'homme pourra mettre pied à terre. C'est le docteur
Arthault qui l'a dit. Et l'expérience a prouvé que le
docteur Arthault n'affirme rien qui ne se réalise.

Aussi faut-il voir la placide résignation, l'impertur-
bable confiance de ce garçon. Il roule et brûle tranquillement des cigarettes: il a l'œil gai, le teint frais,
les joues pleines. Il sifflotte, en faisant tourner le bar-
reau de bois qui pend à la corde dont il s'aide pour les
demi-mouvements du buste qu'il peut faire. Et s'il manifeste quelque impatience, ce n'est guère qu'à l'approche des repas, dont l'heure ne sonne jamais assez
tôt pour lui.

Mon voisin de droite est un brave Breton, qu'on apporta à l'ambulance dans les premiers jours de novembre avec une moitié du visage emporté, deux ou trois côtes enfoncées par des éclats d'obus, et aussi, je crois, quelque balle perdue dans l'aine ou dans la cuisse. C'est une de ces constitutions de fer, héréditairement archisaines, qui semblent faites exprès pour démontrer à quelles rudes épreuves la prétendue frêle machine humaine peut être soumise sans se détraquer complétement.

Avec celui-là la tâche était toute différente : la balle extraite (et elle le fut, paraît-il, avec une dextérité, une délicatesse rares), les chairs du visage nettoyées, il n'y avait guère qu'à attendre tout de la force du patient ; mais si le physique était robuste, le moral était faible, très-faible, autant que j'ai pu le comprendre. Il fallait un médecin de l'âme, sans quoi le désarroi de l'âme entraînait la déconfiture du corps. Or le médecin de l'âme s'est trouvé.

— M. Arthault me disait (c'est mon voisin qui parle) : « J'ai vu un Breton comme vous, plus grièvement atteint que vous, mais presque de la même façon, et qui s'en est tiré par la seule patience. De la patience, mon enfant, et vous verrez que tout ira bien. » Il me disait : « A telle heure la fièvre viendra, mais il faut qu'elle vienne ; vous souffrirez beaucoup, mais à telle heure vous souffrirez moins. La nuit prochaine vous dormirez peu, mais il importe que vous ne dormiez pas trop cette

nuit-là ; l'autre nuit tant que vous voudrez, et je suis
sûr que vous dormirez. » Et ceci, et cela, et tout ce
que me disait M. Arthault arrivait à point nommé : aussi
je devais le croire quand il me promettait la guérison,
et voilà, la guérison vient... ce n'est qu'une affaire de
patience, comme dit M. Arthault. J'aurai le nez un peu
de travers, mais mon œil est sauvé, je commence à y
voir ; le trou de ma balle est fermé ; mes côtes vont
mieux... Enfin je retournerai au pays, ça suffit.

— Moi, dit un petit mobile parisien qui, portant le
bras en écharpe, était venu se mêler à l'entretien, moi
j'avais la main percée, abîmée ; M. Arthault m'avait dit
dès le premier jour que mon petit doigt, qui était roide,
reprendrait son mouvement, ça n'a pas manqué...

Et M. Arthault par-ci, et le docteur Arthault par-là :
grand médecin du corps, de l'âme, oracle...

— C'est au moins une des notabilités parisiennes ?
demandai-je.

— Non pas, répliqua le petit mobile, c'est tout bonnement un docteur campagnard, mais comme il serait
à désirer que la ville en eût beaucoup. Il est de Ville-
cresne, un village aux environs de Boissy-Saint-Léger.
Il est rentré à Paris avec les gens de son pays, au moment de l'invasion, et il va les visiter aux quatre coins
de la ville, quand ils sont malades ; mais ça ne lui fait
pas oublier le service de l'ambulance, il vient tous les
jours, plutôt deux fois qu'une ; et quand il y a soixante
blessés, comme en ces derniers temps, c'est de la beso-

gne ; et tout ça, voyez-vous, pour le plaisir et l'honneur de le faire... et...

— Ah! ah! interrompit avec une satisfaction bien évidente le garçon aux deux tibias percés, je crois qu'on va déjeuner ; voilà maman Meygret qui dit de dresser la table, et maman Samson qui compte combien il faut remplir de timbales.

Et l'une des deux mamans désignées :

— Aujourd'hui, mes enfants, bombance! régal! fit-elle.

— Quoi donc? quoi donc? demandent vingt voix.

— Un cadeau qu'on vous a fait.

— Quoi donc? quoi donc?

— Eh bien, de l'âne!

— De l'âne!

Et en chœur :

— Oh! oh! fameux, ça! excellent! superbe! encore mieux que le chat d'avant-hier!

Nos gaillards sont, paraît-il, payés pour s'y connaître, et ce n'est pas eux qui engendreront la bégueulerie dans le choix des aliments.

Va pour l'âne qui est si bien accueilli.

Une grande table se dresse entre deux rangées de lits, et pendant qu'une trentaine de convives se placent autour, les deux religieuses, un homme de service, et maman Samson elle-même, s'occupent de poser sur chaque tablette, à côté des lits occupés tout l'appareil *dînatoire*. Tel des hommes alités s'assied sur son séant,

tel s'accoude sur l'oreiller... Mon voisin de gauche seul
reste dans sa position horizontale, mais le jeune et in-
telligent muet est venu prendre place au chevet, il
étale une serviette sur la poitrine du malade, il taille
le pain, il verse le vin dans un biberon de porcelaine...
Depuis deux mois et demi, c'est sa tâche quotidienne,
il n'y manque jamais.

Et l'on apporte fumeuses, odorantes, très-appétis-
santes, en somme, les tranches de baudet sur une couche de riz veiné de jus de viande. Et le bruit des four-
chettes commence... Et j'entends mon voisin, à qui le
muet tend patiemment la brochette, s'exclamer entre
ses dents actives : « Fameux, oui, fameux! »

Et je suis, ma foi, de son avis : l'âne a maintenant
pour moi un titre de plus à la considération.

Je remarque que le pain qu'on nous donne est bis,
mais savoureux, mais agréable. On nous disait là-bas
que les Parisiens n'avaient plus que du pain imman-
geable; il est, ma foi, bien supérieur à celui des montagnards du Jura, qui sont réputés pour atteindre un
grand âge en s'en nourrissant. Dieu donne longue vie
aux Parisiens !

C'est jeudi. Ce jour-là, au déjeuner, maman Meygret
d'une part, maman Samson de l'autre, versent comme
coup du dessert à chacun un petit verre de malaga,
quand toutefois M. Arthault ne l'a pas défendu... Mais
M. Arthault est partisan des bonnes digestions, et il le
défend rarement. Or, comme l'interne a dit que ma

blessure était légère, on ne m'excepte pas, et je trin-
que d'intention avec mes voisins, à la santé de maman
Meygret et de maman Samson — excellentes femmes
qui, me dit-on, ont chacun un ou deux fils à la guerre,
et qui, en soignant, en choyant les blessés, sont con-
vaincues qu'elles gagnent chez le bon Dieu une sauvegarde pour leurs chers absents.

Sainte source d'ingéniosité du cœur maternel, tu ne
tariras jamais, et ton œuvre sera toujours bienfaisante
et bénie !...

Vers une heure, alors que mon voisin l'horizontal
et bien d'autres faisaient paisiblement la sieste sur les
douceurs du rôti d'âne et du malaga, M. Arthault est
arrivé. J'ai vu un homme d'une soixantaine d'années, à
figure débonnaire, mais non sans finesse, à la démarche
simple, mais digne, vêtu d'un gros paletot gris par-
dessus lequel il a passé le tablier blanc du praticien ;
il est venu vers moi en marchant doucement, en faisant
sur son passage le signe du silence pour qu'on respec-
tât le repos des dormeurs. Tout en examinant ma blessure, et comme on lui a dit que je venais de l'armée de
la Loire, que j'avais apporté un message, il m'a pater-
nellement complimenté. Il n'a sondé ou touché ma
plaie qu'avec les plus grandes précautions, en me demandant à chaque mouvement s'il me faisait mal... Il
a indiqué à l'interne dans quelle position d'immobilité
il conviendrait de fixer mon bras pour qu'il n'y eût
pas tiraillement des muscles de l'aisselle. En somme,

il est d'avis que ce ne sera rien, et il n'ordonne que
des compresses d'alcool et cinq ou six jours de complet
repos, après lesquels je pourrai me lever. Puis il s'assied quelques instants au pied du lit pour causer avec
moi sur l'état des armées de province. Je lui dis ce que
je sais, ce que j'ai vu ; il m'écoute avec intérêt, et, de
temps en temps, il branle tristement la tête en mur-
murant : « Affreuse chose ! vilaine guerre ! » On comprend que la guerre en elle-même lui fait profondément horreur.

Alors moi :

— Au moins, docteur, êtes-vous de ceux qui auront
l'honneur et la satisfaction d'en avoir atténué les désastreuses conséquences.

— Mon enfant, me répond-il tout simplement, vous
avez fait votre devoir, il faut bien que je tâche de faire
le mien.

Et me tendant une main que je presse avec un sentiment de respect filial :

— Allons, ajoute-t-il avec un franc sourire, reposez-
vous, soyez sage, et bientôt le bobo n'y paraîtra plus ;
au revoir.

Il passe, et le bon, l'habile, le sensible, le modeste,
le désintéressé docteur compte un cœur de plus pour le
vénérer, pour l'aimer.

Vénération, amour, c'est d'ailleurs la seule rémuné-
ration qu'il puisse attendre de son dévouement, et il est
homme à savoir la trouver amplement suffisante.

26

XIII

20 *décembre*. — Il y a cinq jours que je suis à l'ambulance, et le docteur a dit qu'après-demain je pourrais me lever. Tous les matins Achille — c'est le jeune muet — nous apporte trois ou quatre petites feuilles de papier roussâtre imprimées, que lui donne pour nous un marchand de journaux du quartier, car l'ambulance est en tout et pour tout alimentée des offrandes de chacun aux environs; nous sommes donc au courant de ce qui se passe.

Quand la nuit nous avons entendu le canon, les bulletins de guerre nous apprennent ordinairement le lendemain la cause plus ou moins significative de ce bruit; mais ordinairement cela se borne à des renseignements dans le genre de ceux-ci : « Tel fort a bouleversé tel ouvrage de l'ennemi; telle redoute a déjoué une surprise des assiégeants. » De la poudre brûlée, du fer éparpillé, quelques pauvres diables estropiés ou guéris de tous les maux, de part et d'autre, et c'est tout.

Mais on semble s'attendre à quelque grande affaire...

21 *décembre*. — Dans la journée du 20, en effet, et dès le milieu de la nuit, le rappel, la générale ont battu dans notre quartier et dans tous. Grand bruit, grand remue-ménage; tambours, clairons, chariots, rumeurs de foules qui passent... Tous les bataillons mobilisés de garde nationale sont, dit-on, sur pied et filent équipés, armés, vivres au dos, vers les portes de l'ouest et du nord. Il paraît que c'est une animation et une émotion sans égales, car c'est la première fois que ces mobilisés font positivement campagne... Tous les services d'ambulance sont requis d'avoir à expédier leurs voitures aux barrières, d'où on les dirigera sur les lieux convenables.

Le soir on affiche une proclamation dont une de nos petites feuilles de papier roux nous donne le texte. « Le gouverneur est parti ce soir pour se mettre à la tête de l'armée, des opérations de guerre importantes devant commencer demain, 21 décembre, au point du jour. Tous les mouvements de troupes se sont exécutés avec la plus grande régularité, et à l'heure qu'il est y a plus de cent bataillons de garde nationale mobilisée, au dehors de Paris. »

Et Dieu sait les commentaires, les suppositions, les espérances ! Au nord, dit-on, doit être dirigé le principal effort. Il y a donc jonction probable avec une armée extérieure venant de ce côté, car on se range généralement à cette opinion qu'une sortie ne peut avoir pour but qu'une rencontre avec des forces amies. Cette armée du Nord, à laquelle nous ne croyions guère, nous là-bas, sur la Loire, elle existe, elle agit, elle marche donc. En ce cas, je me demande si je n'ai pas contribué pour quelque chose aux présentes opérations, en apportant la nouvelle des mouvements de cette armée.

A vrai dire, quelques-uns prétendent que le plan du gouverneur — un plan mystérieux sur la réalité ou la sagacité duquel j'entends s'élever quelques doutes peu respectueux — serait de faire une trouée, de pousser en avant pour se constituer lui-même en armée de secours, et de reprendre les opérations par le dehors.

D'autres penchent pour un abandon de Paris de la part du gouverneur, et ceux-là disent : Que deviendrons-nous ?

Bref, toutes les opinions s'émettent dans les conciliabules que tiennent, en venant nous faire leurs visites fréquentes et cordiales, les quelques notables du quartier qui forment ce qu'on appelle le *conseil d'administration de l'ambulance.*

Toujours est-il qu'un grand coup va être tenté. Nous verrons bien.

21. — Durant la nuit du 20 au 21, bien que les veilleurs fissent grand feu dans le poêle, et bien que nous nous blottissions sous nos édredons, nous nous sommes sentis frissonner plus d'une fois, et nous avons envoyé mainte pensée de fraternelle commisération aux cent ou cent cinquante mille jeunes gens, soldats d'hier, qui ont forcément dû passer la nuit à la belle étoile pour être prêts à l'attaque qui est annoncée et qui s'effectue, car, dès l'aube, le vent aigu du nord, que nous entendons siffler sur le vitrage, marbré de glaçons, nous

apporte le vacarme du canon et de la mitrailleuse.

Et cela dure toute la journée avec la même intensité, avec la même rage.

De temps en temps, d'ailleurs, des nouvelles, de bonnes nouvelles arrivent. Il paraît qu'on est tout bonnement en train de déloger les Prussiens d'une position qu'ils avaient occupée presque sans coup férir dès leur arrivée, et qui est importante en cela qu'elle commande plusieurs routes.

Quel que soit le succès de l'entreprise, il aura certainement coûté cher des deux parts, et les voitures de l'ambulance qui sont parties vers midi ne viendront pas à vide.

J'ai eu la permission de me lever. Mon bobo, pour continuer à l'appeler du nom qu'a bien voulu lui donner après moi le docteur, va beaucoup mieux. On m'a mis à l'arrière-bras une petite attelle qui empêche ce tiraillement de muscles qui fatiguerait la plaie; et si j'ai encore le bras en écharpe, ce n'est qu'une affaire de deux ou trois jours.

La nuit venant, nous n'entendons plus le bruit du combat, et l'on continue à dire que tout va bien pour nous...

Nous achevions de dîner, et j'allais me mettre au lit, quand les voitures sont revenues, amenant quinze blessés. Toute la maison en émoi : des lampes partout, des bougies aux mains de tous ceux qui ne peuvent pas aider au transport. Il faut voir ce remue-ménage.

On a fait un grand espace libre auprès du poêle. Tous

26.

les blessés qui peuvent marcher viennent d'eux-mêmes
s'installer autour du feu, car tous sont transis, glacés.
Les autres sont apportés sur les bras, ou sur un brancard, selon que la nature de leur blessure permet de les
prendre. On les pose à terre sur des matelas, et le docteur et son aide dirigeant les investigations, on tâche
de se reconnaître dans le tas sanglant. Qu'a celui-ci ? où
est la blessure de celui-là ? Tout cela crie, geint, indique douloureusement son mal.

— C'est la jambe... Oh ! ne tirez pas sur la botte, tout
viendrait.

— Moi, docteur, c'est dans le ventre.

— Ah ! j'ai bien soif !

— N'ayez pas peur, lavez-moi seulement le visage ;
c'est le sang gelé qui m'aveugle... J'ai un éclat d'obus,
mais ce ne sera rien.

— Ah ! aïe ! pas si fort ! coupez la veste... C'est à
l'épaule...

— J'ai froid...

Et les dents claquent, et les regards mornes se fixent
sur vous, et des mains se cramponnent convulsivement
à vous, quand la douleur se manifeste trop vive... que
sais-je ?

On offre à tous du bouillon chaud et un peu de vin.
On les déchausse, on les déshabille. Les voilà chacun
dans un lit qu'on a chauffé, mais où beaucoup grelot-
tent. Il en est qui sont restés blessés depuis le matin
sur la terre, — avec ce froid !..

Le docteur passe d'un lit à l'autre; nous suivons, nous éclairons, nous présentons des cuvettes, des éponges. Le docteur examine, sonde, questionne. L'aide prend des notes; et derrière eux, sur leurs indications, plusieurs personnes installent des bandages provisoires.

Nous arrivons près d'une longue et jaune figure à petites moustaches noires, dont les yeux s'entr'ouvrent péniblement. C'est un homme d'une trentaine d'années. Une balle l'a traversé d'outre en outre, en pleine poitrine. Le docteur, qui reconnaît que le foie est perforé, branle piteusement la tête à la dérobée. Le brave garçon n'en a pas pour longtemps. Rien à faire, sinon pour la consolation du blessé. Après avoir ordonné une potion calmante, le docteur va vers un autre lit.

Je suis resté, tenant la lumière à la personne qui s'est chargée de mettre un semblant d'appareil sur ces plaies. Le patient, qui a l'air d'un pauvre être bien doux, se confond en remercîments pour les moindres soins reçus. Nous tâchons de lui faire prendre le change sur sa situation. Il paraît accepter sans peine nos rassurantes assertions.

— Oui, j'entends bien, ce sera long; mais je suis patient, vous verrez, messieurs.

— Vous êtes ancien soldat, rappelé sans doute?

— Oui, messieurs. J'avais fait un congé, puis je m'étais établi dans mon pays. Il a fallu partir.

— Marié, peut-être?

— Oui. Vous me ferez plaisir si vous voulez écrire à ma femme, pour qu'elle ne s'inquiète pas.

— Soyez tranquille, demain nous écrirons : les ballons partent. Ils emporteront la lettre. Avez-vous des enfants ?

— Je n'en avais point quand je suis parti, mais je dois en avoir un maintenant... J'ai idée que c'est une fille. Je voulais une fille. Mais enfin, si c'est un garçon, oh ! je l'aimerai bien tout de même.

Il fallait voir la tendre expression de ce regard déjà presque éteint, entendre l'heureuse émotion de cette voix défaillante !...

— Je l'aimerai tout de même, dit-il...

Et le docteur assure qu'il ne vivra pas vingt-quatre heures. . . . .

22 *décembre.* — Hier soir, toutes les nouvelles étaient au succès. Ce matin, une affiche, que les journaux reproduisent, dit que la journée n'est que le commencement d'une série d'opérations ; elle ne pouvait donc avoir de résultats définitifs, mais elle sert à établir deux points importants : la valeur des bataillons de marche de la garde nationale et la supériorité de notre nouvelle artillerie. S'il n'eût pas fait aussi froid, nous eussions certainement conservé la position prise dans la journée. Mais il fallait s'y retrancher, et la terre est si dure, que les terrassements ne peuvent s'exécuter qu'avec une extrême lenteur, etc...

Bref, au lieu de constater une réussite, à laquelle

chacun se plaisait à croire, c'est une sorte d'échec que l'on s'efforce d'expliquer, de pallier, en donnant à entendre toutefois que l'on se prépare à reprendre vigoureusement l'offensive.

Un peu de découragement suit ces déclarations ; mais presque aussitôt l'on se remet à espérer.

— Échec ne fait pas compte. Ce froid terrible ne saurait durer. L'action décisive aura lieu...

L'homme à la poitrine traversée a rendu le dernier soupir dans l'après-midi, en nous demandant si la lettre pour sa femme était partie, et si nous avions bien mis dedans qu'elle ne se tourmentât pas, et qu'elle embrassât l'enfant... garçon ou fille.

25 *décembre*. — Le froid, au lieu de diminuer, ne fait qu'augmenter chaque jour. Pendant la nuit dernière, le thermomètre est, dit-on, descendu à quinze ou seize au-dessous de zéro. C'est un hiver terrible. On croirait que la nature elle-même soit contre nous. Les troupes, c'est-à-dire la garde nationale mobilisée et les quelques débris de régiments reconstitués pour la défense de Paris, souffrent cruellement dans leurs campements hors de la ville. On dit que l'on trouve à tout instant des sentinelles mortes de froid. (On vient d'ailleurs d'apporter à l'ambulance un pauvre mobile de la Côte-d'Or qui a les deux pieds gelés.)

En présence d'une température « tellement exceptionnelle qu'il faudrait remonter à une époque très-éloignée pour en retrouver un autre exemple » — ce

sont les termes de l'arrêté qui vient d'être rendu public
— le gouverneur a cru pouvoir décider que tous les
corps qui ne seraient pas nécessaires à la garde des
positions avancées seraient campés sous des abris, et
que la plupart des bataillons de garde nationale employés au dehors rentreraient dans Paris.

Bien que le gouverneur ait le soin d'ajouter que
« ces mesures n'impliquent à aucun degré l'abandon
des opérations commencées » et bien que chacun puisse
personnellement apprécier la rigueur de la saison,
ennemi avec lequel on devait être obligé de compter,
ce n'est pas sans peine qu'on voit s'effectuer cette retraite... mais, autant que j'en ai pu juger déjà plus
d'une fois, la confiance, l'espoir sont, comme on dit,
chevillés au cœur des Parisiens. Le moindre mouvement de retour offensif, ou le plus léger succès d'avant-
poste, suffira pour leur faire oublier cette nouvelle dé-
convenue.

Mon bobo, sur lequel j'entretiens des compresses d'alcool, se guérit comme par enchantement. Dans deux ou
trois jours, la plaie, fort peu profonde d'ailleurs, sera
fermée, sans avoir eu la moindre suppuration. Seulement il me prend chaque jour, après les repas, des
pesanteurs de tête assez douloureuses et qui ne se dis-
sipent qu'après le premier travail de la digestion.

Le paternel docteur attribue cela à une complexion
sanguine qui s'accommode d'autant moins de l'entière
claustration, que je viens de mener pendant trois mois

la vie la plus active au grand air, et il conseille que, à dater de demain, je fasse chaque jour, après déjeuner, une promenade d'une heure ou deux. Il ne pouvait rien m'ordonner de plus agréable.

26 *décembre*. — Venez, mon enfant, m'a dit, après le repas du matin, maman Samson, qui était hier présente à la consultation.

Elle m'a emmené dans le vestiaire-lingerie, dont elle est la soigneuse conservatrice, et m'a mis en possession de tout un confortable assortiment qui doit me soustraire au froid pendant mes sorties : gilet de flanelle, caleçon de tricot, cache-nez, gants fourrés, gros bas de laine, et par-dessus tout cela, bonne et ample capote empruntée à l'un des camarades alités.

Et me voilà parti, à travers ce grand Paris, où, depuis plusieurs années, j'enviais de venir en curieux, mais que je ne comptais certes pas visiter à une époque aussi singulièrement caractéristique de son histoire.

Le jeune muet, qui s'évertue sans cesse pour témoigner de ses sympathies envers les pensionnaires de l'ambulance, s'est offert à me servir de cicérone. J'ai accepté sa cordiale et fantaisiste proposition.

Dans une petite avenue à maisons basses, en face de l'ambulance, je remarque devant chaque porte de grands baquets, des tonneaux défoncés pleins d'eau, ou plutôt de glace, dont la présence m'est expliquée par autant d'affiches blanches collées à l'entrée des maisons. C'est le programme officiel des précautions à

prendre en cas de bombardement. On explique là dedans l'effet des obus ordinaires et des bombes à pétrole,
on indique les objets dont il faut être muni pour arrêter
le commencement d'incendie, et la manière de s'en
servir : un vrai cours de balistique et de pyrotechnie
préservatrices. Le muet me fait comprendre que, dans
toutes les maisons de la ville, les mêmes baquets se
trouvent, mais placés à l'intérieur, sur le pallier de
chaque étage, avec les couvertures, les éponges que
prescrit l'indicateur imprimé : voilà ce qui s'appelle du
stoïcisme organisé.

Un peu plus loin, au coin d'un terrain vague fermé
de planches, une grande pancarte de calicot est tendue
sur laquelle un lit :

Chantier municipal du douzième arrondissement.

Puis, sur l'un des grossiers vantaux qui servent de
porte à cette clôture, une affiche manuscrite dit ceci :

« Les habitants du douzième arrondissement peuvent
se faire délivrer ici, sur la présentation de leur carte de
boucherie, 25 kilogrammes de bois par carte (ce qui
veut dire par ménage) tous les deux jours, à raison
de 2 fr. 75 les 100 kilogrammes. »

Or, à l'ouverture de ce portail, où se tiennent de
planton deux citoyens à barbe grise, vêtus du képi et
de la vareuse à filets rouges, se présente, si l'on peut
dire ainsi, la tête d'une longue queue de gens qui sont
là, grelottants aux morsures de l'âpre bise. Pauvres
hères en haillons et bourgeois bien couverts, attendent

avec une impatience également justifiée, en soufflant dans leurs doigts, en battant la semelle, que leur tour vienne d'obtenir le lot mis à leur disposition par la sollicitude municipale. Et combien lentement vient ce tour, mon Dieu ! Et quand il est enfin venu, hélas ! de quel singulier combustible il légitime la possession ?

De magnifiques tronçons d'arbres sont là couchés, à vrai dire, qu'on est allé couper dans les forêts-promenades de Vincennes ou de Boulogne ; des hommes les dépècent à grand renfort de haches et de coins. Il faut voir la verdâtre blancheur qu'étalent ces déchirures. On se prend à plaindre les ménagères qui demanderont un peu de flamboiement à ces bûches tout imprégnées de séve aqueuse. On les entend maugréer en s'évertuant du soufflet.

Et pourtant avec quel avide empressement, besoigneux de condition et bourgeois coutumiers de l'aisance, égaux maintenant devant la pénurie générale, se disputent les moindres lambeaux de ces récentes dépouilles forestières. C'est à qui aidera aux pesées pour être plus tôt servi, à qui tâchera de s'attribuer les meilleurs morceaux.

Puis chacun opère à sa façon le transport du lot qui lui est échu. Tel le charge sur son épaule robuste, et, regagnant son logis, ne résiste pas au plaisir de lancer un triomphant coup d'œil sur les tards venus, qui se morfondent et se morfondront longtemps encore aux derniers rangs de la queue. Telle pauvre mère souffre-

27

teuse a fait un lien à ses deux ou trois bûches avec un mouchoir, pour avoir l'aide débile d'un enfant qui, tous les dix pas, laisse retomber le fardeau. Tel autre est venu avec une brouette, et tel avec une simple corde qui lui sert à traîner derrière lui ces branches de chêne, dont le pavé rugueux mord et déchire la verte écorce...

Nous arrivons sur la place de la Bastille. Là, malgré le froid terrible qui règne, des troupes d'oisifs sont formés, où l'on dit et commente les nouvelles, et où chaque assertion vraie ou fausse sert de texte aux déclamations de maint orateur, plus ou moins pittoresque dans ses termes, et surtout plus ou moins extravagant dans ses idées. C'est là que semble s'être donné rendez-vous, certaine d'y trouver un auditoire convenable, la caste, aussi nombreuse que variée, des brouillons mécontents, poltrons bravaches, nullités orgueilleuses et autres *grands* personnages sans aveu.

Ils critiquent, déblatèrent, proposent des mesures suprêmes. Celui-ci démontre par A plus B l'incapacité des chefs, et tout en couvrant de son mépris superbe ce qui a été fait, expose avec une enthousiaste complaisance pour lui-même ce qu'on aurait dû faire. Les auditeurs permanents applaudissent; des passants sourient. Celui-là, parleur mielleux et fleuri, a prononcé le grand mot de *trahison*, triste et banal argument qu'il est toujours si facile d'articuler, et qui, en état de guerre, semble être la seule arme à l'usage de la couardise et des vanités envieuses, en même temps que

l'amère compensation aux vaillantes espérances déçues.
Le mot trouve de l'écho parmi un certain ensemble de
faces patibulaires ou rechignées; mais un mâle et robuste compagnon s'avance, qui, d'une voix bien timbrée, et accentuant ses simples paroles de gestes franchement énergiques, fait directement entendre que
l'homme aux décevantes insinuations pourrait bien
n'être rien de plus ni de moins qu'un ignoble agent de
la Prusse, payé pour semer la discorde, la méfiance, et,
partant, le découragement dans cette cité que l'ennemi
désespère de réduire par la force. Ce nouveau venu
obtient un tel succès, que le malencontreux orateur n'a
qu'à disparaître bien vite, s'il veut éviter le mauvais
parti qui lui pourrait être fait.

Nous avisons un autre cercle, au milieu duquel un
grand et crasseux escogriffe, aux yeux ternes et injec-
tés de sang jaunâtre, au nez violet, pérore sur le compte
des gouvernants et de la grosse bourgeoisie, qui, na-
geant dans l'abondance, éprouvent une cruelle joie à
voir les souffrances, les privations décimer la brave
population pauvre dont « ils veulent avant tout se dé-
barrasser, » et que, à cette fin, ils sont trop heureux
d'exposer à la double malchance des balles prussiennes
et de la famine — famine qui d'ailleurs est toute fac-
tice et calculée.

Mais dans ce cercle encore un contradicteur se trouve
qui, en deux ou trois vigoureuses apostrophes, a raison du maussade discoureur, dont le nez, selon lui, ne

doit pas sa vive coloration aux seules rigueurs de la
diète ou de la saison, et que l'on mettrait sans doute
dans un singulier embarras si on lui demandait d'indiquer, avec possibilité de vérification, l'avant-poste où il
a jamais couru le moindre danger.

Risée générale, et rapide éclipse de l'escogriffe.

Je constate, en somme, qu'en dépit des misères
réelles, dont le sentiment peut être en outre avivé par
de chagrines ou coupables suggestions, l'esprit général
est encore à l'espoir, à la confiance.

Nous gagnons les boulevards, où, paraît-il, pendant
la semaine qui précède le nouvel an, il est de vieille
tradition que s'installent dans une suite de baraquements tout un monde de petits marchands, d'industriels,
qui offrent aux passants des jouets, des bonbons, et
mainte autre menue bimbeloterie.

Eh bien, cette année, malgré la gêne, malgré les affligeantes préoccupations, la tradition n'a pas tout à
fait perdu ses droits. Les baraques se sont dressées,
moins nombreuses que d'habitude sans doute, mais
abondamment fournies d'objets qui, par leur nature
d'ailleurs, ont su s'approprier aux circonstances excep-
tionnelles que nous traversons. Le bonbon est assez
rare, et parmi les joujoux, c'est aux trompettes, aux
tambours, aux fusils de fer-blanc, aux poupées portant
le brassard d'ambulancière qu'appartient la place
d'honneur ; puis ce ne sont que marchands de pièces
d'équipement civique : képis, bidons, gamelles, gobe-

lets, cartouchières, lanternes dites *de rempart ;* puis
aussi la chaude ganterie, et les ceintures de flanelle, et
les bonnets dits *passe-montagnes*, et les guêtres de cuir,
et jusqu'aux couvertures... sans préjudice de cent étalages où les difficultés alimentaires se trouvent résolues
avec cette ingénieuse et peu scrupuleuse imagination
dont j'ai déjà eu de nombreux exemples le jour de mon
arrivée, depuis le noir et hypothétique boudin où de
fades grumeaux de riz bouilli remplacent le classique
lardon, et qui atteint le prix de trois et quatre francs
le demi-kilogramme, jusqu'à la crêpe confectionnée en
plein vent sur des plaques de tôle graissées d'huile in-
fecte, et qui fait cependant, au taux le plus modique,
il est vrai, la joie gastronomique de maint pauvre
diable trop cruellement soumis au rationnement municipal.

Le concours est grand tout le long de ces boutiques ;
on regarde, on marchande, on achète... Et l'on entend
gronder au loin l'artillerie des forts, dont nul ne paraît
faire autrement cas que d'une sorte de murmure coutumier, ajouté aux mille rumeurs de la grande ville.

Partout encore, sur les colonnes d'affichage, des spec-
tacles, des concerts annoncés, donnés en général, il
faut bien le dire, au bénéfice de quelque œuvre patriotique ou de bienfaisance, et qui, à ce que m'assure un
promeneur, trouvent presque toujours un public nombreux, tant est vivace ici, non-seulement le besoin normal de distractions théâtrales, mais aussi, en ce mo-

27.

ment, l'esprit de philanthropie et de solidarité entre les
diverses classes de la société.

Sur le terre-plein devant l'Ambigu, une grande tente
de toile rayée est dressée, toute pavoisée de drapeaux
tricolores, sous laquelle une petite estrade supporte
une urne enguirlandée aux couleurs nationales. Un officier de garde nationale est assis derrière l'estrade, un
factionnaire se tient l'arme au bras près des rideaux à
franges d'or, et un autre, qui est accoudé sur la bouche
de son fusil, répète aux passants :

— Pour les canons ! citoyens, pour les canons !

Et de nombreux passants déposent leur offrande ano-
nyme dans l'urne, où les pièces en tombant éveillent le
petit bruit métallique sec des tirelires bien garnies.

Les boulevards sont encombrés de baraques, d'étalagistes ambulants, qui parfois même s'installent jusque
sur la chaussée, et pourtant plus d'un espace s'y trouve
encore pour servir de champ d'exercice à des miliciens
de tous les âges, je pourrais dire aussi de toutes les couleurs, car on a utilisé pour les vêtir les draps de toute
sorte qu'on a trouvés dans les fonds de magasin : Capote
bleu clair, vareuse marron, pantalon vert, il n'y a guère
d'uniformité que dans la nuance du képi et de la bande
du pantalon.

D'une rue aboutissante sort l'aigre accent de la trom-
pette qui rappelle un bataillon pour quelque service
imprévu, comme il y en a beaucoup en ces jours d'alerte
perpétuelle.

La queue à la porte d'une boucherie. (Page 28).

Un peu plus loin, le roulement sourd de deux tambours voilés de crêpes nous annonce l'approche d'un convoi mortuaire. Quatre corbillards sans ornements se succèdent, sur le drap noir desquels sont étalées les simples tuniques à liséré de laine, que portaient les défunts, alors qu'ils figuraient dans les rangs de cette compagnie qui, la crosse du fusil derrière l'épaule, la bouche du canon regardant la terre, forme la double haie au long des lugubres chars. Des femmes, des enfants suiver éplorés; chacun se découvre ou se signe avec respect sur le passage de ces funèbres dépouilles, et salue en elles l'héroïsme ou le sacrifice, d'autant plus méritoires qu'ils furent plus humbles ou plus obscurs.

Pendant que nous sommes arrêtés, suivant du regard ces quadruples funérailles, qui, en temps ordinaire, eussent été sans doute l'objet de la plus grande attention, mais dont on a maintenant le trop fréquent spectacle pour y prendre garde, un vieillard se tourne vers moi et dit en secouant tristement la tête :

— Allons, encore un bon appoint au compte du pieux roi Guillaume et de son honnête ministre. Ils ont calculé que la reddition de Paris serait une affaire de cent mille existences. Pour peu que cela continue, nous serons bientôt à leur chiffre. Dans les deux premiers mois du siége, la mortalité a presque aussitôt doublé ; maintenant la voilà qui a graduellement atteint et même dépassé le triple. J'ai vu ce matin le relevé officiel de l'administration. Dans la semaine correspondante de

l'année dernière on comptait neuf cent quatre-vingts
décès, cette année on en compte trois mille cent cinquante ; et les maladies accidentelles ou épidémiques
deviennent d'autant plus meurtrières que les souffrances
physiques et morales de tout genre leur préparent de
faciles victimes. Et savez-vous, monsieur, quelle est la
classe qui fournit le plus gros contingent dans cette
horrible immolation de victimes innocentes? Ce sont
les enfants nouveau-nés. Nourris au sein, vous pensez
ce que peuvent leur offrir les pauvres mères nourrices,
qui défaillent faute d'alimentation confortable ; élevés
au biberon, on ne trouve souvent plus rien à leur donner. A vrai dire, l'administration a conservé, pour fournir du lait aux enfants et aux malades, trois mille
vaches ; mais la nourriture convenable manque à ces
animaux. C'est à peine si l'on obtient au total mille
litres de lait ; ce qui, divisé par vingt arrondissements,
donne cinquante litres à chacun ; et il est certains arrondissements qui comptent plusieurs milliers d'ayants
droit à cette maigre ration. Dieu sait d'ailleurs quel lait
est celui-là ! Aussi est-ce par plusieurs centaines que ces
malheureux nourrissons périssent chaque jour. Ah ! s'il
est là-haut, comme j'aime à le croire, un livre où s'in-
scrivent les nobles ou détestables actions des humains en
général et des rois en particulier, la page ouverte au
nom de Guillaume doit...

Les éclats d'une martiale fanfare, qui débouchait du
faubourg Saint-Martin, coupèrent la parole au vieillard,

dont nous sépara une poussée de la foule qui faisait escorte à cette musique, et dont nous suivîmes machinalement le courant.

Or la curiosité semblait d'autant mieux éveillée par le cortége dont cet étourdissant concert ouvrait la marche, que, chose anormale en ce moment, il n'avait d'autre caractère belliqueux évident que le motif exécuté par le chœur des instruments. Derrière les musiciens se voyaient en effet, nécessairement couverts du costume de garde national, qui est à peu près le seul en usage, mais sans armes, et d'ailleurs sans groupement numérique, deux ou trois cents citoyens rangés sur quatre lignes, portant à leur boutonnière, enrubannée de violet, un emblème brodé quelconque, qui doit être l'insigne d'une corporation toute civile. Une bannière azur et or flotte du reste en tête de la colonne ; mais l'âpre bise en agite trop vivement les plis pour qu'il me soit possible de lire l'inscription dont elle est chargée.

Où vont ces gens, ces confrères? Serait-ce une manifestation politique ? — Non, car les visages n'ont rien de l'animation fébrile ou de la morne contention qu'ils montreraient en pareil cas. — Une fête qu'on célèbre ? — Non, encore, car par ces temps de chômage général, le vent n'est guère aux commémorations professionnelles. C'est pourquoi voyons, suivons.

La troupe s'arrête bientôt, et avec elle le flot compacte de population qu'elle entraîne, devant un édifce

qui n'est autre que le Conservatoire des arts et métiers,
et pour ma part je me demande avec plus d'étonnement
encore ce que vient faire là cette corporation. Mais mon
compagnon, le muet, a compris, lui. Il me prend par le
bras et m'emmène un peu plus bas dans la rue, devant
une grille à travers laquelle on voit une cour pleine de
pièces d'artillerie toutes neuves, toutes brillantes, et il
m'explique que c'est dans les ateliers du Conservatoire
que s'achèvent, se montent et se livrent la plupart des
canons fabriqués par le génie civil.

Tout m'est alors expliqué; la corporation dont nous
venons de voir le personnel réuni aura réalisé par elle-
même une souscription représentant le prix d'une pièce
d'artillerie destinée à la défense de Paris, et elle vient
prendre livraison de cette pièce, pour aller l'offrir solen-
nellement ensuite à la municipalité.

Nous voyons, en effet, qu'on attelle des chevaux à
l'une des bouches à feu rangées dans la cour et aux
caissons qui en forment l'attirail accessoire. On attache
des drapeaux au long tube jaune et aux chariots vert
noir. Plusieurs personnages, qui semblent être les chefs
de l'association, s'installent sur la banquette de l'avant-
train et sur les caisses des autres voitures. La fanfare,
qui est venue prendre place devant les premiers chevaux,
entonne à plein cuivre l'entraînant motif de l'hymne de
Méhul, dont mille voix disent à l'unisson les paroles;
et le cortége va prendre avec une lente solennité le
boulevard de Sébastopol, où il défile à travers une

foule, qui témoigne des plus généreuses sympathies.

Nous suivons encore. Arrivés devant l'Hôtel de Ville, les voitures font un demi-tour en face de l'entrée principale, et la corporation forme sur deux rangs un grand demi-cercle dont sa bannière occupe le centre. Une grille s'ouvre, qui donne passage à un homme de haute taille, tête grise, profil énergique, physionomie sympathique, l'écharpe tricolore en sautoir, et qu'on me dit être l'un des adjoints au maire de Paris [1].

Un échange d'allocutions a lieu, dont je ne puis entendre les termes (un cordon de gardes nationaux tenant les curieux à trop grande distance), mais qui doivent exprimer les sentiments les plus patriotiques, car elles s'achèvent par un ensemble de vives acclamations et de longs applaudissements.

Nous prenons pour retourner à l'ambulance la rue Saint-Antoine, où nous nous croisons avec plusieurs bataillons de marche qui rentrent à Paris en vertu de la dernière décision du gouverneur. Bien que fort éprouvés dans leur courte, mais trop rigoureuse campagne, ces troupes en quelque sorte improvisées montrent cependant, par leur mâle tenue et leur fière allure, qu'elles ne demandent qu'à justifier, dans des conditions moins radicalement défavorables, la confiance qu'on avait placée en elles.

[1] Sans doute Gustave Chaudey, qui devait quelques mois plus tard périr massacré comme otage de la Commune.

En traversant de nouveau la place de la Bastille, nous
voyons un rassemblement formé devant le débarcadère
du chemin de fer de Vincennes ; nous nous rapprochons
pour en connaître la cause.

Un train vient d'arriver en gare, ramenant de la seconde station, en ce moment point extrême de la ligne
libre, toute une population de terrassiers qui étaient
allés travailler aux retranchements des postes avancés,
et dont les services, en l'état actuel des choses, ne peuvent plus être utilisés. Renvoyés à Paris, ces pauvres
gens ont voulu tirer individuellement parti de leur présence à l'extérieur. A tout risque, ils se sont répandus
en maraudeurs dans la campagne, même jusque sous
le feu des premières gardes prussiennes, qui, d'ailleurs,
disent-ils, ont fait payer à plusieurs d'entre eux cette
témérité.

Or il faut voir le produit de cette maraude exécutée
par douze ou quatorze degrés de froid, sur des régions
déjà mainte et mainte fois visitées et ravagées par les
soldats des deux camps : des feuilles de choux tenant
aux trognons, des queues de poireau, des collets de
carotte ou de navet, non pas arrachés, mais coupés
au ras de la terre durcie, quelques branches de céleri,
ou rejets de persil : véritables épluchures qui, en temps
normal, s'en iraient aux balayures de la plus pauvre
cuisine, et qui suffisent maintenant à faire établir, sur
le trottoir même de la gare où leurs triomphants déten-
teurs les mettent immédiatement en vente, un marché

des plus animés, et qui offre l'exemple des plus folles enchères.

J'ai vu, de mes yeux vu, payer trente sous six plants de poireau et deux moitiés de navet gelé, par un bon bourgeois sur la physionomie duquel on pouvait déjà lire le reflet du bonheur qu'éprouverait sa ménagère lorsqu'il reparaîtrait devant elle avec cet insolite et précieux regain de verdure.

Nous rentrons...

27. — En sortant, j'ai vu dans le quartier des groupes devant des affiches blanches, et je me suis d'autant plus vite approché qu'une véritable satisfaction semblait peinte sur tous les visages. Peut-être l'annonce de quelque succès remporté par nos armées du dehors, pensais-je, et qui est comme un heureux présage pour nos efforts du dedans.

Je cours donc. Oh! il s'agit bien, ma foi! d'opérations militaires! Non, les bons habitants sont dans la joie, parce que la municipalité a songé à leur donner des étrennes.

Des étrennes! Eh oui-da! de belles et bonnes étrennes! Lisons plutôt la teneur sommaire du placard officiel. Il y est dit que le 31 décembre et le 1er janvier des distributions supplémentaires seront faites dans les boucheries, où chaque porteur d'une carte aura droit de se faire délivrer — à des prix fort réduits, du reste — le premier jour, cent grammes de haricots secs, ou trente grammes de chocolat par bouche, et le second jour

soixante grammes de café vert, ou quarante grammes
d'huile d'olive par bouche pareillement.

Et voilà les largesses municipales qui — ne rions pas
— mettent littéralement en liesse ce Gargantua parisien
si coutumier des somptuosités gastronomiques.

— Cent grammes de haricots par bouche, dit un
monsieur très-bien vêtu, diable! nous sommes cinq,
cela fera une livre, bonne affaire! Je choisis les haricots.

— Moi, je prendrai le chocolat, dit une pauvre com-
mère; ma petite a le dégoût de tout le reste. Il n'y a
que ça qui la soutienne; mais elle sèche, madame, elle
sèche.

— Et l'huile d'olive donc! c'est ça qui vient bien à
propos!

— Oh! pas pour la salade, je suppose.

— Non, mais pour la soupe.

— A l'oignon? Est-ce que vous en avez?

— J'en ai encore deux de ceux que j'ai payés trois
francs le litre; il y en avait onze. Ça faisait un peu plus
de cinq sous la pièce. Aussi je n'en mets que le quart
d'un pour une soupe. On n'en trouve plus.

— Si, quelquefois; mais à six francs le litre.

— Oh! c'est un peu trop cher!

— C'est égal, le gouvernement est gentil de nous
donner ça.

— Oui, mais il paraît qu'on va rationner le pain, à
tout de bon, cette fois.

— Pardieu! on en a tant fait manger aux chevaux dans les commencements! Ça revenait meilleur marché que le foin et que l'avoine. Et voilà où ça nous a menés! Nous allons avoir aussi des cartes de boulangerie.

— Oui, une queue de plus à faire. Quatre heures à la viande — et on dit qu'on va la réduire à vingt grammes — autant au pain, par *les froids* qu'il fait; allons, ça sera drôle.

— Oui, ça nous achèvera, etc., etc.

Tels sont les intéressants *devis* que provoque l'affiche blanche.

Toute la journée nous avons entendu une canonnade formidable. C'est, dit-on, le bombardement régulier qui commence sur les forts, en attendant qu'il s'adresse à la ville elle-même.

Paris s'intimide-t il? Non. Paris, à qui des officiers prussiens, venus en parlementaires pour des échanges de blessés ou de prisonniers, ont fait savoir la défaite vraie ou prétendue de l'armée du Nord, Paris affirme, au contraire, que si l'ennemi en vient à cette barbare extrémité du bombardement de la capitale, c'est que ses affaires sont certainement en bien mauvais état dans le reste de la France, et qu'il a hâte d'en finir avec cette résistance qui l'empêche de faire tête ailleurs, et qui peut compromettre tous ses desseins.

Et qui sait si Paris n'a pas raison?

30. — Rien de nouveau. Le froid persiste, la neige tombe... Le pain devient plus noir et plus lourd.

28.

Toujours la terrible et incessante canonnade, qui jusqu'à présent n'a pas causé de dommage bien appréciable aux forts, encore que ceux-ci ne puissent guère riposter efficacement, vu l'énorme distance où sont placées les batteries qui les bombardent. Le fort d'Issy est celui qui a le plus souffert. On compte qu'il y tombe en moyenne, depuis deux jours, douze cents obus de tout calibre par heure ; et l'on a ramassé de ces obus qui pesaient près de cinquante kilogrammes. Toutefois peu de victimes, quelques blessés seulement.

Et l'intimidation ne se produit pas plus parmi les garnisons des forts que parmi la population de la ville, qui semble stoïquement prête à tous les événements.

1er janvier 1871. — Ce matin, après le déjeuner, véritable fête de famille à l'ambulance : grande loterie, à tous numéros gagnants, tirée par les soins de nos chères patronnesses, au bénéfice des cinquante-six blessés.

Maman Meygret et maman Samson se sont dit :

— Il faut bien que ces pauvres enfants s'aperçoivent du renouvellement de l'année.

Et une collecte a été ouverte parmi les administrateurs et visiteurs habituels. Cinquante-six lots en sont résultés : pipes, tabatières, porte-monnaie, porte-cigares, bourses, que sais-je? L'on a apporté la longue tablette sur laquelle étaient disposés les lots numérotés d'avance et flanqués, qui d'une tablette de chocolat, qui d'un flacon de liqueur, qui d'un paquet de tabac, qui d'un petit pot de confitures... Puis une corbeille

mystérieusement recouverte d'une. serviette blanche...
Chacun a mis la main dans un sac de loto. Et à l'appel
du numéro tiré chacun a reçu le lot portant le numéro
correspondant, et aussi un objet que maman Meygret
faisait lentement sortir de la corbeille voilée, et dont
l'apparition provoquait presque toujours de longs éclats
de rire : une poupée à ressort pour celui-ci, un mirli-
ton pour celui-là, un flageolet pour cet autre, une grenouille qui saute, une guimbarde, etc., etc.

Le brave garçon aux deux jambes percées reçoit un
gigantesque pantin à ficelle, qu'on attache immédiatement à la potence qui est au-dessus de son lit, et qu'il
fait gigoter sans quitter sa position horizontale. Pour
moi, qui n'ai qu'un bras valide provisoirement, c'est
une crécelle d'un sou, comme complément comique
d'une jolie ceinture de flanelle et d'un gros bâton de
sucre de pomme formant le lot sérieux...

A tous — à tous ceux du moins qui peuvent se permettre cet extra — une bonne tasse de café noir, qu'on
vide à la santé des patronnesses, à la délivrance de Paris et à la malédiction des Prussiens. Et chante mirli-
ton! danse pantin ! saute grenouille !... c'est le jour de
l'an à l'ambulance, au cœur d'une cité qui en est à son
cent cinquième jour de siége et d'investissement rigoureux, au son d'une canonnade sempiternelle.

3 janvier. — Le général à qui j'ai remis la dépêche
lors de mon arrivée à Paris (et qui d'ailleurs avait envoyé prendre de mes nouvelles deux ou trois jours après

mon entrée à l'ambulance) est venu aujourd'hui me visiter lui-même. Le docteur et deux de ces messieurs
qui se trouvaient là, et qui ont reçu ses compliments
pour la bonne tenue de l'établissement, l'ont discrète-
ment questionné sur la situation, et notamment sur les
bruits passablement contradictoires qui courent, les uns
parlant de la désorganisation complète de l'armée du
Nord commandée par Faidherbe, les autres prêtant à
Chanzy un retour offensif et très-énergique et très-effi-
cace dans la direction du Mans. Le général s'est tenu
dans une évidente réserve, se fondant sur ce fait que le
froid empêche l'arrivée des pigeons, et que, par conséquent, l'on ne sait rien du dehors. Quant à la situation
intérieure, il s'est efforcé de nous rassurer en affirmant
que tout se prépare pour une nouvelle action, qui pourrait bien être décisive.

A peine est-il sorti, qu'une personne, d'ordinaire assez bien renseignée, un véritable patriote, qui n'incline
nullement au pessimisme, assure devant moi au docteur tenir de bonne source qu'un soigneux inventaire
vient d'être fait des ressources encore existantes dans
les greniers de la ville, et qu'on n'a trouvé qu'environ
soixante mille quintaux de grains, blé, orge, avoine,
riz. La consommation quotidienne actuelle, sans rationnement, il est vrai, en absorbe plus de six mille. Paris
aurait donc encore pour dix jours de pain ; en rationnant,
on en trouvera cinq de plus : total quinze. Après cela,
comment fera-t-on ? Mais, bah ! d'ici là quelque grand

et heureux événement peut s'accomplir : c'est à quoi l'on conclut, avec d'autant plus de complaisance que la température, dont la rigueur est en quelque sorte la seule cause d'inaction, semble vouloir se radoucir...

7 janvier. — C'est fait : le temps a changé, le dégel est venu, et le bombardement, le véritable bombardement de la ville est commencé.

Notre ennemi disait, il y a quelque temps, qu'il comptait sur ce qu'il lui a plu d'appeler le *moment psychologique :* il entendait par là l'époque où il saurait enfin frapper les imaginations par les moyens extrêmes. Eh bien ! voilà que les obus tombent jusque dans le cœur de la ville, qui effondrent les édifices, qui tuent les femmes, les enfants, qui font entendre la nuit comme le jour leur sinistre sifflement, et le moment psychologique ne vient pas. On dirait que le bruit terrible des engins Krupp n'annonce rien de plus qu'un spectacle nouveau à cette population qui commence, ou plutôt qui achève de mourir de faim, qui grelotte dans ses maisons sans feu :

—Quoi ! bien vrai ? l'on bombarde là-bas ? il y tombe de vrais obus ?... Allons voir !

Et l'on court à ce spectacle comme à un autre. *Panem et circenses :* le mot caractéristique des Romains fut souvent applicable aux Parisiens. Aujourd'hui *panem* fait défaut ; mais *circenses* se trouvent quand même.

— Allons voir bombarder.

Ils y vont. Et ma foi, j'y suis allé voir aussi, comme
le premier Parisien venu.

En longeant la rue Saint-Jacques, près de l'hôpital
du Val-de-Grâce, qui, malgré le drapeau à croix rouge
qui flotte à son dôme, a déjà été visité par plusieurs
boulets, je trouve, devant une maison dont le faîte est
en ruines, un rassemblement où l'on répète et commente un petit drame qui s'est accompli dans cette
maison la nuit précédente. (Auteurs : Guillaume et
Bismark ; musique et machines de Krupp.)

Certaine vieille femme habitait là-haut une man-
sarde, où elle avait pour compagne une jeune orpheline,
sa fille d'adoption. La veille, le soir, dans tout le quartier, ce n'étaient que sifflements d'obus et écroulements
de toits.

— Ne couchons pas là, dit la jeune fille, toute transie
d'épouvante.

— Eh ! laisse donc, ma mie ! repart tranquillement
la vieille, le quartier est si grand. Pourquoi veux-tu
que ça tombe juste sur nous? Le bon Dieu est bon, si
méchant est le roi de Prusse, à qui nous n'avons rien
fait, nous autres pauvres gens. Le bon Dieu nous gar-
dera. Viens, couchons-nous.

On se coucha ; mais à chaque sinistre sifflement, à
chaque effondrement dans le voisinage, la petite poussait des Ah ! faisait des soubresauts. Et de sommeil,
point pour elle.

Si bien que la vieille, qui l'entendait s'écrier et se retourner :

— Que tu es nigaude d'avoir peur ainsi ! Quand je
te répète qu'il n'y a rien à craindre ! A ton âge, il faut
dormir ; dors donc : fais comme moi.

— Je ne peux pas...

— Allons, tiens... (vu l'étroitesse du logis, les deux
couchettes étaient proches), donne-moi ta main ; je la
tiendrai ; ça te rassurera ; tu auras moins peur, tu dor-
miras.

La petite donne sa main, et Dieu sait comme encore
cette main tremblait, tressautait par instants dans celle
de la vieille, qui elle, s'était bravement endormie.

Tout à coup, ah ! mon Dieu ! un tremblement, du feu,
de la fumée. Tout semble s'effondrer, tout luire, tout
fumer. Secousse terrible qui sépare les deux mains
jointes.

— As-tu du mal, ma mie ?

— Non, bonne mère, et vous ?

— Moi !...

La vieille n'en put répondre davantage. L'obus avait
littéralement fait deux parts de son corps, en frappant
sur le bas du ventre. Et l'obus ensuite était allé au-
dessous écraser, pulvériser un nouveau-né dans un ber-
ceau. Pas une égratignure à la jeune fille dont la vieille
tenait la main. Pas la moindre contusion à la mère
nourrice qui dormait à côté de l'enfant.

C'est le drame qu'on racontait devant cette maison

de la rue Saint-Jacques. Et pendant qu'on le disait, la satanée musique allait son train d'enfer. Détonations lointaines, susurrements aériens, craquements dans le voisinage...

Broum ! Patatras !

— Une bombe ! gare !

On courbe instinctivement la tête et le dos.

— Bon ! elle a tombé dans la rue à côté. Il faut voir et toujours voir.

Un gamin, qui a couru le premier, revient bientôt avec un éclat tout chaud dans la main.

— Voulez-vous l'acheter, monsieur?...

Voulez-vous l'acheter? Cela veut dire que les éclats d'obus sont objets de commerce. On les voit exposés partout, on en trafique. Un obus entier n'a pas de prix.

Venez donc de Berlin avec un million d'hommes, avec quelques milliers de canons vous établir autour d'une ville, où il se trouvera des vendeurs et des acheteurs pour les boulets que vous y enverrez. Vraiment, sire Guillaume, c'est honteux pour vous.

Et voilà comment vient le moment psychologique.

En m'en retournant je vois placardée sur les murs une affiche rouge, signée de noms la plupart inconnus, qui se plaignent ouvertement de l'inaction du gouvernement, qui appellent les bons citoyens à la revendication du droit de défense, mais cela dans des termes qui sentent trop évidemment leur séditieux. Les gardes nationaux arrachent ces placards, tout en émettant généralement le vœu que l'on agisse enfin une bonne fois, et en dépit des éléments, s'il le faut.

D'ailleurs, il doit n'être que temps d'agir, car si le rationnement du pain n'est pas chose officiellement faite, si les cartes de boulangerie ne sont pas distribuées, les queues déjà se produisent aux portes des boulangers qui ont ordre officieux de ne livrer que tant de pain par ménage à leur appréciation. Il leur est, de plus, interdit de tamiser la farine qu'on leur délivre pour en faire du pain de choix, tentation qui doit tout naturellement leur venir, car Dieu sait l'espèce de tourteau noir et gluant qu'ils mettent en vente — quand ils ont de quoi ouvrir leur boutique, c'est-à-dire quand on n'a pas oublié de les fournir de cette sciure brune épineuse qu'on appelle de la *farine*.

La viande manque souvent aussi, et les bouchers ouvrent pour délivrer quelques merluches, sèches comme planches, ou quelques bribes de lard...

Ma blessure est tout à fait fermée; on a ôté l'attelle de mon bras, qui reprend son mouvement normal.

— Il faudra maintenant que je voie à loger ailleurs, ai-je dit à maman Samson, qui, me regardant avec un maternel étonnement :

— Est-ce qu'on vous renvoie? Et où iriez-vous? où vivriez-vous? Il vous faudrait une carte de boucherie, une autre de boulangerie... C'est la fin, attendez, restez.

Je reste.

10 janvier. — Dégel complet. Bombardement conti-

29

nuel. Gens tués, maisons trouées. C'est un désastre
quotidien de plus : on s'y fait.

Le gouverneur de Paris a répondu à l'affiche rouge
par une affiche blanche, qui se termine ainsi :

*Rien ne fera tomber les armes de nos mains. Courage,
confiance, patriotisme ! Le gouverneur de Paris ne capi-
tulera pas.*

Cette déclaration produit un excellent effet, et d'autant mieux que l'on voit partout procéder à la remise
sur pied de marche de tous les bataillons mobilisés. On
sait que des quantités de canons sont livrées. On entend dire que le train a des ordres pour un service d'intendance. Les voitures d'ambulance sont partout com-
mandées. Enfin on va donner en masse. — Enfin ! c'est
le mot, c'est le cri de tous. Enfin !

Sur la porte des restaurants on lit :

Les consommateurs sont priés d'apporter leur pain.

16 janvier. — C'est aujourd'hui la Saint-Guillaume,
et comme les Parisiens oublient que le roi de Prusse
est protestant, ils prétendent que le déluge de fer qui
pleut sur eux depuis ce matin a pour motif la célébra-
tion de la fête de l'odieux monarque. Quoi qu'il en soit,
le tonnerre de l'artillerie n'avait jamais ébranlé l'air
de cette façon. A vrai dire, les assiégeants ont rappro-
ché leurs travaux, et pendant qu'ils envoient des obus
jusque sur la rive droite, on leur riposte des forts, des
bastions. Quel tapage !

Et sous ce bruit, sous cette averse meurtrière... quel mouvement dans toute la ville, quelle animation ! Partout le clairon sonne, partout bat le tambour. Partout jeunes gens qui bouclent leurs sacs, partout compagnies qui se réunissent, bataillons où l'on procède à l'appel, aux revues d'effectif et de matériel ; drapeaux au vent, ils vont, ils viennent... Ils s'ébranlent pour un départ qu'on sent prochain... et suprême.

Le temps est doux, mais brumeux, mais humide. Et, du reste, quel qu'il soit, le temps ne peut plus être un obstacle.

Le pain n'est plus du pain... Deux cents grammes par personne, et les deux cents grammes de cette noire chose poisseuse, hérissée, tiendraient dans la main, tant c'est lourd, tant c'est compacte. A l'eau bouillante cela fait boule dure.

Et l'on mange cela, quand on en a. Eh ! l'on a bien le temps de savoir ce qu'on met sous la dent. La sortie, la grande, la définitive sortie est imminente. On en attend le succès. On croit savoir qu'elle sera dirigée par le nord-ouest. Donc les armées du Nord et du Mans sont en expectative. On leur donnera la main. On sortira, à deux cent mille, avec six cents pièces de canon. Quand ? — Demain ; après-demain au plus tard.

— Ça, mais, dis-je à nos mamans de l'ambulance, et moi, est-ce que je ne pourrais pas être utile ? Si j'allais trouver le général ? Oui, c'est cela : je lui demanderai de m'incorporer. Tout le monde est convaincu qu'on va faire le large et triomphante trouée ; je veux être de la fête ; j'en serai.

— Voyez l'enragé ! Quelle idée !

— Une idée toute naturelle. On ne sera jamais trop nombreux.

— Eh bien, demain, nous verrons...

Elles veulent gagner du temps, pour qu'il soit trop tard ; nous verrons, oui, nous verrons.

(18 janvier, onze heures du soir, à la lampe d'un baraquement au Champ de Mars). — Je m'apprêtais à aller trouver le général, quoi que pussent dire les braves dames de là-bas, qui me sermonnaient, qui me suppliaient. Voilà qu'arrivent cinq ou six gardes nationaux, dont un capitaine, qui apportent à l'ambulance un des leurs, blessé près de l'œil en faisant des armes avec un camarade.

— Capitaine, un homme de moins dans vos rangs. Vous plaît-il que je le remplace ?

— Pourquoi pas ?

— Allons, capitaine !

— Mais le costume, objectent les chères dames.

— Celui du malade, dit le capitaine.

— Mais le malade a cinq pieds dix pouces. J'aurais l'air d'une mascarade. — Eh ! d'ailleurs, l'habit ne fait pas le soldat, comme disait le Grand-Espagnol.

— C'est, ma foi, vrai, reprit le capitaine ; dans le nombre, ça ne paraîtra pas. Allons.

Je prends seulement le sac, le fusil, la baïonnette, la cartouchière.

Une bonne embrassade à mamans Meygret et Samson, une poignée de main à mon ami le muet, et en route avec mon nouveau corps.

Tout Paris en l'air, pour voir passer, pour accompagner ces bataillons qui filent en masse vers le bas de la Seine. La musique fait retentir les airs nationaux.

Les mères, les femmes, les sœurs suivent à côté des rangs, portant les fusils....

Mais, on sonne la prise d'armes. L'ordre de marche est donné ... Nous partons.

X I V

La Chaux-Cernoise, le 15 octobre.

Me voilà revenu en mon cher hameau du Jura, comment, et en quel état? je vais essayer de le dire.

Nous étions partis du Champ de Mars, au milieu de la nuit. Le matin, s'engageait à l'ouest de Paris cette affaire, cette triste affaire qui a reçu le nom de combat de Buzenval ou de Montretout, et qui devait être le dernier effort tenté avant le terme funeste du siége.

De ce combat, moi combattant je n'ai guère pu voir la physionomie d'ensemble, mais je puis, je dois constater — et ceci soit dit sans que je compte en faire retourner sur moi la moindre part orgueilleuse, — que ce jour-là cette garde nationale parisienne que plus d'une fois j'avais entendu juger assez défavorablement, fit bravement, héroïquement son devoir, plus même que son devoir, car, après une certaine suite de fatigues réelles causées par l'agitation de la veille, le manque de repos pendant la nuit, le froid brumeux et la marche forcée du matin par des chemins gluants, effondrés, elle enleva vivement des positions très-fortes, très-bien défendues, au pas de course, sans souci du danger, en voyant impassiblement ses rangs s'éclaircir sous le fer et le plomb ennemis ; or, l'adversaire refoulé, mis en complète déroute, frappé en quelque sorte de terreur panique à la vue d'une audace, d'une ardeur qu'il n'attendait pas de la part de troupes dont on lui avait sans doute inspiré le mépris, les positions importantes enlevées, et alors que, victorieuse, la garde nationale attendait soit l'artillerie nécessaire pour se maintenir sur des points où elle devait être forcément assaillie à son tour, soit un ordre, une impulsion pour pousser régulièrement plus loin, rien ne vint, ou rien ne put venir ; ni l'artillerie, que le mauvais état des routes, ou le manque d'attelages empêchait, disait-on, de hisser jusque sur les plateaux élevés d'où l'on avait délogé l'ennemi ; ni l'ordre, ni l'impulsion qui, disait-on aussi, n'eût été qu'un acte de témérité : ou le retard d'une des colonnes qui, par le fait de marches mal combinées, n'arrivant sur le champ de l'action que deux ou trois

L'Ambulance. (Page 292.)

heures après les autres, créait dans la ligne d'attaque
un manque d'équilibre funeste à l'effet qui, simultané,
eût été certainement décisif.

Bref, je sais qu'après avoir chèrement acheté pour sa
part la possession d'un parc dont il avait escaladé les
murs tout percés de meurtrières, notre bataillon, heureux, fier de ce beau, de ce chaud succès, se demanda,
une fois maître de la place, ce qu'il allait y faire, ou la
direction qu'il devait prendre.

Notre chef envoie dire à l'état-major : « J'ai le parc,
faut-il aller de l'avant ? »

On lui répond : « Attendez. »

Attendre quoi ? Quand nous voyions fort bien l'ennemi se reformer au loin et déjà préparer, sinon un
retour effectif, mais les batteries formidables qui allaient, en nous couvrant d'un feu terrible, protéger ce
retour. Nous attendîmes cependant ; bientôt commença
une grêle d'obus sur notre position, et au moment où
notre commandant, homme d'initiative, faute d'ordre
supérieur, avait décidé que nous pousserions droit aux
assaillants pour tâcher de les déloger encore une fois,
voilà que l'ordre de retraite arrive, auquel nul ne voulait croire. Une de nos compagnies même, qui avait
déjà pris l'élan, continua, sans tenir compte des son-
neries qui la rappelaient. Que sera-t-il advenu de cette
poignée d'hommes isolés?...

Le reste du bataillon recula à son grand regret, et
avec la consolante appréciation que cette manœuvre

dépendait de quelque grand mouvement stratégique. Il
recula en bon ordre, lentement, et non sans causer
quelques pertes aux détachements ennemis, qui s'aven-
turaient sous la protection de leur mitraille diluvienne.

Nous venions d'évacuer le parc par petits groupes
espacés, et je traversais, avec trois ou quatre de mes
camarades, un champ découvert quand un obus tomba,
éclata, qui tua roide mon voisin et me renversa, avec la
jambe droite brisée au-dessous du genou.

Impossible d'aller plus loin ; mais pour attendre
qu'on vînt me relever, comme il tombait là une pluie
de fer fort malsaine, je me mis à ramper jusqu'à un
gros arbre, derrière le pied duquel je m'abritai pour essayer de mettre de moi-même une sorte de bandage sur
ma plaie, d'où coulait beaucoup de sang. Je tirai mon
mouchoir que je voulais imbiber du vin de ma gourde
et rouler autour de la blessure ; mais à ce moment
même une secousse terrible me fit perdre connaissance.

. . . .

Quand j'eus de nouveau conscience de la vie, c'est-
à-dire quatre jours après le combat, j'occupais un lit de
l'ambulance établie par les Prussiens dans les bâtiments
de l'école militaire de Saint-Cyr ; et j'avais des droits
assez nombreux à cet alitement, car, outre la rupture
compliquée du tibia et du péroné, le docteur tudesque
dont j'étais devenu le client avait constaté chez moi (je
traduis la pancarte latine mise à la tête de mon lit) le
bris de l'os claviculaire gauche et une plaie pénétrante

intercostale, avec lésion assez profonde du poumon, toutes blessures de plus en plus graves, dont une seule pouvait m'acheminer vers la vie meilleure, mais en dépit desquelles, grâce à une entière sanité constitutionnelle, à la force juvénile du sang, et aussi à une certaine énergie morale, je suis cependant resté citoyen de ce monde ; citoyen à vrai dire, légèrement éclopé, car tibia et péroné se sont trouvés ressoudés de travers et raccourcis par suite des portions d'os qu'on a dû extraire ; citoyen à physionomie quelque peu grimaçante, car certains muscles ou nerfs du cou avaient été atteints, qui communiquent aujourd'hui une tension insolite à ceux de la face ; citoyen d'haleine un peu courte, enfin, car le poumon endommagé n'a pas encore retrouvé et peut-être ne retrouvera jamais son jeu régulier ou normal.

Toujours est-il qu'à l'heure présente (plus de neuf mois s'étant écoulés depuis le triple accident) je ne puis prendre encore que la qualité de convalescent, soumis à toutes les plus minutieuses prescriptions de régime.

J'ai passé les deux premiers mois dans une parfaite immobilité très-horizontale à l'ambulance prussienne de Saint-Cyr. Lors de l'évacuation de cette localité, pour la venue de l'Assemblée nationale à Versailles, mon tuteur — brave cœur, qui, je dois le noter en passant, s'est borné à regretter *mon coup de tête*, sans songer à m'adresser le plus léger reproche — mon tuteur est venu accompagné de ma bonne mère nourrice. Ils m'ont mis dans une voiture longue, bien suspendue, où un bon lit avait été disposé. Ils m'ont emmené au petit pas du cheval ; et je suis arrivé, après douze jours de voyage, sans en avoir ressenti la moindre fatigue, à la Chaux-Cernoise, où je suis resté depuis, soigné, choyé, aimé, et où j'écris, en m'y reprenant à plusieurs fois, car le docteur, qui vient du chef-lieu de canton me voir toutes les semaines, m'interdit avec raison la moindre application prolongée.

Il faut donc finir... Je finis.

Mais je prévois quelques questions.

Et le Grand-Espagnol? Et le père Cluzot? Et Josine? Et Appenzell? Et Bernard et Baptiste? Et Mazuyer? Et la Calandre?

Je dois répondre : je réponds.

Nous avions laissé notre vieux chef — le jour du ballon — tiraillant dans le bois avec cinq de nos camarades pour donner aux Prussiens, qui nous cernaient, le change sur l'évasion partielle que nous avions projetée, et qui ne réussit que grâce au travestissement d'Appenzell.

Nous partis, Appenzell, voulant essayer de renouveler sa feinte à leur intention, les avait rejoints au moment où le second frère Turillaud venait d'être tué roide, et il avait dû se séparer d'eux sans leur avoir ouvert une issue. Depuis, plus de nouvelles de nos chers compagnons.

Quelques jours plus tard, le chien envoyé en découverte était revenu portant encore au cou le billet que nous y avions attaché, et Josine nous avait quittés avec la ferme résolution de retrouver les traces de son aïeul et des amis qui s'étaient dévoués avec lui.

Puis j'avais dû à mon tour me séparer du père Cluzot et d'Appenzell, qui, non sans jouer chemin faisant quelques tours à l'ennemi, dont ils côtoyaient sans cesse les lignes avancées, regagnèrent sains et saufs notre hameau jurassien. Là, vous pourriez voir le premier promener chaque jour, avec une vanité qu'il n'essaye nullement de dissimuler, le vieux feutre qu'a troué la balle allemande, mais sous le cordon duquel sont symétriquement rangées *quinze* feuilles de chêne ; là le second, flegmatiquement retourné à son bâton de vacher, ne semble pas se douter qu'il a bien mérité de son pays d'adoption, ce qui n'exclut pas cependant l'évident plaisir qu'il éprouve à baragouiner devant qui veut l'entendre, le récit de notre petite odyssée, dont ses jurons italiens, ses inflexions latino-germaniques et son gros rire tranquille parviennent à faire la chose la plus drolatique du monde.

Or, retournons à nos cinq Décius. Je puis sans hyperbole les qualifier ainsi, car nous savons qu'ils s'étaient littéralement dévoués pour que, bénéficiant de la périlleuse diversion qu'ils allaient opérer, nous pussions soustraire à l'ennemi la cargaison de l'aérostat, qui, autant que nous devions le supposer, devait importer beaucoup au salut national.

Après qu'Appenzell eut tenté sans succès de les tirer
d'embarras, comme il l'avait fait pour nous, voyant
que le cercle des assaillants, dont ils avaient mis bas
un certain nombre, allait se rétrécissant de plus en
plus sur eux, les cinq braves résolurent de se frayer à
tout prix un passage et de vendre, en tout cas, chèrement à l'ennemi la satisfaction de leur défaite, je devrais dire de leur mort, car il était évident qu'en leur
qualité de francs-tireurs, et après la lutte très-meur-
trière qu'ils venaient de soutenir, ils n'avaient aucun quartier à attendre d'un adversaire sans générosité.

Plus d'une heure encore, tantôt se groupant derrière
un massif, tantôt s'espaçant sur telle ou telle lisière du
taillis, ils firent le coup de feu pour guetter l'instant
où ils seraient parvenus à faire se dégarnir tel ou tel
point afin de se jeter à corps perdu, c'est le mot propre,
dans l'autre épaisseur boisée, où il devait leur être facile d'effectuer leur retraite. Enfin la fusillade ennemie se ralentit d'un certain côté, nos hommes croient
l'issue ouverte, ils s'élancent par là. Mais la cautèle
germanique avait encore une fois pénétré la pauvre dis-
simulation française. Nos amis donnent dans un piége.
A peine se montrent-ils, que des profondeurs du bois
où ils veulent pénétrer sort un feu terrible. Le Grand-
Espagnol tombe frappé en pleine poitrine... Il a pourtant encore la force de dire aux autres qui ne veulent
pas l'abandonner :

— Volte-face, amis, prestement, courez devant vous et vous passerez. Embrassez Josine. Adieu !

Ils le laissent. Ils courent et ils passent, en effet, en dépit d'une fusillade assez vive.

Mais comme ils avaient déjà franchi la ligne de tireurs ennemis, une des balles dont ceux-ci continuaient à fouiller le bois à travers lequel fuyaient nos camarades vint frapper au pied gauche ce pauvre Benoît la Calandre, qui juste à ce moment entonnait, avec sa gaieté coutumière, une sorte de chanson narquoise à l'adresse des maudits Allemands dont il croyait avoir déjoué toutes les atteintes.

Il ne pouvait plus marcher. Les autres voulaient l'emporter ; mais il refusa, en leur remontrant qu'il deviendrait certainement pour eux un embarras funeste, tandis qu'il arriverait bien à se tirer d'affaire tout seul.

Ils se séparent donc de lui et gagnent sans autre encombre un canton non envahi, mais où la terreur de l'ennemi est si bien répandue, qu'ils frappent à bien des portes avant que l'hospitalité leur soit accordée ; et encore, le lendemain matin, un détachement prussien s'étant montré dans le village, leurs hôtes n'ont rien de plus pressé que de les livrer tout naïvement à ces soldats, contre lesquels ils se fussent certainement défendus jusqu'au dernier souffle, si les rustiques Judas n'eussent pris eux-mêmes le soin de leur enlever leurs armes pendant qu'ils dormaient encore..

On les prend, on leur lie les mains derrière le dos,

et, les abîmant de coups de plat de sabre, on les conduit devant un officier maussade et rogue, qui leur fait
subir en mauvais français une sorte d'interrogatoire; et
qui, autant qu'ils peuvent le comprendre, donne ensuite en allemand l'ordre de les fusiller; car, au sortir
de cette brutale audience, ils voient un peloton charger
les armes, et l'on paraît chercher la place où l'exécution doit se faire.

Mais, à ce moment-là, grand bruit, grand désordre
tout autour d'eux. Ils entendent des cris, des coups de
feu. On les pousse dans une salle dont on ferme la porte
à double tour. Et le tumulte continue, dont la cause
leur est bientôt expliquée par des paysans qui viennent
ouvrir la porte de leur prison et leur demandent de se
mettre à leur tête pour courir sus aux Prussiens.

Ce revirement de sentiment est tout justement le résultat de l'ignoble trahison dont nos amis ont failli devenir les victimes. Le remords, la honte se sont empa-
rés des traîtres. Ils ont voulu racheter leur lâche
conduite et en prévenir les effets si c'est possible.
Douze ou quinze hommes sont bientôt rassemblés, qui
trouvent quatre ou cinq fusils, qui emmanchent autant
de faux, et qui, donnant résolûment sur une soixantaine de soldats réguliers, les inquiètent, les troublent
au point que ceux-ci, sans songer à faire usage de leurs
excellentes armes, n'ont souci que de vider au plus vite
le pays.

Dans ce facile succès apparaît encore une fois tout ce

qu'on aurait pu espérer de notre vieille audace nationale se mesurant avec des ennemis qui ne doivent leur force qu'au groupement de leurs masses sous une discipline de fer, mais à qui fait complétement défaut l'ardeur individuelle.

Voilà nos amis libres. Le Prussien, à qui on donne la chasse jusqu'à une grande lieue du village, est en fuite ; mais il reviendra probablement, et dans cette prévision on se barricade, on cherche toutes les armes trouvables aux environs, car on veut se défendre à outrance, et vaincu, brûler tout, pour que le vainqueur ne jouisse de rien : exaltation patriotique dans toute la force du terme.

Mais cinq jours, huit jours, dix jours se passent sans que l'ennemi reparaisse. Les mouvements d'ensemble de ses armées ont sans doute empêché ce retour partiel, que devaient lui commander ses cruelles habitudes de vengeance.

Sur ces entrefaites, outre que Mazuyer, le bossu, a fort à souffrir des suites de sa blessure à la face, qui s'est rouverte et enflammée, le gros Baptiste s'est réveillé un matin tremblant la fièvre ; pendant deux ou trois jours, on a craint même une affection grave ; et quand le danger est passé, il reste encore hors d'état de tenir la campagne. Alors nos amis, dont un seul valide, pensent pouvoir reprendre sans scrupule le chemin du hameau.

On les fête, on les reconduit avec toutes les cordiales

30.

démonstrations, on les fournit de provisions et même d'argent pour la route, et la semaine d'ensuite — presque en même temps que le père Cluzot et Appenzell — ils rentrent à la Chaux-Cernoise, où leur arrivée ne laisse pas de donner lieu à une joyeuse manifestation.

Benoît la Calandre y reparaît, lui, un mois, jour pour jour, après eux. Laissé dans le bois, il s'est traîné comme il a pu vers une maison, où de braves gens le recueillent, le couchent, le pansent, et, le lendemain, l'ayant caché dans une voiture de paille, le conduisent jusqu'à la première station de chemin de fer. Ils le mettent dans un train qui l'emmène au Mans. Arrivé là, il est admis à l'hôpital-ambulance, d'où il sort, à peu près guéri, vingt-cinq jours plus tard, pour regagner le Jura. Il conserve encore une légère claudication, en vertu de laquelle il déclare gaiement n'avoir rien à envier au petit Berchère, notre blessé du premier jour, qui est resté, lui, trois mois à l'hospice de Besançon. Il faut les voir se promener tous deux hochant le pied l'un d'un côté, l'autre de l'autre, la Calandre toujours jovial, toujours en fonds de chansons, répéter ce refrain qu'il a lui-même arrangé, sur un vieil air du pays :

> Clipe et clope !
> Ah ! Prussien du diable, tu nous fais cloper !
> Mais prends patience,
> Les hommes de France
> T'iront rattraper.
> Et clipe et clope !
> Te faire chanter :
> Clipe et clope !

Or, un dimanche du milieu de janvier, alors qu'à l'office du matin plus d'un habitant du hameau avait récité quelque mentale oraison pour le repos de l'âme du vieux bûcheron, que nul n'espérait plus revoir, voilà que, toute la population paroissiale étant réunie devant le porche de l'église, un cri retentit soudain qui a bientôt fait écho dans tous les cœurs :

— Le Grand-Espagnol ! c'est lui, c'est bien lui !

Il vient courbé, il marche appuyé sur un haut bâton ; mais il n'est pas mort :

— Vive le Grand-Espagnol !

On l'entoure, on l'embrasse, on le questionne :

— Eh ! oui, mes enfants, me revoilà. Je croyais bien que c'était fini, car j'avais dit aux autres : « Embrassez Josine. » Là ! elle n'est pas revenue encore, elle ; mais elle reviendra, je pense ! — Puis, le cœur m'avait manqué ; un brouillard m'avait passé sur les yeux. — Eh bien, ces coquins, en ramassant les blessés et les morts que nous leur avions faits, me ramassèrent aussi ; leur médecin (un brave homme au fond, celui-là) me fit porter à l'ambulance, il me ranima. C'était bien quelque chose d'assez mauvais que j'avais attrapé, mais il paraît tout de même qu'on en peut revenir : la preuve, c'est que je suis là. Mais ce fut long, et quand le mieux revint, on parla, je crois, plus d'une fois de me juger, et à la fin, quand je me retrouvai sur pied, il fut question que je serais emmené prisonnier en Allemagne, et j'ai su que c'étaient mes compagnons prussiens de l'ambulance qui poussaient à ces méchancetés contre moi, tant ils gardaient de rancune aux francs-tireurs qui leur font toujours une peur de loup.

Franc-tireur, *freischütz*, comme ils disent, eux : vous n'avez pas idée de la colère où ce nom les met. Moi, couché, n'ayant que l'âme à rendre, j'en ai vu qui venaient lever le sabre sur moi avec toute espèce de jurons.

C'est ainsi qu'une fois, comme toute la chambre grognait contre moi, je vois arriver mon brave Labri, qui vient me lécher les mains. Je pensai : s'ils se doutent que le chien est à moi, ils vont lui faire un mauvais parti. Et vite, je lui dis tout bas comme je pus, car j'avais peine à parler :

— Va à maîtresse.

Mais ils avaient déjà remarqué les caresses de la bonne bête. Les voilà tous après lui. Je le vois sortir de la salle; mais j'entends un coup de fusil. Ah! les gredins, ils l'auront tué, pensai-je [1]. Et je le croyais bien mort; mais quinze jours plus tard, comme j'avais été changé d'ambulance, il revenait, et supposant que Josine ne devait pas être loin, je le renvoyai vite à elle, en lui mettant un fil de mon drap au collier, pour qu'elle comprît qu'il m'avait trouvé. Mais je n'eus plus de nouvelles de l'un ni de l'autre. Où seront-ils allés? Que seront-ils devenus?...

---

[1] C'était le jour où Labri portait au collier le billet que j'avais écrit, et qui, par conséquent, revint sans réponse.

Toujours est-il qu'un beau jour le médecin, qui m'avait pris presque en amitié, à cause, je crois, de ma vieillesse, me dit :

— Allons, partez, retournez-vous-en ; j'arrangerai l'affaire...

Je ne me le fis pas répéter. Me voilà revenu. Mais quand reviendra Josine, et Labri avec elle?...

Or ce ne fut que trois mois plus tard, alors que la paix était depuis longtemps signée, et alors que le brave grand-père commençait à désespérer de ce retour, que Josine rentra à la Chaux-Cernoise.

La courageuse enfant revenait du milieu de l'Allemagne. Arrêtée sous la traditionnelle accusation d'*intelligence avec l'ennemi* le jour où, grâce au fidèle Labri, elle était parvenue à retrouver l'asile où gisait son aïeul, elle avait été jetée avec deux ou trois autres femmes sur une charrette, et dirigée aussitôt au delà du Rhin, et gardée là-bas comme prisonnière de guerre, pour n'être rendue à la liberté que dans les premiers jours d'avril.

Le roi Guillaume avait recommandé de faire des exemples. Josine sait comment le pieux monarque est obéi ; car, aux derniers outrages près, il n'est pas de souffrances physiques et morales que la brave fille n'ait dû subir.

Au nombre de ces souffrances, elle met d'ailleurs en première ligne le poignant chagrin qu'elle ressentit en voyant un bel officier abattre froidement, de deux coups de son revolver, le pauvre Labri, lequel s'était avisé de montrer les dents aux soldats qui s'avançaient pour lier les mains à sa maîtresse.

L'officier s'étant ensuite approché de Josine pour voir si les prisonnières étaient bien liées sur la voiture, elle put lui cracher au visage. Il porta d'abord la main sur la poignée de son sabre : mais, se ravisant, il se déganta tranquillement et appliqua un violent soufflet sur la face de la jeune fille, qui, fièrement souriante, lui tendit l'autre joue.

Le bel officier ne redoubla pas...

J'en suis là, lorsque entre dans ma chambre le Grand-Espagnol, qui veut que je lui lise ce que je viens d'écrire, de même qu'autrefois il aimait à écouter ce que je mettais au jour le jour sur mon carnet.

La lecture achevée, et comme il n'ignore pas que tout cela pourrait bien être un jour rendu public ;

— Je ne sais trop, dit-il d'abord, si tu as eu raison de raconter tout ça ; ne crains-tu pas qu'on ne nous juge vaniteux en diable, nous autres de la Chaux-Cernoise, qui n'avons rien fait que ce que tant d'autres ont fait ou auraient pu faire ?...

Mais, se reprenant :

« Eh bien, oui, après tout, tu as eu raison ; il n'est pas mauvais que ces choses se sachent, car, tout compte fait de nos pertes et de nos accidents, je crois que nous avons sur les Prussiens un assez beau retour. J'espère bien que le pays ne verra pas de longtemps ce qu'il vient de voir ; mais je crois que si seulement la moitié ou le tiers des hameaux de France s'étaient montrés à l'égal du nôtre, ce qui s'est vu ne se serait peut-être pas vu. Tout profitable exemple est bon à fournir, toute droite leçon est convenable à faire entendre. »

Ainsi a pensé et parlé le Grand-Espagnol ; je n'ajoute rien aux paroles de mon vieux commandant.

FIN